U0516547

中國古典文學基本叢書

王惲全集彙校

第三册

〔元〕王惲 著
楊亮 鍾彦飛 點校

中華書局

王惲全集彙校卷第十七

七言律詩

奉誄大丞相忠武史公

贈太尉敕撰神道碑翰林學士王磐文①

萬國鞭笞走帝庭，堂堂争識漢孤卿。元勳高出麒麟上，曠度初無智勇聲。儷景去翻髯影駕，柱天留在笏端銘。白頭無地酬知己，痛爲蒼生涙滿纓。

【校】

①「贈太尉敕撰神道碑翰林學士王磐文」，抄本同元刊明補本；薈要本、四庫本脱。

追挽元遺山先生

文奎騰彩憶光臨，孺子何知喜嗣音。余年廿許，以時文贄於先生，公喜甚，親爲删誨，且有「文筆重于相權①」、「泰山微塵」之説。即欲挈之西行，以所傳畀余，以事不克，至今有遺恨云②。党趙正傳公固在，陽秋當筆我奚任。天機翻錦餘官樣，月户量工更苦心。野史亭空遺事墜③，荒煙埋恨九原深。

【校】

①「筆」，抄本同元刊明補本；薈要本、四庫本作「章」。

②「云」，抄本同元刊明補本；薈要本、四庫本脱。

③「史」，元刊明補本、抄本作「叟」，據薈要本、四庫本改。按：野史亭，《明一統志》卷一九《太原府》：「在忻州治東南韓巖村。金末元好問以著作自任，而《金國實録》在張萬户家不可得，乃采摭所聞，搆亭於家，著述其上，因名曰『野史』。」

哭賈叔良别駕

今夏書來墨尚新，並冬誰料訃音聞。忍看玉樹摧崑火，空遺歌詩靄嶺雲①。氣會可能鍾厄例②，天葩似靳吐奇芬。拊膺慟絶華顛母，老淚如傾滿練裙③。

【校】

①「遺」，元刊明補本、抄本、薈要本作「遣」，形似而誤；據四庫本改。「詩」，弘治本同元刊明補本；薈要本、四庫本作「聲」，非。「靄」，弘治本同元刊明補本；薈要本、四庫本作「遏」，亦通。

②「鍾」，元刊明補本、抄本作「鐘」，形似而誤；據薈要本、四庫本改。

③「如」，抄本同元刊明補本；薈要本、四庫本作「珠」，聲近而誤。

詩祭館主謝總管①

老帥英威上將壇，愛君雍雅戴儒冠。依依孺慕懷丘壟②，煦煦交情出肺肝。惡棘鸞棲終鎩翮③，蜀江梁險失驚湍。傷心最是蒲中客，馬首歸旌揭素竿。

【校】

①「詩」，抄本同元刊明補本；薈要本、四庫本脱。

②「壟」，抄本、四庫本同元刊明補本；薈要本作「隴」，亦通。按：隴，通壟。丘壟，亦作丘隴。後依此不悉出校記。

③「惡」，抄本同元刊明補本；薈要本、四庫本作「枳」，亦可通。按：惡棘，猶謂「枳棘」，因其多刺故稱惡木，亦即惡棘。惡、枳，皆爲仄聲，於詩韻無違。作「枳」者，蓋「枳棘」聯言較「惡棘」常見耳。「鸞棲」，元刊明補本、弘治本、薈要本作「棲鸞」，倒；據四庫本改。按：「棲」、「鸞」，皆屬平聲韻，於詩律無違。「鸞棲」，主謂結構，與「梁險」相對爲文；「棲鸞」，爲動賓結構，與「梁險」不對矣。

參政楊公挽章

公墓在河南府甲戌以事入路拜其下賦是詩以弔①

天孫機杼五雲章，簪珥飄瀟侍帝傍。一札恩光慚賤子，予一命授翰林修撰②，其詞頭蓋出公手，有云：「行己無玷，博學能文。顧超絶之異材，足鋪張于偉績。」百年清議在中堂。望隆鳳詔絲綸美，吟繞瑶臺雪片香。欲弔風流俱寂寞，滿丘秋草近宮牆。

【校】

①「路」，抄本同元刊明補本；薈要本、四庫本作「潞」。

②「授」，抄本同元刊明補本；薈要本、四庫本脱。

挽張簽省

自號順齊老人中統元年授太原平陽宣撫再簽東平行省

漢庭冠劍擁羣雄，曾建嘉謀沃帝聰①。白筆剛稜驚柱後，繡衣風彩照河東②。鵩來近舍魂先褫③，麟出昌時道未窮。一掬西州門外淚，不應悲絶獨羊公。

【校】

①「聰」，抄本同元刊明補本；薈要本、四庫本作「衷」，聲近而誤。

②「彩」，抄本同元刊明補本；薈要本、四庫本作「采」，亦可通。

③「鵩」，抄本、薈要本、四庫本作「鵬」。「魂」，元刊明補本、弘治本、薈要本「魄」，據四庫本改。按：「鵩來近舍魂先褫，麟出昌時道未窮」，平仄爲「平平仄仄平平仄，仄仄平平仄仄平。」褫魂，同褫魄。「魄」爲仄聲，於詩律相違。

留别總府諸公

超超天馬五花紋，少日能空冀北羣。事梗不成旬月雅，材駑空抱四時勤①。情馳北闕煙花禁，夢到西山日暮雲。一曲驪歌應恨别，麒麟高閣總殊勳。

【校】

①「時」，元刊明補本、抄本作「年」，據薈要本、四庫本改。

徒單學士挽章二首①

生平才氣浩無雙，彭蠡秋漣萬里江②。庭議儘高清禁月，苦心終對玉堂缸③。百年世契先君厚，萬斛龍文筆力扛④。最喜誨人曾不倦，洪鐘無憚寸筳撞⑤。

時論生平愛贊賢，縱横條列果無前。屈身爲道思弘濟，遇事明言見惡圓。韋杜去天纔尺五，衣冠埋恨便千年。遥憐晚景山齋意⑥，地下脩文恐浪傳⑦。

【校】

①「徒單學士挽章二首」，各本俱作「單學士挽章二首」，據文義補。

②「璉」，抄本、薈要本、四庫本作「連」，亦可通。按：璉，通連。作「連」者，蓋「璉」省去形符之簡化字，俗用。後依此不悉出校記。

③「缸」，抄本、薈要本同元刊明補本；四庫本作「釭」，亦通。

④「扛」，元刊明補本作「杠」，據抄本、薈要本、四庫本改。

⑤「筳」，元刊明補本、抄本作「筳」，形似而誤；薈要本、四庫本作「莛」，亦可通；徑改。按：《文選注》卷四五東方朔《答客難》：「以筦窺天，以蠡測海，以筳撞鍾，豈能通其條貫，考其文理，發其音聲哉？」《漢書》卷六五《東方朔傳》作「莛」。「筳」，當爲「筳」之形誤。「莛」、「筳」本爲二字，後「筳」常誤作「莛」，二字義遂有相混之處。作「莛」者，本亦當作「筳」，蓋因文獻中竹、艸多相混而誤。

⑥「景」，元刊明補本、抄本作「起」，據薈要本、四庫本改。

⑦「傳」，元刊明補本、抄本作「然」，據薈要本、四庫本改。

和劉懷州詩韻①

二月燕城氣未華，添衣風起謾吹花②。背陰凝慘松猶凍，藉潤含嬌草有芽。得失正須論定分，低回初不爲謀家。長河有路通霄漢，誰遣孤星滯客槎。荏苒風埃老歲華，羞將勳業照菱花。暖催回雁舒雲翼，寒勒幽蘭茁露芽。嚼蠟宦情無少味，轉蓬身世不知家。客窗一夜江湖夢，醉把長竿倚釣槎③。蛛絲拂面喜生華，照眼青燈夜有花。雪屋苦吟饒客思，茶鐺寬煮試新芽。一官除後三移次，十夢春來九到家④。遥想西溪墳下水，碧翻瑶灧待浮槎。

【校】

①「詩」，抄本同元刊明補本；薈要本、四庫本脱。

②「謾」，抄本同元刊明補本；薈要本、四庫本作「漫」，亦可通。

③「倚」，抄本同元刊明補本；薈要本、四庫本作「繫」，非。

④「春」，抄本同元刊明補本；薈要本、四庫本作「驚」。

餞王全州二首

衛連鄘邶號交衢①，比屋休驚未可封。鄉校廢來風俗壞，野田闢後歲年凶②。租徭雖免離民衆，官府全更宿弊重。新政慮來無此切，正煩裁減與優容。

二十年來舊使君，又瞻皂蓋擁朱輪。試評異政三王果，何似天姿兩漢循。田里務從安静了，使軺誰計送迎頻。先聲洽久民情喜，聽取隨車一雨春③。

【校】

①「邶」，元刊明補本、抄本作「邲」，據薈要本、四庫本改。

②「凶」，抄本同元刊明補本；薈要本、四庫本作「豐」，非。

③「取」，抄本同元刊明補本；薈要本、四庫本作「到」。

同劉景融過西園① 懷古

錦擶西苑正隆修，大定明昌事讌遊②。海露恩波鼇抃首，花翻瑶豔雪迷樓。三千歌舞繁華地，一片風煙慘淡愁。興廢筭來無五紀，至今靈沼咏西周。

【校】

①「過」，抄本同元刊明補本；薈要本、四庫本脱。

②「事」，抄本同元刊明補本；薈要本、四庫本作「是」，聲近而誤。

送高飛卿尹順德

朝家一革舊官空，整整新除示至公。善政擬超循吏上①，寬恩都在詔條中②。如君悃愊無虛譽，所至弦歌有實功③。馬首快驅紅旆去④，百泉花柳待春風。邢州亦有百泉⑤。

【校】

①「超」，元刊明補本作「起」，形似而誤；據弘治本、薈要本、四庫本改。

②「都」，弘治本同元刊明補本；薈要本、四庫本作「卻」，非。

③「弦」，弘治本同元刊明補本；薈要本、四庫本作「絃」，亦通。

④「驅」，弘治本同元刊明補本；薈要本、四庫本作「從」。

⑤「那州亦有百泉」，弘治本同元刊明補本；薈要本、四庫本脱。

用劉景融韻答客問

寂寂從教笑仲華，羈懷坐老竹生花。新除海隔無從問，喬木春深恐有芽。追逐昔賢慚下惠，比量時輩愧劉家。萬言倘作無聞去①，枉説張侯泛斗槎。

【校】

①「言」，弘治本同元刊明補本；薈要本作「年」；四庫本作「家」。

西苑懷古和劉懷州景融韻①

彩鳳蕭聲徹曉聞，宮牆煙柳接龍津。月邊橫吹非清夜，鏡裏瓊華總好春②。行殿基存焦作土，踏錐舞歇草留裀③。野花豈解興亡恨，猶學宮粧一色勻④。「踏錐」，舞名，見景元所録《金人遺事》。

瓊苑韶華自昔聞，杜鵑聲裏過天津。殿空魚藻山猶碧，水涸龍池草自春。民樂尚歌身後曲，弓彎不見舞時茵。絳桃誰植宮牆外，露濕胭脂恨未勻。

【校】

①「懷州」，弘治本同元刊明補本；薈要本、四庫本脱。

②「華」，弘治本同元刊明補本；薈要本、四庫本作「花」，亦通。

③「裀」，元刊明補本、弘治本作「裍」，形似而訛；薈要本、四庫本作「茵」，聲近而誤；徑改。

④「粧」，弘治本、薈要本同元刊明補本；四庫本作「妝」，亦通。後依此不悉出校記。

和虞帝廟弔古

分開幽野自虞分，山海雄沉載厚坤①。玄德共瞻天北極，殿基空對苑西門。蒼梧雲駕無從叫，翠琰顔書固可尊。聞説二陵堪比德②，東風啼損杜鵑魂。

【校】

①「山」，弘治本同元刊明補本；薈要本、四庫本作「上」，非。

②「二」，元刊明補本、弘治本作「興」，據薈要本、四庫本改。「比」，薈要本、四庫本同元刊明補本；弘治本作「北」，形似而誤。

和劉懷州韻

雨露中天日有華，暖私幽圃亦多花①。事機不料先根本，顛木其能絶糵芽。老去戀時兼戀闕，愁來憂國不憂家。幾多牛渚星邊客②，空望秋風八月槎。

【校】

①「私」，元刊明補本、弘治本、四庫本作「私」，薈要本作「和」。

②「牛渚」，元刊明補本、弘治本作「牛渚」，薈要本、四庫本作「至者」。

和高飛卿韻

錢郎滿腹好精神，人物當年見絶塵。長惜仕途知己少①，不愁花樣入時新。趙張而後材難繼，季孟之間德有鄰。早晚青雲臺閣底②，楊何同作眼中人。

春來百草解通神，其奈凄風漲野塵③。一爲化權無定宰，百般生意不能新。柳含凍眼迷陶宅，杏簇枯枝倚宋鄰。和氣阻乖關治體，仰空欲問待何人。

【校】

①「長」，弘治本同元刊明補本；薈要本、四庫本作「常」，亦通。

②「早」，弘治本、薈要本同元刊明補本；四庫本作「蚤」，亦通。

③「淒」，薈要本同元刊明補本；弘治本、四庫本作「凄」，後依此不悉出校記。

別高屯田晦之

十年冠蓋幾相逢，邂逅燕城燕喜同①。清賞已歌梨雪白，歸期休負牡丹紅。千屯曉月鞭聲底，一片田旌夕照中。自笑欲歸歸未得，草堂無地着盧鴻②。

【校】

①「燕」，弘治本、《中州名賢文表》同元刊明補本；薈要本、四庫本作「讌」，亦通。

②「着」，弘治本、《中州名賢文表》同元刊明補本；薈要本、四庫本作「著」。

即席壽青陽學士

湖海秋風駐節頻，北來猶似漢平津①。如公合得無期壽②，笑我還充不速賓③。櫻筍厨香鶯咄辨，江山筆健老能神。玉堂未羨台階貴，人道詞臣是重臣。

【校】

①「北」，弘治本同元刊明補本；薈要本、四庫本作「此」，形似而誤。「似」，弘治本、薈要本同元刊明補本；四庫本作「侶」，形似而誤。按：似，亦作佀，佀、侶形似。

②「合」，弘治本同元刊明補本；薈要本、四庫本作「今」，形似而誤。

③「充」，弘治本同元刊明補本；薈要本、四庫本作「先」，形似而誤。

和左山言懷韻

投獻王門匪自謀①，白駒雖白欲誰留。鳥飛魚泳有常分②，漏盡鐘鳴合少休。老驥志存終伏櫪，野人機静不驚鷗。會依緑野堂邊隱，一抹青山屋打頭。

【校】

①「匪」，弘治本同元刊明補本；薈要本、四庫本作「非」，亦通。後依此不悉出校記。

②「烏」，弘治本同元刊明補本；薈要本、四庫本作「烏」，形似而誤。

遊封龍北麓

行近龍峯已稱心，栗留聲裏轉青林。雨如散髮來無際，山似幽人喜見臨。樹密連崗横遠障，雲低隨馬布輕陰。鹿泉蓋薄何慇厚，伴我幽尋上碧岑①。

【校】

①「上」，弘治本同元刊明補本；薈要本、四庫本作「到」。

中溪書院

幽尋不爲愛山吟，李相巖棲是賞音。身世正堪閑處着，時情尤比嚮來深。風煙物外開三觀，塵土人間望一霖。山若有靈歆素禱，滿泓寒碧代孤斟。

贈知事劉大用

兩椽茅屋打頭低，中有林丘翠作圍。無限雲煙供落墨，總從胸次發天機。一枝湘竹臨江活，萬疊秦山照眼霏①。疇昔過門清話久，前身疑是米元暉。

【校】

①「秦」，弘治本同元刊明補本；薈要本、四庫本作「晴」。

即事　爲承旨王鹿菴作①

徹備虚驚已可懲，更堪行事日紛更。創行有例推諸老，責備無端悚衆情。遼海兵連思魏鄭，延齡麻壞見陽城。窮愁正遠聞佳報，喜動皇都豈席生②。

【校】

①「爲承旨」，元刊明補本作「□承旨」；弘治本作「□□旨」；薈要本作「指」；四庫本作「和」；據抄本補。

②「皇」，元刊明補本作「呈」，形似而誤；據弘治本、薈要本、四庫本改。

留别鎮陽諸公赴任濟南

梧桐葉上雨瀟瀟，有似留連助寂寥。身世未容歸壟畝，羽毛誰欲見雲霄。三年滹水人情好，六月齊州去路遥。回首北潭花上月，時應歸夢到蘭橈。

經史總帥戰處

乾石橋邊野澗横，分圍曾列亞夫營。雲煙眼底縈蛇陳，草木風前有戰聲。故壘按行傷往事，青山依舊繞孤城。千年帶礪河山誓①，輸與汾陽貫日誠。

【校】

①「千」，弘治本同元刊明補本；薈要本、四庫本作「十」，形似而誤。

閔子墓

聖門媲德亞吾顔①，季氏何知欲浼然。三釜恐貽親老恥，一廛歸臥汶陽田②。山禽容與和聲裏，墟墓瀟條落葉邊③。兩下潁濱碑下拜④，滿杯秋菊薦寒泉。

【校】

①「吾顔」，弘治本同元刊明補本；薈要本作「顔賢」；四庫本作「賢顔」。

②「臥」，弘治本同元刊明補本；薈要本、四庫本作「取」，非。

③「瀟條」，弘治本同元刊明補本；薈要本、四庫本作「荒涼」。「葉」，弘治本、薈要本同元刊明補本；四庫本作「日」，妄改。

④「潁」，元刊明補本、弘治本、薈要本作「穎」，據四庫本改。後依此不悉出校記。

公堂言懷

勳業羞將鏡裏看，遭時自擬寸心丹。勉從仕版無微巧①，硬着精神博一官②。痁枕夜長憂思悄，公堂人静雪花寒。眼中少事能如意，管甚林梢又日殘。

【校】

①「微」，弘治本、四庫本同元刊明補本；薈要本作「徵」，形似而誤。

②「博」，元刊明補本作「傳」，形似而誤；據弘治本、薈要本、四庫本改。

糟魚

霜刀截斷玉腴芳，暖貯銀罌釀粉漿。錦尾帶赬傳内品，金盤堆雪喜初嘗。解醒未減黄柑美，雋味能欺紫蟹香。一筯饜餘乘醉卧，夢横滄海聽鳴榔。

甲寅歲元日

癡絶何堪應事機，閑心思與野雲期。醜顔身世緣饑凍，覺老筋骸强拄持。馬怯力微朝進處，鳥知飛倦暮棲時。日斜凭暖烏皮几，静看爐煙裊碧絲。

挽杜止軒

貧樂能安貴不淫，百年宦海寄浮沉①。閑中今古資談具，物外江山助醉吟。風義見來先急難②，文章拈出更雄深。追攀逸駕嗟何及，時向逃空得苦心。

一代人文杜止軒，海翻鯨掣見詩仙。細吟風雅三千首，獨擅才名四十年。劍在不沉衝斗氣，神游多了住山緣。老天未覺斯文喪，齊魯諸生有正傳。

【校】

①「宦」，元刊明補本、弘治本、薈要本作「瘦」，據四庫本改。「沉」，弘治本、四庫本同元刊明補本；薈要本作「塵」，聲近而誤。

②「風」，弘治本同元刊明補本；薈要本、四庫本作「氣」，非。

挽孟德卿

龍驤東下破吴年，談笑從軍似仲宣。亡國不驚三月火，捷書光動六朝煙①。當時籌筆何英發②，此日題詩倍黯然。湖海賢郎宜少慰，光揚重見葺遺編。

【校】

①「光」，弘治本同元刊明補本；薈要本、四庫本作「先」，形似而誤。

②「英」，弘治本、薈要本同元刊明補本；四庫本作「其」，非。

和張鵬舉詩韻

誰分先覺與凡民，天理中來一氣春。肯效寒蛩啼月苦①，放教宛馬到河神②。六經之外皆非學，諸子已來宜有人③。自嘆半生蟫蠹裏，白頭無術動嚴宸。

【校】

①「啼」，弘治本同元刊明補本；薈要本、四庫本作「吟」，亦通。

②「放」，弘治本同元刊明補本；薈要本、四庫本作「敢」，非。「到」，弘治本同元刊明補本；薈要本、四庫本作「列」，當作「列」。

③「已」，弘治本同元刊明補本；薈要本、四庫本作「以」，亦通。

和張仲常韻

强顔陳力媿周任，閱盡當年得失林①。白首好看能幾日②，虚舟相觸果何心。行身誰是無瑕玉，合志能裁躍冶金。退易進難吾道事，此懷更比向來深。

【校】

①「閱」，弘治本同元刊明補本，薈要本、四庫本作「闢」。

②「好看」，弘治本、薈要本同元刊明補本，四庫本作「逢時」。

賦白舜俞多月亭①

海岱東開迥地寬，小亭千里入凭欄。一軒風露金莖濕，滿地瓊瑶桂影寒。興比庾樓宜不淺②，飲豪舒杓肯留殘。使君未老風流在，八表神遊夢彩鸞。

何處人間不夜天③，月亭高倚月初圓。玉壺光轉青冥路，桂影香浮畫棟煙。一櫂蓬瀛知海近④，滿庭民遥臺秋偏⑤。素娥苦待停杯問⑥，愁絶當年李謫仙。

【校】

①「俞」,弘治本同元刊明補本；薈要本、四庫本作「愈」。

②「庾」,元刊明補本、弘治本作「廋」,形似而誤；據薈要本、四庫本改。

③「間」,弘治本、薈要本同元刊明補本；四庫本作「閒」,亦通。按：閒、間,古今字。後依此不悉出校記。

④「櫂」,弘治本、薈要本同元刊明補本,四庫本作「耀」。

⑤「民遥臺」,弘治本同元刊明補本；薈要本、四庫本作「金粟見」。

⑥「苦」,弘治本同元刊明補本；薈要本、四庫本作「若」,形似而誤。

遊佛首山開化寺至元廿一年四月八日挈行者孫韃郎

盤盤石磴轉蒼崖,山似青蓮四面開。寺古説從兵後廢,官忙喜向静中來。半泓寒碧供僧飲[①],一點煙螺認佛臺。我本婆娑林下客,樹頭幽鳥莫驚猜。

【校】

①「飲」,元刊明補本、弘治本作「飯」,形似而誤；據薈要本、四庫本改。

遊靈巖寺三首

行入山門已可吟，葱蘢佳樹總幽尋①。氣分嶽秀開金界，雞警陰魔護道林②。竹溜遠縈雲磴落，煙螺濃並寺巖深。喚回三十年前夢，此日登臨慰宿心。余三十年前夢遊一寺，其形勢、殿舍殆與此間不異③。

路轉峯回墮翠窠，陽崖擁抱更嵯峨。泉通碧澗來無盡，寺並青山永不磨。林壑勝遊緣興適，乾坤清氣與詩多。晚鐘似惜遊人去，遠泛餘音遶澗阿。

絶景亭高勝賞多，杖藜到處即婆娑。巖虚應磬聲長殷，寺古題名字半訛。幾樹幽葩明寶供，滿空金色下煙蘿。何時暫謝人間事，放眼雲巒入浩歌。

【校】

①「蘢」，元刊明補本、弘治本作「朧」，聲近而誤；據薈要本、四庫本改。

②「雞」，弘治本作「鴒」，非；薈要本作「鷓」，非；四庫本作「鶴」，非。

③「間不」，弘治本同元刊明補本；薈要本作「不」，脱；四庫本作「無」，脱。

送世傑郎中奉使雲南

節旄堅駐海西陲，奮自陳湯一布衣。朔雪不辭雙鬢老①，長纓直繫六王歸②。恩波重浹滇池浪，赤羽何勞漢將威。想得諸羌迎拜處，使華先動玉門扉③。

余按部奉高，故人劉君之子持此詩來謁，感念疇昔，已廿五年矣。顧其紙札刓弊，因爲重書以遺④，庶幾孝摽憐西華之意云⑤。

【校】

①「雙」，抄本同元刊明補本；薈要本、四庫本作「霜」，聲近而誤。

②「繫」，元刊明補本、抄本作「係」，聲近而誤；據薈要本、四庫本改。

③「扉」，抄本同元刊明補本；薈要本、四庫本作「霏」，聲近而誤。

④「遺」，抄本同元刊明補本；薈要本、四庫本作「遺之」。

⑤「摽」，抄本同元刊明補本；薈要本、四庫本作「標」，亦可通。「云」，抄本同元刊明補本；薈要本作「云爾贅筆如左」；四庫本作「云爾贅華如左」。

漢柏詩①

蒼柏無城擁漢陵，閟宮遺樹鬱峥嶸。崔嵬不植明堂礎②，造化潛通岳頂靈③。萬壑煙霏扶傑榦④，半天風雨撼秋聲。白頭會見東封日，照映鸞旂一色青⑤。

【校】

①「詩」，抄本同元刊明補本；薈要本、四庫本作「樹」。

②「嵬」，抄本同元刊明補本；薈要本、四庫本作「巍」，亦通。按：嵬，《説文》：「高不平也。從山鬼聲。」巍，《説文》：「高也。從嵬委聲。」《集韻·巍》：「或作嵬。」「巍」，亦當爲「嵬」增加聲旁之孳乳字，義有可通者。後「巍」又省略聲符，俗亦可作「嵬」。「崔嵬」，亦同「崔巍」。

③「化」，抄本同元刊明補本；薈要本、四庫本作「物」，涉上而誤。

④「霏」，抄本同元刊明補本；薈要本、四庫本作「飛」，聲近而誤。「榦」，弘治本同元刊明補本；薈要本、四庫本作

「幹」，亦通。

⑤「青」，抄本同元刊明補本；薈要本、四庫本作「新」，非。

過沙溝店

高柳長塗送客吟①，暗驚時序變鳴禽②。清風破暑連三日③，好雨宜時抵萬金④。遠嶺抱村圍野色⑤，行雲隨馬弄輕陰。摇鞭喜入肥城界⑥，桑柘陰濃麥浪深。

【校】

①「塗」，抄本同元刊明補本；薈要本、四庫本作「途」，亦可通。後依此不悉出校記。

②「變鳴」，抄本同元刊明補本；薈要本、四庫本作「啞鳩」，非。

③「三」，抄本同元刊明補本；薈要本、四庫本作「旬」。

④「宜」，元刊明補本、抄本作「依」，據薈要本、四庫本改。

⑤「圍」，抄本同元刊明補本；薈要本、四庫本作「回」，非。

⑥「肥」，抄本同元刊明補本；薈要本、四庫本作「淝」，亦可通。按：《廣韻》：「淝，水名，在廬江。本作『肥』。」作

「淝」者，蓋以今字易古字耳。

長清官舍①

十載隨人戴豸冠，望離清秩寔多難②。一身許國無知己，萬事關心空汗顔。花樣況非時制巧，功名宜爲老天慳。季鷹何待秋風起，一夜歸心滿故山。

【校】

①「清」，抄本同元刊明補本；薈要本、四庫本作「秋」。

②「寔」，弘治本同元刊明補本；薈要本、四庫本作「實」，亦通。按：寔、實多可通。後依此不悉出校記。

觀光三首　十三年在都下作

漢家宫闕碧岧嶢，六合同來不待招。非此詎能隆上國，有臣何幸際昌朝。光連帝極環玄象，翠積中天仰鬱霄。葵藿寸心深向戀，日華明處五雲嬌。

大元天子壯陪京①，盡敞燕雲作苑城②。彩鳳應門千仗肅，蒼龍雙闕五雲明。千秋日月低宸極，萬國衣冠拜紞紘③。蠛蠓小臣何所祝，年年嵩岳聽呼聲。

長樂宮成孽宋庭④，紫微垣外紫煙生。明昌受款真兒劇，洛邑營周是小成。正朔一家堯曆日⑤，青山三面漢金城。君王神武高千古，緘口長沙建治平。

【校】

①「天」，薈要本、四庫本同元刊明補本；弘治本作「夫」，形似而誤。

②「敞」，弘治本同元刊明補本；薈要本、四庫本作「蔽」，亦可通。按：敞，通蔽。作「蔽」者，蓋以本字易借字耳。後依此不悉出校記。

③「紘」，元刊明補本作「鉱」，據弘治本、薈要本、四庫本改。

④「庭」，弘治本同元刊明補本；薈要本、四庫本作「廷」，亦可通。按：庭，通廷。後依此不悉出校記。

⑤「曆」，弘治本同元刊明補本；薈要本、四庫本作「歷」，亦通。後依此不悉出校記。

壽鹿庵大學士三首 十一月初一日

大節中流砥柱標，高風孤振張吾曹。眼中元老恩方渥，林下淵明氣本豪①。萬事縱心緣理勝，三峯當面與秋高②。玉堂更覺台階重③，蓮炬長看照壽毫。

陽春門裏開新第，魚藻宮中侍講筵。晚節不緣三徑屈，高風終愛五噫賢。雅懷老去從多可，萬事諳來愈自然。千古六經常道在，就中能契是知權。

風節生平以烈聞，詞章獨與大蘇親。天人重爲斯文主，甲子洪開壽域春。行草縱心書愈聖，歌詩吟老語彌真。穆脩亦是華顛客④，肯把韓編付授頻。

【校】

①「本」，弘治本同元刊明補本；薈要本、四庫本作「正」。

②「峯」，弘治本、四庫本同元刊明補本；薈要本作「風」，聲近而誤。

③「階」，弘治本同元刊明補本；薈要本、四庫本作「星」。

④「顛」，弘治本同元刊明補本；薈要本、四庫本作「巔」，亦可通。按：顛、巔，古今字。作「巔」者，蓋以今字易古字耳。

贈友人張彥魯 并序

友人彥魯別予四年，今歲秋，有秦中之行，道出淇右。時余亦北邁有期，尊酒道舊，爲數日留，既而分岐就駕。次日，彥魯復追及余於朝歌南，遂偕與北上，前次保塞逆旅。追念往事，耿不能寐，爲賦是詩以贈，且傷其會合之靡常，歡樂之無幾也。彥魯，諱著，世遼東人。

北邁南遊有定期，半途回駕喜追隨。心因年老便多可，馬信車前亦緩馳。緑綺素深平日雅，碧雲價盡向來思。一樽逆旅燈前話，莫忘燕垂抵足時①。

【校】

①「垂」，弘治本同元刊明補本；薈要本、四庫本作「陲」，亦可通。按：垂，通陲。作「陲」者，蓋以本字易借字耳。

後依此不悉出校記。

趙州石梁

華表亭亭擁石麟，車書萬里此通津。天垂螮蝀蜷千尺①，月吐蟾蜍隱半輪②。片石鞭來能濟險，大臣當用合横身。征鞍歸路明年事，一片春風柳色新。

【校】

①「蜷」，弘治本同元刊明補本；薈要本、四庫本作「卷」，亦通。按：「蜷」，巨員切，同「卷」。「蜷」，疑本亦當作「卷」，作「蜷」者，蓋涉上「螮蝀」而偏旁類化。

②「蜍」，薈要本、四庫本同元刊明補本；弘治本作「蜍」。按：蜍，蜍之形訛，誤字。

三臺懷古

萬里三臺作厲階，漳流東注若爲哀。才教叛逆羯奴去①，又得顛癡帝子來②。紫陌衣冠森鬼朴③，芳華林苑墮兵埃。夷奸不獨西陵樹④，苟或穿窬止自裁⑤。

【校】

①「叛逆」，弘治本、薈要本、四庫本作「逆叛」。「羯」，薈要本、四庫本同元刊明補本；弘治本作「朔」，非是。按：羯奴，《舊唐書》卷一八七《顏杲卿傳》：「杲卿瞋目而報曰：『我世爲唐臣，常守忠義，縱受汝奏署，復合從汝反乎！且汝本營州一牧羊羯奴耳，叨竊恩寵，致身及此，天子負汝何事而汝反耶？』」羯奴，謂安禄山，與對句「帝子」（唐明皇）相對。

②「顛」，弘治本同元刊明補本；薈要本、四庫本作「癲」，亦可通。按：顛、癲，古今字。作「癲」者，蓋涉下字「癡」而偏旁類化。後依此不悉出校記。

③「朴」，弘治本同元刊明補本；薈要本、四庫本作「樸」，亦通。按：「朴」、「樸」，本爲二字，後「樸」亦有簡化作「朴」者，語義沾染而二字多可相通。「鬼樸」，同「鬼朴」。後依此不悉出校記。

④「夷奸」，弘治本同元刊明補本；薈要本、四庫本作「奸夷」。

⑤「苟」，弘治本同元刊明補本作「荀」；據薈要本、四庫本改。

壽姚雪齋

散髻飄瀟玉局仙，竹風松月共清圓。雲閑正際商霖後，學奥能窺太極前。瀛館寵光開壽域，太平勳業在經筵。殷勤春雨堂前檜①，細綴冰花點翠妍②。

【校】

①「殷勤」，弘治本同元刊明補本；薈要本、四庫本作「慇懃」，亦可通。按：「慇懃」，本亦作「殷勤」，後以「殷勤」由心而發，故於「殷」、「勤」二字下各加「心」旁。後依此不悉出校記。

②「綴」，弘治本、薈要本同元刊明補本；四庫本作「結」，亦可通。

慶宋尹母八十壽

樹萱堂背已憂忘，金粉蓮苞貯静香。風景四時藏秀麗，慈顔八秩見康强。賦中潘岳閑居樂，詩裏燕山桂子芳。會看肩舁宫户底①，更勝陳氏配東牀。

【校】

①「昇」，薈要本、四庫本同元刊明補本；弘治本作「羿」，形似而誤。

贈鄉先生逍遥子

姓韓氏曾爲尚書省都司

鶴髮飄蕭玉練顔①，一壺天地市朝間。集方有驗扶羸劣②，野鳥知歸謝往還。幽睡不妨紅日晚，青山誰似白雲閑。會當華表歸來日，重爲留題過故關③。

【校】

①「髮」，元刊明補本、弘治本闕；據薈要本、四庫本補。「練」，元刊明補本、弘治本作「鍊」，據薈要本、四庫本改。

②「方」，弘治本同元刊明補本；薈要本、四庫本作「芳」。「羸」，元刊明補本、弘治本作「羸」，據薈要本、四庫本改。

③「過故關」，弘治本同元刊明補本；薈要本、四庫本作「方過關」。

送裕卿都司南還

前日翰林君送我，今朝幽薊我辭君。十年契闊凡三覿，五月從游此重分①。世事有機難預料，後期無恙要相聞。何時汾北丹東稼②，解紱歸來約共耘③。

【校】

①「從」，弘治本同元刊明補本；薈要本、四庫本作「重」。

②「汾」，弘治本同元刊明補本；薈要本、四庫本作「從」。「丹」，弘治本同元刊明補本；薈要本、四庫本作「從」。

③「紱」，弘治本同元刊明補本；薈要本、四庫本作「綬」，亦通。

任懷遠慶九十詩卷

朱顔青鬢萬金身，九十康强是福人。擺落世紛隨所適①，棄遺家事見何親②。花香北渚杯盤具③，月滿南樓杖屨頻④。更爲武公歌壽德，一溪淇水照秋筠。北渚謂鎮州北潭也，在時居鎮陽。⑤

【校】

①「落」，弘治本同元刊明補本；薈要本、四庫本作「脱」。

②「遺」，弘治本同元刊明補本；薈要本、四庫本作「抛」。

③「杯盤」，弘治本同元刊明補本；薈要本、四庫本作「盤杯」。

④「屨」，弘治本同元刊明補本；薈要本、四庫本作「履」，亦通。後依此不悉出校記。

⑤「北渚謂鎮州北潭也在時居鎮陽」，弘治本同元刊明補本；薈要本、四庫本脱。

挽楊春卿先生　曾爲衛輝路勸農官

山澤臞仙老使君，十年談笑接多聞。襟期自是羲皇上，肝膽初無楚越分。冀北羣空逢伯樂，斗南名重見田文。一丘宿草情何極，凄斷無終日暮雲。先生燕玉田人，無終玉田東北山。①

【校】

①「先生燕玉田人，無終玉田東北山」，弘治本作「先生燕王日人，無終玉田東北山」，非；薈要本、四庫本脱。

寄壽博關趙總管①

予方從事東平日，君適分符濮水濱。歲曆喜聞開九秩②，客來争説好精神。背鮐宛與龜紋秀，面頰丹餘鶴頂新③。特似麒麟圖上見，形容全不老於真。

【校】

①「關」，弘治本同元刊明補本；薈要本、四庫本作「山」。

②「曆」，弘治本同元刊明補本；薈要本、四庫本作「歷」，亦可通。後依此不悉出校記。

③「餘」，弘治本同元刊明補本；薈要本、四庫本作「渝」，聲近而誤。

壽平章張公 時爲副樞①

十年黄閣富經綸，落落蒼髯社稷身。公道救時仍此在，龍門歸譽見來新。菊香已辨南豐供②，醁蟻無煩靖節巾③。壽席今年得佳語，太平勳業在麒麟。

【校】

①「時爲副樞」，弘治本同元刊明補本；薈要本作「時爲副樞故作著之」；四庫本作「時爲樞副故作著之」。

②「辨」，弘治本同元刊明補本；薈要本、四庫本作「辦」，形似而誤。後依此不悉出校記。

③「醁」，弘治本同元刊明補本；薈要本、四庫本作「綠」，亦通。「巾」，弘治本、四庫本同元刊明補本；薈要本作「申」，非。

送商台符赴行臺御史

器識沉明義外方，青衫難屈校書行①。暫虚東閣郎君位，要聳南臺豸角霜。八道風稜馳使節，兩淮殘困是維揚②。就中驄馬吾儕事，匡正官邪最大綱。

【校】

①「行」，弘治本同元刊明補本；薈要本、四庫本作「郎」。

②「揚」，元刊明補本、弘治本作「楊」，據薈要本、四庫本改。按：維揚，語本《尚書古文疏證》卷二《禹貢》：「淮海維揚州。」後因以謂揚州。作「楊」者，蓋「楊」、「揚」文獻多有相混者，文獻中亦有「維揚」誤作「維楊」者，今姑改本字以明詩文用典之本。

病目書懷

效樂天體

病眼平時視物疑①，更禁風火内交馳。越蛙睅目將誰怒②，鮫淚傾珠盡日垂。氣鬱方瞳昏暈鏡③，瘡連剛臉痛磨錐④。悠悠伏枕三旬苦，安得黄金刮膜鎞⑤。

【校】

①「平」，弘治本同元刊明補本；薈要本、四庫本作「何」。

②「睅」，弘治本同元刊明補本；薈要本、四庫本作「悍」，亦可通。按：悍，通睅。作「悍」者，蓋「睅」之聲誤。

③「瞳」，弘治本同元刊明補本；薈要本、四庫本作「函」，非。

④「臉」，弘治本同元刊明補本；薈要本、四庫本作「斂」，聲近而誤。

⑤「膜」，弘治本同元刊明補本；薈要本、四庫本作「目」，聲近而誤。

送按察王焕卿之任建康三首

滿移投上謝癡牀，五郡河湟作省郎。白筆冷揺瓜步月，緑橙香烈洞庭霜①。虚懷正切平時慮，達變終垂後代芳。我老壯心猶未已，彈冠端有羨王陽。

十年臺省共翺翔，機識沉雄義外方。金節喜酬平昔志，緑橙香動夜來霜。老懷雅有思深慮，世故何憂事過防。眼看澄清開八道，就中風動自丹陽②。

五郡河湟已有聲，繡衣直指又煩卿。恩寬注意務新附③，物衆於中慮孽萌④。牛渚犀燃防過察，吴江霜落要維清。行司此去猶堪喜⑤，地爽山高眼倍明。

【校】

①「烈」，弘治本同元刊明補本；薈要本、四庫本作「泛」。

②「自」，弘治本、薈要本同元刊明補本；四庫本作「是」，非是。

③「附」，弘治本同元刊明補本；薈要本闕；四庫本作「集」。

④「物」，弘治本同元刊明補本；薈要本、四庫本作「附」，非是。按：薈要本、四庫本既衍「集」且脱「物」。「中」，元刊明補本作「巾」，形似而誤；薈要本、四庫本作「今」，聲近而誤；據弘治本改。按：作「巾」者，「中」之形誤；作「今」者，「巾」之聲誤。

⑤「猶」，元刊明補本、弘治本作「尤」，據薈要本、四庫本改。按：猶、尤，本爲二字，後「猶」亦俗作「尤」，今二字則不分矣。作「尤」者，蓋「猶」之俗用，今姑改本字。後依此不悉出校記。

送李敬之按察淮東

遼陽三載淹廳幕，并府終年貳鐵官。桃李門庭嶃自致，冰霜肝膽見來寒。摧奸老手監司舊①，復業遺黎莫枕安②。想得桐淮東畔月，清光先照使君鞍。

【校】

①「手」，抄本、四庫本同元刊明補本；薈要本作「子」，非。

②「莫」，抄本作「莫」；薈要本、四庫本作「暮」，亦可通。按：莫、暮，古今字。作「暮」者，以今字易古字耳。

送馮壽卿簽事

小邑鳴絃踰兩考，外臺簽事是榮遷。未妨躡足青雲後①，已著先聲白雁前。三世名家遺直在，百城新附望恩偏。銀鞭莫緩青驄去，野鶩羣飛正刺天②。

【校】

①「後」，抄本、薈要本同元刊明補本；四庫本作「上」。

②「鶩」，抄本同元刊明補本；薈要本、四庫本作「騖」，亦可通。「刺」，元刊明補本、薈要本作「剌」，據抄本、四庫本改。後依此不悉出校記。

寄子初提刑自陜西改授行臺中丞治揚州①

監司西去無三月，建節東還路八千②。仕宦得君無重地③，澄清有路是瞻天。霜封淮甸妖氛静，春入瓊華老樹妍。一策想能康濟了，儘堪歸隱百門煙。

【校】

①「揚」，元刊明補本作「楊」，據抄本、薈要本、四庫本改。後依此不悉出校記。

②「還」，抄本同元刊明補本；薈要本、四庫本作「遷」。

③「無」，抄本同元刊明補本；薈要本、四庫本作「當」。

目疾自警

效樂天體

目手相須最切身，連宵慘痛可傷神。老緣貪得書成祟①，壯爲傷多酒入脣②。四大假來皆是苦，萬緣急遣亦忘真③。悠悠未了三千牘，束置從今不要親。

【校】

①「成」，抄本同元刊明補本，薈要本、四庫本作「爲」，

②「唇」，抄本、薈要本同元刊明補本；四庫本作「脣」，亦通。後依此不悉出校記。

③「緣」，抄本同元刊明補本；薈要本、四庫本作「般」。

寄梁幹臣簽事

滿移未貢別癡牀，去作襄州省幕郎。遷拜總緣才力致，激揚尤稱老懷剛①。離情轉惡中年別，衰鬢相望兩鏡霜。每度思君傷馬甫，漳州南望白雲長。

【校】

①「尤」，抄本同元刊明補本；薈要本、四庫本作「猶」，亦通。後依此不悉出校記。

壽趙同簽　九月廿五日

丙午年正月下江東，榮拜人驚此日同。破竹固成王濬手①，侍謀多見茂先功②。松形秀並眉毫健，軍務能開世道公。壽席今年更堪賀，廟宫修治越裝空。

【校】

①「濬」，抄本、四庫本同元刊明補本；薈要本作「睿」。按：作「睿」，蓋「濬」省去形符之簡化字，俗用。

②「功」，抄本同元刊明補本；薈要本、四庫本作「工」，亦可通。按：「工」，通「功」。作「工」，蓋「功」省去形符之簡化字，俗用。後依此不悉出校記。

送劉侍御

超騰高品數年間，才刃恢恢顧不難①。百越遠開炎漢域，兩淮争識惠文冠。犀燃牛渚魚龍慘②，霜落吴江草樹寒。成事自來輸有志，不教勳業鏡中看。

【校】

①「才」，弘治本同元刊明補本；薈要本、四庫本作「遊」。

②「犀燃」，弘治本同元刊明補本；薈要本、四庫本作「燃犀」，倒。按：《秋澗集》卷一七《送按察王焕卿之任建康三首》亦言：「牛渚犀燃防過察，吴江霜落要維清。」「犀燃」、「霜落」，相對爲文，皆爲主謂結構；作「燃犀」，爲動賓結構，與「霜落」則不對矣。

雨聲

滴破寒更韻未諧①，芭蕉未了更空階。隔簾響絶玎東佩②，入耳愁生索寞懷。孤嶼有舟添夜話，殘燈無焰耿幽齋。凴君瀉入瑶琴曲③，並與秋風洛水排。

【校】

①「滴」，弘治本同元刊明補本；薈要本、四庫本作「敲」。

②「玎」，弘治本、薈要本同元刊明補本；四庫本作「丁」，亦可通。按：玎東，同丁東，《漢語大詞典》未收「玎東」一

詞，但「玎當」、「玎璫」并收，可作類觀。作「丁」者，或爲省略形符之簡化字，或爲以常用之字易僻字。「佩」，弘治本同元刊明補本；薈要本、四庫本作「珮」。

③「瀉」，弘治本同元刊明補本；薈要本、四庫本作「寫」，亦可通。按：寫，同瀉。作「寫」者，「瀉」省略形符之簡化字，俗用。後依此不悉出校記。

夢焦簽事在一官署輪余除授於某官前 十月十一日夜①

神交初不間幽明，夢裏相看儼若生。顧接宛同蘭省日，薦揚猶重故人情。楓林魂黯人何在，落月梁空思未平。枕上兩行知己淚，覺來揮卻又縱横。

【校】

①「在」，弘治本同元刊明補本；薈要本、四庫本作「坐在」。「輪」，弘治本、薈要本、四庫本作「論」。

送甯端甫宣慰東平

瀟灑風神見德隅，走趨知不利長裾。老諳所事無多味，卻覺閑官是美除。恩詔纔離温室樹，甘霖先沛泰山墟。憲陵山色溪堂月，剩有詩來當尺書①。

【校】

①「當」，弘治本、薈要本同元刊明補本；四庫本作「富」。

送杜時舉歸平陽

四載河東頗閱人，愛君能静復能貧。一朝夜雨韋郎話，滿眼晴雲玉壘春。未分風塵淹駿足，不妨麴糵暫謀身①。因君西邁增余興②，兩夜青山入夢頻。

【校】

①「糵」，元刊明補本、弘治本、四庫本作「蘖」，形似而誤；據薈要本改。「身」，弘治本同元刊明補本；薈要本、四庫本作「生」，聲近而誤。

②「增」，弘治本同元刊明補本；薈要本、四庫本作「添」。

哭張總判行甫 并序

公諱傣，北燕人，姓張氏，字行甫。姿蘊藉，好賓客，官至平陽府判官①，《詩》所謂：「愷悌君子」，民之父母者也。家藏書數千卷，後以累落職，年五十有七，終于家。晚築龍祠别墅②，溪風松月，境趣瀟灑，酒罏茶竈，筆牀釣具，有幽居草堂之樂。至元壬申，余官冀府，暇日與君徜徉其間者③，蓋三年于兹。醉山頭之落照④，起舞鳴歌；弄茂蔭之清泉⑤，沙鷗静玩。追思往事，傷如之何⑥？爰作悲歌，庶賡《薤露》⑦。其詞曰：

酒病人看指日瘳，扣牀辭别到彌留⑧。歸軒東下纔期月⑨，哀訃聞來已兩秋⑩。白璧冷埋泉壤閟⑪，黄壚不隔暮山稠。分明昨夜龍祠夢，醉卧藤陰唱石州。君善歌《石州慢》。

婆娑杖屨桂叢幽，長恐山中識故侯⑫。野彴授書黄石在⑬，菊香浮甕草堂秋。一作「滿甕秋香陶令酒，一川風月武陵舟。」宦情瀟灑陶彭澤，老境浮沉馬少遊。何日下車傾腹痛，春風吹淚拜林丘⑭。

【校】

①「判官」，弘治本同元刊明補本；薈要本、四庫本作「通判官」。

②「築」，弘治本同元刊明補本；薈要本、四庫本作「作」，亦通。

③「君」，弘治本同元刊明補本；薈要本作「居」，形似而誤；四庫本作「俱」。

④「照」，弘治本、薈要本同元刊明補本；四庫本作「日」，亦通。

⑤「蔭」，弘治本同元刊明補本；薈要本、四庫本作「陰」，亦通。

⑥「如之何」，弘治本同元刊明補本；薈要本、四庫本作「何如之」。

⑦「庶」，弘治本同元刊明補本；薈要本、四庫本作「以」。

⑧「到」，弘治本同元刊明補本；薈要本、四庫本作「竟」。

⑨「期」，弘治本同元刊明補本，薈要本、四庫本作「幾」，

⑩「計」，元刊明補本作「計」，形似而誤；據弘治本、薈要本、四庫本改。

⑪「白璧」，元刊明補本作「白壁」，非；薈要本、四庫本作「石壁」，非；據弘治本改。

⑫「長」，弘治本同元刊明補本；薈要本、四庫本作「常」。

⑬「彴」，弘治本同元刊明補本；薈要本、四庫本作「約」，形似而誤。

⑭「林」，弘治本同元刊明補本；薈要本、四庫本作「荒」，非。按：丘，《方言》第十三：「冢，自關而東謂之丘。小者

謂之塿，大者謂之丘。」「林丘」，亦猶言「林墓」，《秋澗集》卷一八《哭節齋陳公五詩》：「何日下車傾腹痛，喬玄林墓哭秋風。」《秋澗集》卷帙浩瀚，王惲語又不及袁桷宏肆，故文集中同一語詞多前後反復出現，亦是校勘極其可靠之材料。

王惲全集彙校卷第十八

七言律詩

哭節齋陳公五詩

時爲浙東宣慰使按行屬邑回過新安縣值玉山羣盜被害年五十有六至元丁丑歲九月七日事也①

夷門樽酒罄平生，誰料終凶在此行。顱髮有靈通帝夢，越戈無識斷由纓。救時譽在何多得，憂道思深恥近名②。南望兩行知己淚，西風吹卻又縱横。

笑談鞍馬最從容，遠自南陽到洛中。廷議有方先大節，丹心無間總清忠。餘人老去初何惜，四海經綸共望公。何日下車傾腹痛，喬玄林墓哭秋風③。

德音宣暢介鱗霑④，遠調曾辭瘴海炎。寒谷變春方燠休⑤，含沙窺影已陰潛。峯摧天柱山雖壞，桂折秋風氣陡嚴⑥。伸雪絳冤誰有疏，吞聲空向九天瞻。「煦嫗」一作「燠休」⑦。燠，於喻反⑧。休，虛喻反。昭三年，晏子曰：「民人痛疾，而或燠休之。」服虔云⑨：「痛而念之也。若小兒痛，父母口就之曰燠休⑩，代其痛也。」

盛氣橫收蓋代勳⑪，揮麾旌壘張吾軍。乘時孰計利不利⑫，爲善但憂聞未聞。千里魂歸關塞黑⑬，百年情在死生分⑭。臨風痛瀉長河淚，灑斷江東日暮雲。

惡棘梟鸞苦未分，挺身東下擬鯨吞⑮。義酣不信雄貙慘⑯，死守庶酬君父恩⑰。冤碧竟凝東粤血⑱，大招空返北邙魂。恢恢三木遺書在⑲，儘是君侯不歿存⑳。

【校】

①「新安」，元刊明補本、弘治本、四庫本「新昌」，據薈要本改。按：新昌縣，元屬瑞州路，隸江西湖東道肅政廉訪司，詳見《元史》卷六二。在「浙東宣慰」司者，新安縣也，與「玉山」所在之信州路亦相臨。「縣」、「玉山」、「歲」，弘治本同元刊明補本；薈要本、四庫本脱。

②「思深」，弘治本同元刊明補本；薈要本、四庫本作「深思」。

③「喬」，弘治本、薈要本同元刊明補本；四庫本作「橋」。

④「鱗」，弘治本、薈要本同元刊明補本；四庫本作「麟」，聲近而誤。「霑」，弘治本同元刊明補本；薈要本、四庫本作「沾」，亦可通。按：沾、霑，古今字。作「沾」者，「霑」省略形符之簡化字，俗用。後依此不悉出校記。

⑤「燠休」，弘治本同元刊明補本；薈要本、四庫本作「煦嫗」。

⑥「陡」，元刊明補本、弘治本作「陡」，據薈要本、四庫本改。

⑦「嫗」，元刊明補本作「堰」，據弘治本、薈要本、四庫本改。

⑧「燠於」，弘治本、同元刊明補本；薈要本作「煦夫」；四庫本「燠威」。按：此夾注當用唐陸德明《經典釋文》音義，見《春秋左傳正義》卷四二《昭公三年》：「燠，於喻反，徐音憂，又於到反，一音於六反。休，虛喻反，徐許留反。」作「威」者，蓋本之《集韻》威遇切而改。

⑨「服虔」，元刊明補本、弘治本作「眠虛」，形似而誤；薈要本、四庫本作「燠休」，非是；徑改。按：《春秋左傳正義》卷四二《昭公三年》：「民人痛疾，而或燠休之。」孔穎達正義：「服虔云：『燠休，痛其痛而念之。若今時小兒痛，父母以口就之曰燠休，代其痛也。』」

⑩「口」，弘治本同元刊明補本；薈要本、四庫本作「以口」。按：古人引書多靠記憶，屬意引，非直引，引文常有出入。作「以口」者，蓋以經傳原文補之。此處，作「口」并不影響文義表達，姑保留底本原貌。

⑪「收」，弘治本同元刊明補本；薈要本、四庫本作「空」。

⑫「孰」，弘治本同元刊明補本；薈要本、四庫本作「熟」，亦可通。按：熟，通孰。此作「熟」者，蓋「孰」之聲誤。後依此不悉出校記。

⑬「魂歸」，弘治本、四庫本同元刊明補本；薈要本作「歸魂」，倒。
⑭「情」，弘治本同元刊明補本；薈要本、四庫本作「精」。
⑮「下擬」，弘治本同元刊明補本；薈要本、四庫本作「擬下」，倒。
⑯「酣」，弘治本同元刊明補本；薈要本、四庫本作「醢」。
⑰「酬」，弘治本同元刊明補本；薈要本、四庫本作「全」。
⑱「竟」，薈要本同元刊明補本；弘治本、四庫本作「意」。
⑲「書」，弘治本同元刊明補本；薈要本、四庫本作「猶」。
⑳「不」，弘治本同元刊明補本；薈要本、四庫本作「未」。「歿」，弘治本同元刊明補本；薈要本、四庫本作「沒」，亦通。後依此不悉出校記。

壽繼先侍御

㠔嵘雲㢒鬱雄沉①，偃植圓杈力儘任②。持重要端風憲本，耐交尤見歲寒心。望隆北海螭蟠嚳，思入南陔孝養吟。漏泄光風來獻壽，緑萱春滿北堂陰③。

【校】

①「幈」，弘治本同元刊明補本；薈要本、四庫本作「帡」，亦可通。按：幈，同屏。幈幪，亦作屏幪，文獻用例較少，《漢語大詞典》亦漏收，猶帡幪，《中州名賢文表》卷二九孛术魯翀《大元奉元明道宫修建碑銘》：「風雨幈幪，山川會靈。」《東江家藏集》卷二《海棠四首》：「屑玉塗坯艷一叢，内園開處錦屏幪。」作「帡」者，蓋以「帡」、「幈」聲近義可通且「帡幪」連言較之常見而易之。

②「杈」，弘治本、四庫本同元刊明補本；薈要本作「權」，涉下而形誤。按：權，俗作权，权、杈形似。作「權」者，蓋涉下字「力」而形誤。「㡌」，弘治本同元刊明補本；薈要本、四庫本作「下」，聲近而誤。

③「緑」，弘治本同元刊明補本；薈要本、四庫本作「綵」，非是。按：緑萱者，《格致鏡原》卷七一《萱花》：「《留青日札》：『萱草緑而尖長，鹿葱葉圓而翠；緑萱葉與花同茂，鹿葱葉枯而後花。』」《秋澗集》卷二三《廣平毛巨源壽萱堂》：「百順無尊五福榮，華堂高揭緑萱名。」

送劉侍御分司上都兼呈中丞

何者功名是丈夫，細思初不外民區。油油雲葉從中合，盼盼羣情待一蘇①。造命豈容論氣數，當言能盡是雄圖②。聖恩思治方宵旰，幾問南薰解慍無③。

【校】

①「盼盼」，元刊明補本、弘治本、四庫本作「昐昐」，據薈要本改。

②「言」，弘治本同元刊明補本；薈要本、四庫本作「筵」，聲近而誤。

③「薰」，弘治本、薈要本同元刊明補本；四庫本作「熏」，亦可通。後依此不悉出校記。

題鳳山逸叟王明甫八秩手卷

二子長桓字巨川爲冠州尹次名構字肯堂今爲翰林應奉①

一府名香二十年，鳳山歸作地行仙。由來和氣薰陶久，不獨天彝秉受全②。扶健漢更鳩有杖，伴吟清獻鶴隨肩。更憐五馬鑾坡貴，併領春風上壽筵③。

【校】

①「冠」，弘治本、薈要本、四庫本作「旭」，非是。按：冠州，元屬東平路，見《元史》卷五八《冠州》。《元人傳記資料索引》言「至元十四年爲旭州尹」亦襲此誤。唐以後，未聞有旭州之地名，當是冠州之形誤。「肯」，弘治本、薈要本同元刊明補本；四庫本作「背」，形似而誤。

②「秉」，弘治本同元刊明補本；薈要本、四庫本作「稟」，亦通。

③「併」，弘治本同元刊明補本；薈要本、四庫本作「并」，亦通。按：併、并，多可通。後依此不悉出校記。

杜季明表兄史千載南還荆門索同賦爲餞謹書三詩以贈

杜時任中書省左右司郎中①

秀並岷峨萬仞青，憶初載酒子雲亭。幾年江渚悲鴻雁，一日沙堤咏鶺鴒②。共被載融荆樹樂③，還家不愧草堂靈。中郎儘擅平津閤，未分歸槎老客星。

干戈漂泊中年後，邂逅相看抵萬金。風景儘收孤客淚，江山何限故園心④。一作「去國不知江令客⑤，名家猶是杜陵心。」眼中棣萼春仍好，林下詩盟喜重尋⑥。南去瘴江無少阻⑦，平安休復到家音。

吟看錦水東遊日⑧，望入停雲北上時。憶弟遠衝燕地雪，聯芳未賦棣華詩。風塵抛擲青萍劍⑨，一作「情思琢出黄金礦⑩。」去路留連白玉巵。歸到荆門霜尚晚，月明江樹影參差。

【校】

①「書三詩」，弘治本同元刊明補本；薈要本、四庫本作「詩三首」。

②「堤」，弘治本、薈要本同元刊明補本；四庫本作「隄」，亦通。按：隄，同堤。後依此不悉出校記。

③「載」，元刊明補本、弘治本作「再」，據薈要本、四庫本改。

④「江山」，弘治本同元刊明補本；薈要本、四庫本作「山川」。

⑤「令客」，抄本同元刊明補本；薈要本、四庫本作「客恨」。

⑥「重」，抄本同元刊明補本；薈要本、四庫本作「更」。

⑦「無」，抄本同元刊明補本；薈要本、四庫本作「多」。

⑧「吟」，抄本同元刊明補本；薈要本、四庫本作「詠」。

⑨「擲」，抄本同元刊明補本；薈要本、四庫本作「入」。

⑩「情」，抄本、四庫本同元刊明補本；薈要本作「清」。「礦」，弘治本同元刊明補本；薈要本、四庫本作「壙」，聲近而誤。

張提刑子敬挽章

至元十五年六月十五日卒在河南時作塞上曲云對月笛中起愴然傷我情秋風一萬里總向笛中生遥憐漢軍士掩淚下邊城①

攬轡南來擬拜君，逢人忍以訃音聞。救焚有志遺深愛，博物何心泥款文。卿月儘輝丞相府，史評當策竹書勳。不須更聽西風笛，愁滿西山日暮雲②。「深愛」，爲北京行省郎中時③，曾救接軀户三百餘家④。

【校】

①「日」，抄本同元刊明補本；薈要本、四庫本脱。

②「山」，抄本同元刊明補本；薈要本、四庫本作「風」。

③「爲」，抄本同元刊明補本；薈要本、四庫本作「謂」。

④「接」，抄本、薈要本、四庫本作「援」。「軀」，抄本、薈要本同元刊明補本；四庫本作「民」。

詩寄季明郎中

中書機務日紛紛，海寓披圖萬國賓。善斷獨高如晦策，名家復見杜陵人。遥憐緑水紅蓮地①，滿意清江玉壘春。正有救時心最切②，更須根本細經綸③。

【校】

①「憐」，元刊明補本本作「鄰」，聲近而誤；據抄本、薈要本、四庫本改。

②「有」，抄本同元刊明補本；薈要本、四庫本作「是」。

③「根」，抄本、薈要本同元刊明補本；四庫本作「探」。

暇日登飛仙休逸二臺

老圃臺荒草棘深，魏公德業古猶今。望隆異代瞻儀鳳，錦爛輕裘憶細吟①。隴陌按行餘利澤，山川包總見雄襟。禽鳥知愛如相語②，隔葉時聞送好音。

【校】

①「細」，抄本同元刊明補本；薈要本、四庫本作「昔」。

②「禽」，抄本同元刊明補本；薈要本、四庫本作「羣」。

詩寄劉清卿都事

朋簪纔盍脱荷囊，蘭到升庭見獨芳。毳幕夜書稱快吏①，冰壺孤抱映秋霜。十年紫禁煙花近，四海金華姓字香。南北相望固迢遞，久要情在恐難忘。

【校】

①「吏」，抄本同元刊明補本；薈要本、四庫本作「夢」。

秋日早衙示同僚閻簽事子靖

憲府覃覃尺五天①，按臨八道儘繩愆。乘時佐理疏明略，攬轡澄清愧昔賢。寬固可稱須有制，事唯無詖乃能全。所行果計無尸素，放枕能安一夕眠。

【校】

①「覃覃」，抄本同元刊明補本；薈要本、四庫本作「潭潭」，亦通。

慶趙仲器母八秩

遐壽能康世所稀，滿前蘭玉更熙熙。氣充自得豐長稟①，德厚能高九十儀。秋月簾籠來婺彩，春風蟾背看彤芝②。燕城勝事今誰最，聽取共巖介祉詩。

【校】

①「充」，元刊明補本、抄本作「沖」，聲近而誤；據薈要本、四庫本改。

②「蟾」，抄本同元刊明補本；薈要本、四庫本作「堂」，非。

椰實詩宣慰高飛卿開宴出示此果邀諸君賦詩西溪首唱僕乃賡焉

坡仙帖裏藹餘馨，炎帝圖經見典刑。瓣削異樽陪北海①，暖包香霧自南溟。摩挲枵腹疑藤癭，雋永天漿勝楚萍。吾子好奇時引飲，沙頭閑卻玉雙鉼。

【校】

①「瓣」，元刊明補本作「辦」、抄本作「辨」，形似而誤；據薈要本、四庫本改。

寄參政相公

不覿清揚近一年，依依情在鳳池邊。碧雲思遠餘千里，紅藥階深有二天①。兒輩初官儋好爵，寵光霑喜動重泉。白頭無計酬知己，會有文章見簡編。

【校】

①「深」，抄本同元刊明補本；薈要本、四庫本作「升」，聲近而誤。

和西溪韻送良弼提刑赴憲臺之召

拳拳幾御大賢車，謂張平章、張左相、姚雪齋也。氣量弘深見步趨。望重正煩天下計，人和愛及屋頭烏。百年笑我遽如許，一日似君其可無。雅俗自來推坐鎮，簡花奚待筆端區。

百城方聳使君車，遽應旌軺內殿趨[1]。儀羽望清初振鷺，柏臺陰肅已翔烏。人材輩向朝中列[2]，天下看來一事無。數路清寧固佳政，經綸何似被綿區。

南來和氣擁輶車，佩玉長裾利走趨。阿閣再鳴瞻彩鳳，月明三匝笑驚烏。事機應運深還淺，才氣多君有若無。輿論功名果何在[3]，此心初不外民區。

【校】

①「軺」，元刊明補本、抄本作「招」，聲近而誤；據薈要本、四庫本改。

②「朝中」，抄本同元刊明補本；薈要本、四庫本作「中朝」，亦通。

③「輿」，抄本、薈要本、四庫本作「與」，形似而誤。後依此不悉出校記。

送李士觀還壽春幕府 并序①

士觀友愛來辭，促膝道舊，眷眷有不能别者，仍以親老地遠佳眠食是祝②。士觀請即此爲贈，因率爾賦焉，見合肥王尹立夫爲寄聲兼達兹懇云③。至元己卯重午前三日也。

去年首夏别燕城，今歲清和會汳京④。相顧鬢顔成老醜，不緣貧富異交情。春蘭句好香生席，歸路舟輕月滿旌。地接兩淮終瘴濕，身安之外總虚名。

【校】

①「士」，抄本同元刊明補本；薈要本、四庫本脱。「幕」，元刊明補本、抄本作「莫」，亦可通；據薈要本、四庫本改。按：莫府，同幕府。莫，通幕。作「莫」者，蓋「幕」省略形符之簡化字，俗用。

②「地」，抄本同元刊明補本；薈要本、四庫本作「别」。

③「肥」，抄本同元刊明補本；薈要本、四庫本作「淝」。

④「清」，抄本同元刊明補本；薈要本、四庫本作「晴」，亦通。「汳」，抄本同元刊明補本；薈要本、四庫本作「汴」，亦可通。

挽禮部丁公郎中①

笏班出佩紫荷囊，漢署當年列雁行②。學古不回平日守，德方誰似老來剛。眼中耆舊雲煙盡，身後詩書坎掩香。臺閣清風有餘凛，一丘埋恨吹臺傍③。

【校】

①「丁公郎中」，抄本、薈要本同元刊明補本；四庫本作「郎中丁公」。

②「列」，抄本同元刊明補本；薈要本、四庫本作「别」，形似而誤。

③「傍」，抄本同元刊明補本；薈要本、四庫本作「旁」，亦通。按：旁、傍，古今字。後依此不悉出校記。

相下送舍弟之官鄧鄗①　時爲竹監使

十五年中三聚首，一千里外兩相望。春風邶北重分袂，夜雨漳南喜對牀②。雲路暫淹騏驥足，江沙晴護鶺鴒霜③。公餘正要加餐飯，陽武同宗只二房。

【校】

①「之官」，抄本同元刊明補本；薈要本、四庫本作「官至」，既脱且衍。「鄗」，抄本、四庫本同元刊明補本；薈要本作「鄗」，形似而誤。

②「夜雨漳南喜對牀」，抄本同元刊明補本；薈要本、四庫本作「喜雨漳南夜對牀」。

③「晴」，元刊明補本、抄本作「睛」，形似而誤；據薈要本、四庫本改。

舍弟仲略生朝　十六年己卯五月廿一日時寓史開府宅①

江漢堂深晝景妍②，亭亭花影舞胎仙。一樽此夕歌鴻雁，滿意薰風醉管弦③。遺業繼承心共切，此身加健壽爲先。飄零南北初無定，正要相看棣蕚偏④。

【校】

①「年」，抄本同元刊明補本；薈要本、四庫本作「歲」，非。

②「景」，抄本同元刊明補本；薈要本、四庫本作「錦」。

③「薰」，抄本同元刊明補本；薈要本作「春」，非；四庫本作「眷」，非。

④「偏」，抄本、四庫本同元刊明補本；薈要本作「篇」，聲近而誤。

送千秋都司任密州諸城令 竊效贈言代抒衷素①

梁苑相逢傾蓋初，照人秋水出芙蕖。應憐世事方多故，卻恐微官是美除②。處己道方何喜慍，濟時舌在儘舒徐③。下車莫後神明政，楚幕瞻烏待報書。

【校】

①「抒衷」，元刊明補本、薈要本作「抒裹」，形似而誤；抄本作「杼衷」，亦可通；據四庫本改。按：杼，通抒；杼衷

素，同抒叓素。作「杼」者，「抒」之形誤。

②「是」，抄本同元刊明補本；薈要本、四庫本作「似」，聲近而誤。

③「舒」，抄本同元刊明補本；薈要本、四庫本作「紓」，亦可通。按：紓、舒，皆屬《廣韻》魚韻，通。紓徐，亦作悆徐，同舒徐。作「紓」者，蓋「舒」之聲誤。

至元十六年歲在己卯四月十一日偕大同郭天錫佑之大梁劉衡漢卿天党李昌齡千秋遊内梁門西大佛寺寺即宋寶相院也主僧郭里人臘七十餘相與會堂東丈室坐間話文字及壬辰歲京城警嚴令人嘅嘆久之佑之爲放聲長歌劉起浮大白者數行懷仰之思渙焉冰釋然後知盛衰之不恒哀樂之無端也開口而笑頻何厭焉遂留題而去侍行者安陽楊𧼐義甫①

帝城何處散春悰，花木禪房一逕通。共訝殘僧談世故，卻憐閒燕得諸公。風雲心事誰能了，歡樂朋從豈易逢。聽徹清吟歸路晚，金明池沼夕陽紅。

【校】

①「宋竇」，抄本同元刊明補本；薈要本、四庫本作「審實」，非。《咸淳臨安志》卷八五《寶相院》：「在縣西七十五里舊，舊石佛院。天成五年建，治平二年改今額。」治平，宋英宗趙曙年號。「間話」，弘治本同元刊明補本；薈要本、四庫本作「話間」，倒。「嚴令」，元刊明補本、弘治本作「巖令」，據薈要本、四庫本改。「放聲」，弘治本同元刊明補本；薈要本、四庫本作「放生」。「楊韃」，弘治本、四庫本同元刊明補本；薈要本作「韃楊」，倒。

山陽偶與大繼長相遇自辛亥年相别至今廿八年矣追念疇昔作詩爲贈

解鞍林下振清埃，懷抱樽前得好開。白髮滿頭心事在，青山當眼故人來。風流自有高賢識，感慨還深漂母哀①。讀盡深香轉蕭爽，清吟不到伯倫臺。「深香」係繼長父宜之文集，號曰《深香閑適》。予此行本擬游百巖②，不果，故云。

【校】

①「還」，抄本、四庫本同元刊明補本；薈要本作「彌」，亦通。

②「百」，抄本、四庫本同元刊明補本；薈要本作「石」，形似而誤。

漢東陽武太守臧公廟

袁曹形勢兩鳴梟①，趣向終非翊獻朝②。歃血正圖扶漢鼎③，殺身何獨爲張超。荒城草闇遺壇在，喬木風高烈氣飄。琳也爲思名節正，有書明正苦相招。

【校】

①「梟」，元刊明補本、抄本作「梟」，據薈要本、四庫本改。

②「趣」，抄本、薈要本同元刊明補本；四庫本作「趨」，亦可通。後依此不悉出校記。

③「歃」，抄本、四庫本同元刊明補本；薈要本作「插」，聲近而誤。

太守劉景融之任滑臺索詩謹書此爲贈①

十年錦帶佩吴鉤，曾翼龍驤控上游。平日諸君稱雅厚②，老來五馬更風流。宦游喜在西溪部，閑讌欣同晝舫秋。歸雁亭前問遺俗，遲回初不爲詩留。

【校】

①「詩謹書」，弘治本同元刊明補本；薈要本、四庫本作「書謹」，既脱且倒。

②「君」，元刊明補本、弘治本作「軍」，據薈要本、四庫本改。

信察判士達來辭以贈言爲榮因書此以送且見余之素行云①

常憶終軍英妙年，此時頭角見巉然。百城望重非輕責，六品除新寔美遷。奸弊得情矜勿喜，事機到手簡爲先。河東説是懷恩地②，未礙蘇章有二天。

【校】

①「書此」，抄本、薈要本同元刊明補本；四庫本作「此書」，涉上而倒。「素」，元刊明補本、弘治本作「愫」，據薈要本、四庫本改。

②「恩」，元刊明補本、抄本、薈要本作「思」，據四庫本改。按：語本《後漢書》卷六一《蘇章傳》：「順帝時，遷冀州刺

史。故人爲清河太守，章行部案其奸臧。乃請太守，爲設酒肴，陳平生之好甚歡。太守喜曰：『人皆有一天，我獨有二天。』章曰：『今夕蘇孺文與故人飲者，私恩也；明日冀州刺史案事者，公法也。』遂舉正其罪。州境知章無私，望風威肅。」

賦湖石得於汴梁

華陽萬石説卿雲，族聚支分此遠孫。疊嶂秀來雖晻靄，孤峯崛起更雄尊。轉翻蒼背鱗猶動，侍近紅雲色尚温。覺我露堂光景麗①，洞庭秋氣鬱吟樽。

【校】

①「堂」，抄本同元刊明補本；薈要本、四庫本作「臺」，非。

和士觀見贈詩韻

鴻飛鷺散聚無時，偶喜歸來共一池。世路何心論薄宦，燈窗同業憶深資。但教白壁無微玷，問甚青雲有素期。卻恐桐淮淮上月，清光長使照睽離。

春露堂三首

今年卜築露堂春，頗覺吾廬發興新。書帙盛陳欣有託，燕巢不定似嫌貧。花枝照眼開還好，竹樹當軒植漸匀①。朝日兩竿濃睡覺，不妨門外即囂塵。

詩書真樂得新聞②，不羨軒車日過門。薄宦到頭終外物，一閑入手是寬恩。東山不厭蒼生望，北海羞霑緑蟻樽。花草滿庭從爛熳③，最憂當路種蘭蓀④。

貧家營構不容常⑤，五十年來自此堂。春露榜題應有在，慈親孺慕詎能忘⑥。華滋濡濕趨庭處，風彩依稀隨日傍⑦。我老自強觀志行，泫然流涕撫青箱⑧。

【校】

①「植」，抄本、四庫本同元刊明補本；薈要本作「值」，形似而誤。

②「聞」，抄本同元刊明補本；薈要本、四庫本作「文」，聲近而誤。

③「熳」，抄本同元刊明補本；薈要本、四庫本作「漫」，亦通。

④「憂」，抄本同元刊明補本作「憂」；薈要本、四庫本作「憐」。

⑤「構」，抄本、四庫本同元刊明補本；薈要本作「搆」，亦可通。後依此不悉出校記。

⑥「孺」，元刊明補本作「疑」，抄本作「凝」，據薈要本、四庫本改。

⑦「彩」，抄本同元刊明補本；薈要本、四庫本作「采」，亦可通。

⑧「涕」，抄本同元刊明補本；薈要本、四庫本作「淚」。

送何參政北上

世事雲翻不易裁，君侯真是濟時材①。若論經制明公道，儘足扶持是憲臺②。霖雨終期賢相在，秋風聊應鶴書來。草茅亦有雲霄望，執法清光接上台。

【校】

①「材」，抄本同元刊明補本；薈要本、四庫本作「才」，亦可通。後依此不悉出校記。

②「是」，抄本、薈要本同元刊明補本；四庫本作「重」。

幹臣周君邂逅淇上作

燈燼紅垂綴玉蟲，鵲聲傳喜下霜空。故人遠自京圻至，青眼依然白髮同。道在固常忘勢重，官清還復坐詩窮。章章久説襄城政，早晚褒書示至公。

鄉人魏先生家藏樂天神一軸作二像對立一則五十時容一則六旬後真也上有樂天自贊别稱爲蓬婆仙云卅年前屢獲瞻拜近讀公長慶集偶記此畫爲訪問云已磨滅久矣遂作詩以弔

蓬婆洛南地名①

魏家一軸樂天神，三十年前繪色新。欲就醉吟師格律，試尋縑素墮埃塵。空留池上山中咏，謾應花前月下身。官品文章吾敢覬，似公真樂老能親。

【校】

①「卅」，抄本同元刊明補本；薈要本、四庫本作「三十」，亦通。「作」，抄本同元刊明補本；薈要本、四庫本脱。「南」，抄本同元刊明補本；薈要本、四庫本作「陽」。「鄉人魏先生」至「婆洛南地名」，抄本、四庫本同元刊明補本；薈要本另有詩題「魏家白樂天畫像」并以之爲小序。

嘉禾篇 并序

乙酉歲九月，衛之南郊穫稼，得嘉禾，一莖九穗，和之至也。田主李縣丞特以示余①，纍纍秀結，大小連比，誠可異也。人用餘和②，忻忭曷已，作《嘉禾篇》，重陽后二日序③。

天地深恩雨露零，嘉禾還自氣和生。九秋灝爽團孤秀④，一穗功夫到九成⑤。太史書年同合穎，漢庭稱瑞比連莖。表章莫後丹青賀，人道豐穰是太平。

【校】

①「特」，弘治本、薈要本同元刊明補本；四庫本作「持」。

②「和」，弘治本同元刊明補本；薈要本、四庫本作「詠」，涉下而妄改。

③「后」，弘治本同元刊明補本；薈要本、四庫本作「後」，亦可通。按：后，通後。作「後」者，蓋以本字易借字耳。

④「灝」，弘治本、薈要本同元刊明補本；四庫本作「顥」，亦可通。按：灝，同顥。作「顥」者，蓋「灝」省略形符之簡化字，俗用。後依此不悉出校記。

⑤「穗」，弘治本、四庫本同元刊明補本；薈要本作「蕙」，聲近而誤。

種玉亭

徐子方宣慰有詩因擬作三首

昆明雲錦厭凡材①，玉井移根手自栽。不着詩仙分寶供，誰攜仙子下瑶臺②。留連夜月娟娟浄③，披拂薰風細細開④。不用葉浮滄海去，芙容城闕有蓬萊⑤。

靈沼雲深寶氣存，素花一夕發芳根⑥。煙中髣髴溪娘語⑦，波面輕盈越女魂。江月借粧增皓彩⑧，露華和屑貯芳温。夜深更待瑶環供，細挹秋香共一樽。

休誇幻術有仙翁，人定端能勝化工。淑女固應歌窈窕，芳根元自雪玲瓏⑨。秋香入户摇江羽，羅襪凌波遶漢宮⑩。莫訝西風吹易散⑪，世間聲色本來空。

【校】

①「厭」，弘治本同元刊明補本；薈要本、四庫本作「壓」，非是。按：作「壓」者，蓋未審文義而以「厭」爲「壓」之古字，以今字易古字。

②「仙子」，弘治本、四庫本同元刊明補本；薈要本作「姑射」。

③「娟娟淨」，弘治本同元刊明補本；薈要本作「涓涓淨」，聲近而誤；四庫本「娟娟靜」，聲近而誤。

④「薰」，弘治本同元刊明補本；薈要本、四庫本作「清」，非。

⑤「芙容」，弘治本同元刊明補本；薈要本、四庫本作「芙蓉」，亦可通。按：芙蓉，連綿字，「芙」、「蓉」皆是記音而字無實義，故亦可作「夫容」、「芙容」、「夫蓉」。作「芙蓉」者，蓋芙容本謂荷花，草屬，後以皆從草爲常見，故易「容」爲「蓉」。後依此不悉出校記。

⑥「花」，弘治本同元刊明補本；薈要本、四庫本作「華」，亦可通。按：素花，同素華。華、花，同。花字後起。作「華」者，蓋素花本作素華，《楚辭·九歌·少司命》：「緑葉兮素華，芳菲菲兮襲予。」「素花」一詞，蓋始見於唐，《張燕公集》卷一四《爲留守作瑞禾杏表》：「朱萼素花，彰孝理於詩傳；一莖九潁，合德耀於祥經。」後依此不悉出校記。

⑦「髣髴」，弘治本同元刊明補本；薈要本、四庫本作「彷彿」，亦可通。後依此不悉出校記。

⑧「粧」，弘治本同元刊明補本；薈要本作「裝」，亦可通；四庫本作「妝」，亦可通。按：粧、妝，同。《説文》：「妝，飾也。從女，牀省聲。」聲符不易識別，後另造「粧」字，從米庄聲。作「妝」者，蓋以古字易後起字。裝，同粧。作「裝」者，蓋「粧」、「裝」聲近且「裝」字較之常見而易之。後依此不悉出校記。

⑨「元」，弘治本、薈要本同元刊明補本；四庫本作「原」，亦可通。後依此不悉出校記。「瓏」，薈要本、四庫本同元刊明補本；弘治本作「壠」，形似而誤。按：壠，亦作壟；壠、瓏形似。

⑩「遶」，弘治本、四庫本同元刊明補本；薈要本作「繞」，亦可通。

⑪「訝」，弘治本同元刊明補本；薈要本、四庫本作「向」。

西村二詩①

兩月秋霖不出門，今朝騎馬到西村。高空氣肅雲歸壑②，老樹風多葉擁根③。謾説田園宜野隱，争趨朝市羨時奔。古人大抵崇高節，飢凍當時所不論。

秋來泥潦擁柴門④，兩月幽棲不到村。野鳥伴耕翔水澨⑤，寒蟲催織遶籬根。有生未免憂飢凍⑥，舉世其能息競奔。仕不力任閑不足⑦，一生心苦欲誰論。

【校】

①「詩」，弘治本、薈要本同元刊明補本；四庫本作「首」。

②「空」，弘治本同元刊明補本；薈要本、四庫本作「穹」。

③「葉」，弘治本、四庫本同元刊明補本；薈要本作「月」，聲近而誤。

④「來」，弘治本同元刊明補本；薈要本、四庫本作「風」，涉上而誤。

⑤「濡」，弘治本同元刊明補本；薈要本、四庫本作「滴」，形似而誤。

⑥「有」，弘治本同元刊明補本；薈要本、四庫本作「半」。「憂」，弘治本同元刊明補本；薈要本、四庫本作「有」，聲近而誤。「飢」，元刊明補本、弘治本、薈要本作「饑」，據四庫本改。按：饑，通飢。作「饑」者，蓋「飢」之聲誤耳。《西村二詩》第一首即有「古人大抵崇高節，飢凍當時所不論」之言，由《秋澗集》用詞之特點知此處底本亦當作「飢」。

⑦「足」，弘治本同元刊明補本；薈要本、四庫本作「走」，非。

桃花菊四首 一名煙脂紅①

淚灑明妃寄露葩，換根非爲貯丹砂。黄輕白碎空多種，碧爛紅鮮自一家。騷客賦詩憐晚節，野人修譜是頭花。九秋霜露無情甚，時約行雲護彩霞。

爲厭秋容慘澹天，故將濃豔發清妍。煙霜輕拂吴姬面，丹臉能回白帝權。寄傲儘淩青女肅②，鬧粧宜刺繡衣鮮。留連最是東籬蝶，細繞芳叢兩翅翩。

容色風流操潔蠲，一枝紅雪秀霜天。氣淩金井欄干曲③，香在紅鸞扇影邊。塞上閼氏凝夜紫，月中仙子怨秋偏。少陵若遇情增重，肯數重巖細蕊園④。

葉細枝柔巧剪裁⑤，丹砂濃抹入纖荄。朱顏肯逐劉郎老⑥，紅影情圍葛井開。慘淡秋容空野圃，飄瀟風露際天台。晚涼更覺清香異，不厭芳叢百匝來。

【校】

①「煙」，弘治本同元刊明補本；薈要本、四庫本作「胭」，亦可通。按：煙，通胭。作「胭」者，蓋以本字易借字耳。後依此不悉出校記。

②「淩」，弘治本、薈要本、四庫本作「凌」，亦可通。

③「干」，弘治本同元刊明補本；薈要本、四庫本作「杆」，亦可通。按：欄杆，同欄干。作「杆」者，涉上「欄」字從木而偏旁類化。

④「數」，弘治本、四庫本同元刊明補本；薈要本作「教」，形似而誤。「團」，弘治本同元刊明補本；薈要本、四庫本作「團」，形似而誤。按：作「團」者，於詩韻不諧。「團」與「天」、「邊」、「偏」皆屬細音，「團」爲洪音。

⑤「剪」，弘治本、薈要本同元刊明補本；四庫本作「翦」，亦通。按：剪、翦，本爲二字，後多可通用。後依此不悉出校記。

⑥「逐」，弘治本同元刊明補本；薈要本、四庫本作「教」，涉上而誤。

苦雨

乙酉歲入秋已來不過三日晴輒雨今已三月矣九月十六日作①

雲陰交會日長昏，老雨瀟瀟晝掩門。秋氣儘悲騷客志，草堂空有少陵樽②。寵光蘚蔓滋多碧，蕪沒蘭蓀似少恩。坐聽寒聲萬家裏，幾家繒纊有冬温③。

晴明無幾日朝隮，雲不容同霧雨淒。便着長風開白日，已令后土汙黄泥。冷翻幽壑潛蛟舞，濕鎖喬林健鶻棲④。萬象沉沉水光底，幾時高樹看晴霓。

火烏翅濕日脚昏，雨中跳蛙亂登門。少陵悲嘆禾穗黑⑤，元亮獨酌愁空樽⑥。氣惟協中乃成歲，事至霪溢將傷恩。詩人吟咏何所補，笑爇鑪火回春温⑦。

【校】

①「已來不過三日晴輒雨今已三月矣九月十六日作」，弘治本作「已來不過二日晴輒雨今已三月矣九月十六日作」；薈要本作「以來每晴明不過二日輒雨今已三月矣時九月十六日作此詩以寄慨云」；四庫本作「以來晴明止二日輒雨已三月矣九月十六日作此」。

②「有」，元刊明補本、弘治本作「在」，據薈要本、四庫本改。

③「家」，弘治本同元刊明補本；薈要本、四庫本作「多」。

④「濕」，弘治本同元刊明補本；薈要本、四庫本作「温」，形似而誤。

⑤「少陵悲嘆禾穗黑」，弘治本同元刊明補本；薈要本、四庫本作「少陵悲禾歎黑穗」。

⑥「獨」，弘治本同元刊明補本；薈要本、四庫本作「愛」。

⑦「爇鑪」，弘治本同元刊明補本；薈要本、四庫本作「熱爐」，亦可通。

與諸君會飲中作①

駑蹇從來策不前②，畏涂有戒莫爭先③。但隨白傅看花約，宜信淵明止酒篇。人笑苦吟疏巧宦，天教多病護殘年。老夫歲暮歡雖鮮，每對諸君一粲然。

【校】

①「與諸君會飲中作」，弘治本同元刊明補本；薈要本、四庫本此詩竄入「苦雨」詩，且將詩題改爲「與諸君飲會中作」，并置於是詩之後作爲夾注文字。

②「前」，弘治本、四庫本同元刊明補本；薈要本作「全」，聲近而誤。

③「涂」，弘治本同元刊明補本；薈要本、四庫本作「途」，亦可通。按：涂，同途。作「途」者，蓋以常見之詞易之耳。

赴趙子儀飲會

忠烈祠前是舊盟①，一樽重約就門傾。但成把臂論文飲，也勝拖泥帶水行。樂事不須應節敍②，賞心最愜是閑情。一秋霖雨朝來霽③，此會當題作喜晴。

【校】

①「盟」，弘治本同元刊明補本；薈要本、四庫本作「門」，聲近而誤。

②「須應」，元刊明補本、弘治本作「應須」，倒；據薈要本、四庫本改。

③「霖」，弘治本同元刊明補本；薈要本、四庫本作「零」，聲近而誤。

秋懷①

醉頭扶起日三竿，掃罷幽軒到藥欄。傍架整齊書帙亂②，繞籬料理菊枝殘。日融虚閣留餘暖，雨積高空促早寒。處置身心閑裏過，不將勳業鏡中看。

老夫逢秋强作懷③，莫教閑惱上心來。人情寡味隨年薄，世事無端觸境開。東閣謾傳梅信好④，西風時送雁聲哀。客來茶罷無多話，共趁秋陽曝背鮐。

【校】

①「懷」，弘治本、四庫本同元刊明補本；薈要本脱。

②「帙」，弘治本、薈要本同元刊明補本；四庫本作「集」，非。

③「夫」，弘治本、薈要本、四庫本作「去」，形似而誤。

④「漫」，弘治本同元刊明補本；薈要本、四庫本作「漫」。

弔王提舉柔克

乙酉九月廿四日自經關王廟内①

驚看神色自今秋，奄奄殘魂到鬼幽。叢薄未霜猶足蔽，事機已露欲誰尤。百方作計難爲地，一意長歸是徹頭。昨日寢門臨弔處，兩行哀淚不容流②。

前年除目儘多門③，獨喜南來弄竹孫。入手固知餘利孔，刺頭何苦入膠盆。海鷗枉訝多機客，楚些難招不弔魂。漢壽祠前重回首，短節猶想立黄昏④。

悠悠末路謀生苦，穰穰羣奔爲利來。薄宦得勝閑裏過，畏涂合嚮冗時回⑤。誰知竹實療飢鳳，卻變錢神作禍胎。我老不堪多感愴，一汙還爲素絲哀。

憶初同舍在共城，短小於中最幹精。取舍近看臨老節，鋪謀全異早年情。舌端雄辨堪排難，霜後寒蟬了不鳴。重念人生生可貴，世間萬事一毫輕。

南來作監無多事，舉手差池便兩分。細論是非俱有説，大綱向背不同羣。以身死事從來有，爲貨輕生古罕聞。不獨衆傷非正命，秋空低處有愁雲。

【校】

①「廿」，弘治本作「丑」，形似而誤；薈要本、四庫本脱。「自經」，弘治本同元刊明補本；薈要本作「自經於」；四庫本作「自經于」。「内」，弘治本同元刊明補本；薈要本、四庫本脱。

②「哀」，元刊明補本、弘治本作「衰」，據薈要本、四庫本改。

③「目」，弘治本同元刊明補本；薈要本、四庫本作「日」，形似而誤。

④「想」，弘治本同元刊明補本；薈要本、四庫本作「恐」。

⑤「涂」，弘治本同元刊明補本；薈要本、四庫本作「塗」，亦可通。後依此不悉出校記。

謝道人惠竹

春露堂成户牖空，閉藏無物禦深冬。長梢來覓筠溪種①，祥祉思憑道蔭功。清泛細香添瓦鼎，静連秋月想煙叢。夜來紙帳梅花夢，已在融融和氣中。

【校】

①「梢」，元刊明補本作「稍」，形似而誤；據弘治本、薈要本、四庫本改。後依此不悉出校記。

筠溪軒詩卷補亡

筠溪舊有亭甚雅①，往年爲秋潦所圮，亭與詩卷俱波蕩不存。今歲冬來游，紫微道者丐余詩，將欲補亡，且致重構之意②，仍爲賦此。中間飲客蓋廿八年前同遊者，侍臣陳季淵、奉使覃焕然③、河平牧今右丞史晉明④、禮部尚書王子勉、侍御史雷彦正與不肖⑤。紫微道者，威儀杜大用也。時乙酉十月廿一日。

重到筠溪二十年，眼中風物頗蕭然。雙旌尚憶經行處，八客同來作飲仙。露濕雲梢回曉翠，月明瑶圃澹秋煙。道人説是潛珍客，更看飛檐插碧淵。

【校】

①「甚雅」，弘治本同元刊明補本；薈要本、四庫本作「雅甚」。

②「將欲」，弘治本、薈要本同元刊明補本；四庫本作「欲將」，倒。

③「覃焕然」，弘治本同元刊明補本；薈要本、四庫本作「覃溪焕然」，衍。

④「河平」，弘治本同元刊明補本；薈要本、四庫本作「平河」。「明」，弘治本同元刊明補本；薈要本、四庫本作「臣」，非。按：史晉明，即史格，史天澤子，先拜參知政事，再遷湖廣右丞，進平章。

⑤「彦」，弘治本、四庫本同元刊明補本；薈要本作「産」，形似而誤。

慶雲鸚鵡杯①

桂魄淪精貯海波，神光分秀入紅螺。卿霏護暖圍蒼腹，丹喙嫌寒縮翠窠②。縱飲雅當豪客意，垂雲無復緑衣歌。一樽細浥江山筆，夢到芳洲碧草多。

【校】

①「鵡」，薈要本、四庫本同元刊明補本；弘治本作「鵝」，形似而誤。

②「喙」，弘治本、四庫本同元刊明補本；薈要本作「啄」，形似而誤。

鸚鵡螺

翠衿紅觜漫多知①，不覺流形入化機。悽斷隴雲迷舊宿②，潤涵炎海有餘輝。酒波碧瀲珠還浦③，螺女棲深玉作圍。昨日玳筵揮飲處，故令歌緩恐驚飛。

自嘆明言出更難，奮形飛入巨螺間。中空蜃吐潛珍羽④，外示文明變炳斑⑤。春釀儘供身後樂，雕籠全勝向來閑⑥。深藏且莫輕爲用，合浦珠神有往還。

何年犀火採螺江⑦，一竅重開混沌蒼。解語已迷青鳥使，幽居渾是雪衣娘。海苔暈碧猶霑濕，慧舌能嬌自閉藏。莫遣繡簾明月入，湘妃窺伺恐攜將。

隴鳥何年別故山，珠房深鎖雪衣閑。調音厭落佳人後，勸飲來陪狎客間。山鬼吹燈驚怪供，春風浮酒漲蒼灣⑧。興來一吸三江盡，醉入無何肯易還。「醉」一作「逕」，「肯易」一作「不要」。⑨

飛潛相化理堪驚，老蚌還成隴鳥形。鱷吸似憐唐相飲⑩，江沉應笑屈原醒。坡陀海露神黿窟，瀲灩波翻竹葉馨。我老探奇心尚在，醉來歸夢繞螺亭。

隴禽辨惠世同誇⑪，何事將身學海蝸。江月洞空珠有淚，卿雲覆體玉生花。回天不入深宮夢，樂聖欣歸左相家。長憶郡樓初飲處⑫，頓令觥斝失光華⑬。至元十年官居平陽時，監郡邀余飲，白雲樓上出此器勸客，余初見之，故云。

【校】

①「漫」，弘治本、四庫本同元刊明補本；薈要本作「謾」，亦可通。

②「悽」，弘治本同元刊明補本；薈要本、四庫本作「淒」，亦通。按：淒斷，同悽斷。後依此不悉出校記。

③「激」，薈要本、四庫本作「飲」，非。

④「蜃」，弘治本、四庫本同元刊明補本；薈要本作「㫳」，形似而妄改。

⑤「斑」，元刊明補本、弘治本作「虨」，據薈要本、四庫本改。按：虨，在《廣韻》平聲真韻；還、斑，皆在《廣韻》平聲刪韻。

⑥「雕」，弘治本、薈要本同元刊明補本；四庫本作「彫」，亦可通。按：雕、彫，古今字。作「彫」者，蓋以今字代古字。後依此不悉出校記。

⑦「年」，弘治本、薈要本同元刊明補本；四庫本作「來」。

⑧「漲」，弘治本同元刊明補本；薈要本作「對」；四庫本作「憶」。

⑨「醉一作逕肯易一作不要」，元刊明補本、弘治本作「肯易一作不要醉一作逕字」，既倒且衍；據薈要本、四庫本改。

⑩「吸」，弘治本同元刊明補本；薈要本、四庫本作「汲」。

⑪「辨惠」，弘治本同元刊明補本；薈要本作「辨慧」，亦可通；四庫本作「辯慧」，亦可通。後依此不悉出校記。

⑫「長」，弘治本同元刊明補本；薈要本、四庫本作「常」。

⑬「觥」，弘治本同元刊明補本；薈要本、四庫本作「觴」。

札剌觧斷事官系出中朝勳族喜讀書温雅尚禮樂與賢士夫相接過衛來訪慇厚之意無以相答謹作是詩爲贈且見夫妙齡英發之氣云①

赫赫金張奕葉崇，濟時還屬黑頭公。讀書志在諸君右，奉命名高畫省風。一札恩光寬大裏，八州刑憲笑談中。皇家求治如飢渴，莫後當朝補衮功。

【校】

①「札剌觧」，弘治本同元刊明補本；薈要本作「扎拉岱」；四庫本作「哈喇台」。按：觧，《玉篇》多改切，與岱、台音近。「憙」，弘治本同元刊明補本；薈要本、四庫本作「喜」，亦可通。

餞王倅北行

邶衛從來八達衢，三年不易貳爲車①。一官聊爾開公道，四海能行即丈夫。花外驛亭留故事，日邊消息聽新除。諸君若問民間治，最重無輕是使符。

【校】

①「貳」，弘治本同元刊明補本；薈要本、四庫本作「二」，亦可通。

壽鄉兄君玉評事①

七十平頭鬢未毛，久將家事付兒曹。心便教子初無惜，日喜延賓不厭勞。花木漸成林下趣，襟期猶是邑中豪。年年櫻筍堂前客，常對珍珠滴小槽。

【校】

①「評」，弘治本、四庫本同元刊明補本；薈要本作「平」，聲近而誤。

送從事李庭玉北上①

邶衛從來四達衢②，三年不易曳長裾。持心有道清廉在，遇事能方長厚餘。入幕不知王儉客，攜行惟見恕軒書③。揚清激濁朝家事，不信銓曹止舊除。

【校】

①「庭」，弘治本同元刊明補本；薈要本、四庫本作「廷」，非是。按：李庭玉，即李忽蘭吉，本名庭玉，隴西人。父李節（一一九二—一二七四）。詳見《元史》卷一六二、《明一統志》卷三五。

②「衢」，弘治本、四庫本同元刊明補本；薈要本作「奇」，聲近而誤。

③「惟」，弘治本同元刊明補本；薈要本、四庫本作「唯」，亦可通。

秋欄四詠

爲仲略弟皆有和章丁亥秋季也①

宜男

松菊庭前草半蕪②，幽花含笑發春腴。暖回堂背孤根秀③，畫出宫池百子圖。浥露泠搖金鳳淡，翻香重上髻雲烏。怡然坐對忘憂外，披拂餘芳任蝶鬚。

寒菊

三徑歸來已就荒，更堪風雨過重陽④。似憐楚些清吟苦⑤，留在寒花晚節香。黄蝶有情時見過，緑樽無酒淡相忘。瀟條五柳門前路⑥，何處斜川接醉鄉。

秋蝶

舞困春光興未窮，又將心事戲秋風。凌晨趁暖翻朝煦，薄暮棲香入菊叢。幾夜留連迷曉夢⑦，誰家圖寫出深宫。翻然不逐韶華老，飛過畫欄西復東⑧。

薔薇

葉下亭臯百卉空⑨，秋陽分暖發春叢。重滋芳露供坡墨，兩見嬌黄出漢宫。要伴紫荆昌晚節⑩，肯容鮮菊擅西風。結根得所元來盛，返物爲祥恐未公⑪。

【校】

①「爲仲略弟皆有和章丁亥秋季也」，諸本皆誤入詩題，徑改。

②「菊」，弘治本同元刊明補本；薈要本、四庫本作「竹」。「蕪」，薈要本、四庫本同元刊明補本；弘治本作「燕」，形似而誤。

③「回堂背」，薈要本、四庫本同元刊明補本；弘治本作「面堂皆」，非。

④「堪」，弘治本同元刊明補本；薈要本、四庫本作「看」，聲近而誤。

⑤「似」，弘治本同元刊明補本；薈要本、四庫本作「自」。

⑥「瀟條」，弘治本同元刊明補本；薈要本、四庫本作「蕭蕭」。

⑦「留」，弘治本、薈要本同元刊明補本；四庫本作「流」，亦可通。後依此不悉出校記。

⑧「畫欄」，元刊明補本作「畫㦨」，據弘治本改；薈要本、四庫本作「欄杆」。按：㦨，當爲欄之誤字。

⑨「葉」，弘治本同元刊明補本；薈要本、四庫本作「月」。

⑩「晚節」，弘治本同元刊明補本；薈要本、四庫本作「節晚」。

⑪「返」，弘治本同元刊明補本；薈要本、四庫本作「及」。

謝趙主簿惠古鉼①

貯藏元氣閟重泉，土暈苔滋碧頸圜②。枵腹戒貪瞠兩餮，佳城見日定千年③。茂陵神盌知金重，銅爵澄泥比玉堅④。聞説插花多結實，露堂從此得春先。

【校】

①「鉼」，弘治本同元刊明補本；薈要本作「瓶」，亦可通；四庫本作「缾」，亦可通。按：缾、瓶，古今字。《説文·缾》：「從缶并聲。瓶，缾或從瓦。」

②「圜」，弘治本同元刊明補本；薈要本、四庫本作「圓」，亦可通。後依此不悉出校記。

③「見日定」，弘治本同元刊明補本；薈要本、四庫本作「定日見」，倒。

④「爵」，弘治本同元刊明補本；薈要本、四庫本作「雀」，亦可通。按：爵、雀，皆屬《廣韻》入聲藥韻，仄聲，於詩律無違。銅爵，即銅雀。「玉」，弘治本、薈要本同元刊明補本；四庫本作「鐵」，非。

上巳日禊飲林氏花圃舍弟仲略首唱

臘蟻香浮金叵羅，一聲清豔遏雲歌①。千年盛節稱元巳，四座佳賓到永和②。曲水風流清興在，茂林依約緑陰多③。柳圈儘帶餘徽去，未礙花枝照鬢皤④。

【校】

①「歌」，弘治本同元刊明補本；薈要本、四庫本作「過」，聲近而誤。按：本卷下有「和韻三首」一組詩，所「和」之詩即是詩，所和之韻爲「歌」、「和」、「多」、「皤」。作「過」者，「過」、「歌」皆在《廣韻》平聲戈韻，聲同而誤。

②「佳」，弘治本、薈要本同元刊明補本；四庫本作「嘉」，亦可通。按：佳賓、嘉賓，同。作「嘉」，蓋「佳」之聲誤。後依此不悉出校記。

③「林」，弘治本同元刊明補本；薈要本、四庫本作「陵」。

④「礙」，弘治本同元刊明補本；薈要本、四庫本作「擬」。

和韻三首

朋盍華簪擁佩羅，秉蕑聽我醉時歌①。柳圈泛灔風漪去，樂事追隨獻歲和。座近緑陰花氣重②，步攜紅袖野吟多③。杯行到手須沉醉，六客樽前我最皤。

春晚衡門厭雀羅，臨流來咏舞雩歌。喜從多士明鄉飲，趁此春風扇物和。林下幽香蘭草暗，樹頭乘暖野禽多。楊花也惜芳筵散，糝亂溪橋似雪皤。

麗日晴川豔綺羅，琵琶聲趁紫蘭歌。衣冠盛集有今日，花柳春風覺太和。闔郡浮觴從此始，百壺載酒未爲多④。醉歸扶路人争看⑤，不道花枝笑鬢皤。

【校】

①「蕑」，元刊明補本、弘治本、薈要本作「蘭」，據四庫本改。按：秉蕑，語本《詩·鄭風·溱洧》：「士與女，方秉蕑兮。」毛傳：「蕑，蘭也。」「時」，弘治本、四庫本同元刊明補本；薈要本作「如」，非。

②「座」，弘治本同元刊明補本；薈要本、四庫本作「坐」，亦可通。後依此不悉出校記。

③「攜」，弘治本、薈要本同元刊明補本；四庫本作「移」。

④「未」，弘治本同元刊明補本；薈要本、四庫本作「不」。

⑤「歸扶」，弘治本同元刊明補本；薈要本、四庫本作「扶歸」，倒。

喜雨

丁亥歲三月十四日晨起，露氣甚潤，疑以爲雨兆①。是夜②，雨大作③，至明日晌午方霽④。後二日即立夏四月節，時頗旱，故有此作。

一氣先驅玉露瀼⑤，夢驚簷溜曉淋浪。洗開塵障千山静⑥，釀出春風百草香。人變嘆憂爲燕喜，歲回時歉作金穰。兩盂糲飯朝飢了，從仕居閑總未妨⑦。

【校】

①「以爲」，弘治本同元刊明補本；薈要本、四庫本脱。

②「是夜」，弘治本同元刊明補本；薈要本、四庫本作「是日夜」，衍。

③「雨大」，弘治本同元刊明補本；薈要本、四庫本作「大雨」，倒。

④「方」，弘治本同元刊明補本；薈要本、四庫本作「乃」。

⑤「驅」，弘治本同元刊明補本；薈要本、四庫本作「瞻」，非。

⑥「山」，弘治本同元刊明補本；薈要本、四庫本作「年」，非。

⑦「居閑」，弘治本同元刊明補本；薈要本作「閑居」，亦通；四庫本作「閒居」，亦通。按：閒、閑，古今字。居閑，同閑居。「居」、「閑」，皆爲《廣韻》平聲，於詩律無違。

題雪堂雅集圖①

擾擾王城若箇閑②，禪房來結静中緣。機鋒爲愛靈師峻③，樽酒同傾繡佛前。談麈風清穿月窟，雨花香細颺茶煙。應慚十九人中列，開卷題詩又五年。

【校】

①「雪」，薈要本、四庫本同元刊明補本；弘治本作「靈」，涉下而誤。

②「箇」，弘治本同元刊明補本；薈要本、四庫本作「個」，亦可通。按：箇、個，多可通。箇，在元代典籍中極爲常

見。後依此不悉出校記。

③「愛」，弘治本同元刊明補本；薈要本、四庫本作「道」。

瑞麥

農使苟正甫過邯鄲得麥，一莖九穗，蓋未之見也，作詩以紀其祥①。是年司農司復立，一依已行條格。丁亥歲夏五月也。

麥秀從來説兩岐，連枝九穗若爲奇。物關極數知陽盛，人飲天和樂歲宜。同穎並歌唐叔稼，駢莖休頌漢房芝。天心似喜農司復②，一札恩光總舊規。

【校】

①「紀」，弘治本同元刊明補本；薈要本、四庫本作「誌」。

②「心」，弘治本、薈要本同元刊明補本；四庫本作「公」。「似」，弘治本同元刊明補本；薈要本、四庫本作「自」。

秋風如水聲

丁亥歲六月十九日酉正二刻得秋①，是夜聞秋風自東北來，如大水將至。

静觀天運儘孚誠②，一夜秋風似水聲。志士聽來心未穩，客窗聞處夢先驚。物華披拂争含實③，鷹隼憑凌想迅征④。常笑晉人無遠用，扁舟東下爲蓴羹。

【校】

①「得」，弘治本同元刊明補本；薈要本、四庫本作「立」。

②「運」，弘治本同元刊明補本；薈要本、四庫本作「意」。

③「含」，弘治本同元刊明補本；薈要本、四庫本作「寒」。

④「凌」，弘治本、薈要本同元刊明補本；四庫本作「陵」，亦可通。後依此不悉出校記。

遊白茆寺

爲愛西山欲徧經，春風吹馬上稜層①。千章古木偎崖寺，一點清光守障燈。石䃎題名留故事②，松陰移榻對殘僧。婆娑最樂雙泉水，潤入高峯露氣凝。

【校】

①「稜層」，弘治本同元刊明補本；薈要本、四庫本作「崚嶒」，亦可通。後依此不悉出校記。

②「䃎」，元刊明補本、弘治本、薈要本作「磕」，據四庫本改。按：䃎，《廣韻》安古切，塢、隖并同。

欹器詩三首 并序

昨飲韓進道家，坐間出欹器勸酒①。暮歸醉卧，既醒，夜四更，試作二詩，吹燈起書，覺筆端甚來之易也。投筆就枕，復得一詩，似勝前作。明日示弟忱，請行下合屬②，即爲先和也③。

神物誰移代酒船，轉懸金觶兩楹間④。纔中便得居安理，稍溢還成覆水艱。魯廟横陳猶賜寶，金鑾揮灑憶朝班⑤。汪然能起鯨吞興，鸚鵡爲螺恐厚顔⑥。

卿雲垂彩捧宗彝，終日持盈伴狄儀。滿斗醁波浮灩蟻⑦，兩椿春色上脩眉⑧。致恭幸奉神明器⑨，勸飲休誇金曲巵⑩。抖擻宿酲還頓悟，此心纔倚便惟危⑪。

几杖槃盂總有箴，古人垂戒一何深。以漿爲酒雖無量⑫，覆水藏機恐過斟。魯奠兩楹朝復暮，崖州一賦古猶今。儼然頓獲神明觀，長記春風拜孔林⑬。

【校】

①「坐」，弘治本同元刊明補本；薈要本、四庫本作「座」，亦可通。後依此不悉出校記。

②「下」，弘治本同元刊明補本；薈要本、四庫本脱。

③「爲先和也」，弘治本同元刊明補本；薈要本、四庫本作「爲之先和」。

④「懸」，弘治本同元刊明補本；薈要本、四庫本作「縣」，亦可通。按：縣、懸，古今字。作「縣」者，蓋「懸」省略形符之簡化字。後依此不悉出校記。

⑤「鑾」，弘治本同元刊明補本；薈要本、四庫本作「鸞」，亦可通。按：金鑾，謂金屬製之鸞鳥，猶金鸞。作「鸞」者，蓋亦源於此。

⑥「厚」，弘治本、四庫本同元刊明補本；薈要本作「後」，聲近而誤。「顔」，元刊明補本作「頰」，據弘治本、薈要本、四庫本改。

⑦「斗」，弘治本同元刊明補本；薈要本、四庫本作「酌」，非。「醁」，弘治本同元刊明補本；薈要本、四庫本作「緑」，聲近而誤。

⑧「椿」，薈要本、四庫本同元刊明補本；弘治本作「樁」，形似而誤。後依此不悉出校記。

⑨「奉」，弘治本同元刊明補本；薈要本作「遇」；四庫本作「過」。

⑩「曲」，弘治本、薈要本同元刊明補本；四庫本作「屈」，亦可通。

⑪「便」，弘治本同元刊明補本；薈要本、四庫本作「已」。

⑫「雖」，弘治本同元刊明補本；薈要本、四庫本作「惟」。

⑬「長」，弘治本同元刊明補本；薈要本、四庫本作「常」。

賀介甫提刑得雄①

海中仙果自珍奇，莫訝秋風得子遲。瓠晢定輸陳氏子②，蘭芽休咤馬家兒③。蒼蒼有道旌遺直，繼繼無窮見孝思。湯餅筵前最忻喜，老親時抱説含飴④。

【校】

①「得」，弘治本、四庫本同元刊明補本；薈要本作「德」，聲近而誤。

②「晢」，弘治本同元刊明補本；薈要本、四庫本作「晳」。按：晳，同晳。晢、晳，皆爲仄聲，於詩律無違。作「晢」者，蓋「晳」之形誤。「輸」，弘治本、薈要本同元刊明補本；四庫本作「推」，非。

③「休」，弘治本同元刊明補本；薈要本、四庫本作「端」。

④「説」，弘治本同元刊明補本；薈要本、四庫本作「笑」。

成耀卿以所釀秬酒相餉走筆賦詩爲謝①

玉色芳温已可憐②，白衣持送飲中仙。周書盛説神明齊，楚誦休誇桂酒玄③。光透銀觥無表裏，法傳真體得蹄筌。醺然坐我春風底，夢到明禋二卣前。

【校】

①「走筆賦詩爲謝」，弘治本同元刊明補本；薈要本、四庫本作「賦詩走筆以謝」。

②「温」，弘治本同元刊明補本；薈要本、四庫本作「魂」，聲近而誤。

③「齊楚誦」，弘治本同元刊明補本；薈要本、四庫本作「誦齊楚」，倒。

廿四年丁亥歲重九日同弟忱展墓奠辭二首①

黄葉翻翻落帽風，今年秋祀喜君同。生榮没戚無餘憾②，秋降春升又一終③。玄壤潤涵泉脈遠，飢烏飛去劵臺空④。兩鄉相望幾千里，長在神靈顧護中⑤。

馬亂溪流濕鐙金⑥，捨鞍齊簇野棠陰。千年盛氣通滄海，滿袖秋香奠祖林。麗石未瞻先世號⑦，表行終媿古人心⑧。衰年最切光揚事，此意從來不獨今。右和舍弟仲略韻。

【校】

①「廿四年」，弘治本同元刊明補本；薈要本、四庫本脱。

②「戚」，弘治本同元刊明補本；薈要本、四庫本作「慼」，亦可通。按：戚、慼，古今字。作「慼」者，蓋以今字易古字。後依此不悉出校記。

③「升」，弘治本同元刊明補本；薈要本、四庫本作「生」，亦可通。按：「秋降」、「春升」相對爲文，「升」，本無「生」義，「秋降春升」連言，「升」猶「生」也。作「生」者，蓋亦源此而易之。

④「劵」，弘治本、薈要本同元刊明補本；四庫本作「夜」，非。

⑤「長」，弘治本同元刊明補本；薈要本、四庫本作「常」。

⑥「馬」，弘治本、四庫本同元刊明補本；薈要本作「鳥」，形似而誤。

⑦「麗」，弘治本同元刊明補本；薈要本、四庫本作「廉」。

⑧「媿」，弘治本同元刊明補本；薈要本、四庫本作「愧」，亦可通。後依此不悉出校記。

奉奠野臺之目

墳南岸相對一方甚高平天然一臺弟仲略因曰可爲王氏遺奠拜臺①

秋興非關觸物哀，時經墟落自悲哉②。重門未署榮親表，暗用原涉京兆仟事③。老岸先爲下馬臺。暗用董生下馬陵事。節叙登臨車轂擊④，春風粧點野花開。一杯共酹清泉水，長繞先塋兩面來。一作「滚滚」。

【校】

①「奠」，元刊明補本、弘治本、四庫本作「寘」，據薈要本改。「目」，弘治本同元刊明補本；薈要本作「什」，非；四庫本作「日」，形似而誤。「遺奠拜臺」，弘治本同元刊明補本；薈要本作「祭祀奠拜臺」；四庫本作「遺興奠拜臺」。

②「墟」，弘治本、薈要本同元刊明補本；四庫本作「虛」，亦可通。按：虛、墟，古今字。作「虛」者，蓋「墟」省略形符之簡化字，俗用。

③「京兆仟事」，弘治本同元刊明補本；薈要本作「南陽阡事」；四庫本作「京兆之事」。

④「叙」，弘治本同元刊明補本；薈要本、四庫本作「序」，亦可通。後依此不悉出校記。

送弟仲略得假南行

舉頭健羨看雲鴟①，跕跕争教墮水飛②。假促最先無累保，事纏當重早知機③。雲連鄧鄙春泥遠，路過襄城野店稀。去去莫辭鞍馬倦，迎門兒女要牽衣。

【校】

①「舉」，元刊明補本、弘治本闕；據薈要本、四庫本補。「羨」，元刊明補本、弘治本作「骨」，非；薈要本作「翮」，非；據四庫本改。「鴟」，元刊明補本、弘治本作「騅」，據薈要本、四庫本改。

②「跕跕」，元刊明補本、弘治本作「帖帖」，據薈要本、四庫本改。

③「機」，弘治本同元刊明補本；薈要本、四庫本作「幾」，亦可通。

緑毛龜

四海金明一渥洼，伏藏來自水仙家。背衷屬甲玄居長①，髪散柔絲翠有華。浮出淵泉看處好，泳游蓮葉認時差。杖扶行嘆陪三老②，夢繞春煙鶴禁花。唐州城北一井專産此龜③，至元十三年千秋節陪姚左丞、許祭酒、許榮禄行香東朝，禮畢，觀交趾所進緑毛大蔡，故云④。

洛水當年負緯書，獻嘉此日野人俱⑤。蒼鱗閃閃精分斗，暖氄毿毿翠滿軀⑥。元氣噏來終不老，芳蓮巢處更堪圖。詩成喜覩詞臣賦，早晚人文與瑞符⑦。

至元廿四年丁亥秋九月廿四日壽中丞王兄復⑧，放生者以此龜來獻。余以靈物罕見，爲賦一詩。明日，偶得大定廿三年壬寅冬党承旨、郝侯張甫所進《賦贊墨蹟序説》，明時嘉瑞甚鬱鬱也。當時竹溪纔以應奉供職，文與翰已復如此，宜乎金百年以來文章命脈得其正傳者，公一人而已！因念余平日所行⑨，造物者皆使之前知，此節雖出事後，其類大同，亦可重也，故併及之。

【校】

①「背衷屬甲玄居長」，弘治本同元刊明補本；薈要本、四庫本作「背裘衷屬元居長」，非。按：「元」，「玄」之諱。「裘衷屬」，不知所本，且義不可通。

②「杖」，元刊明補本、弘治本「扙」，據薈要本、四庫本改。

③「唐州城北一井專産」，弘治本同元刊明補本；薈要本、四庫本脱。

④「綠毛蔡」，弘治本作「綠毛祭」，半脱；薈要本、四庫本作「蔡」，脱。「故云」，弘治本、四庫本同元刊明補本；薈要本作「故云鶴禁」，衍。

⑤「俱」，弘治本、四庫本同元刊明補本；薈要本作「居」。

⑥「毵」，弘治本同元刊明補本；薈要本、四庫本作「髮」，非。

⑦「早晚」，弘治本作「早挽」，非；薈要本、四庫本作「蚤晚」，亦可通。

⑧「廿四年」，弘治本同元刊明補本；薈要本、四庫本作「廿九年」，非。按：丁亥，即公元一二八七年，至元二十四年。「兄」，弘治本同元刊明補本；薈要本、四庫本作「元」，形似而誤。

⑨「余」，弘治本、四庫本同元刊明補本；薈要本作「予」，亦通。後依此不悉出校記。

王惲全集彙校卷第十九

七言律詩

老境六咏 并序①

夫人生百歲，如馳駟過隙②，能幾七十者？又復幾人所謂「倘來外物猶浮雲過目，亦何足道哉？」因感壯年所行，多輕生之事：趨前太猛，一也；讀書過分，二也；飲酒無量，三也；妄慮坐馳，四也；喜談耗氣，五也；戰藝多勞，六也。不肖今年已踰六旬，念此六失，覺五十九年之間，何趨是耳？而驚而愕，且畏且怖，豈勝道哉③！故養生之念蹶然生于中，蓋其勢有不得不然者。因作《老境六詠》，庶幾與吾同疢者聞之④，不無少有所戒⑤，亦老者安之之意也。至于直達性情，以救往失，初不以工與拙爲計也，幸觀者無誚。至元二十四年冬十一月一日，秋澗老人謹白。

飯後即步⑥

殘書讀罷午飧餘，信步徐行當澤車。接武徑過道德里⑦，談玄時到故人廬。老便步穩靴無襪，静愛聲璆佩有琚。相送歸時燈已上，到牀一枕即華胥。

目倦忘書

辛苦雙明六十强，滿前花黑理應常。酒杯縱對甘無分，書卷相看任久忘。虛室靖深便默坐⑧，午窗晴爛怯餘光。悠悠未了三千牘，吟諷從今付窟郎。

言慎養氣

聚首閑談足是非，到頭贏得小人歸。屬垣有耳當捫舌⑨，守口如缾慎動機。珍惜無先吾氣浩，坐忘深識道心微。客來客去俱恬静，克己存誠恐庶幾。

食甘戒飽

食前方丈肉如林[10]，莫遣分毫胃氣勝。百斛盡從中所過[11]，微軀能不病相仍。已飢便飫甘能止，過軟雖鮮熱即乘[12]。此是老坡真聖樂[13]，免教攜杖去騰騰。

寤寐絶思

夢神依例到殘更[14]，目似鰥魚了不瞑。正爲膽寒增展轉，不緣身老惜伶俜。滌除玄覽歸安静，宰制心君入杳冥。昨旦早興襟韻足[15]，不知青鏡鬢星星。

息藝休心

辭筆縱横更老成，秖來虚譽不根經[16]。風雲滿眼嗟何有，月露盈箱笑未停[17]。肆口成章終妄作，忘言休思是頤齡。子淵直在心齋妙[18]，一字何嘗及性靈。

坐倦即眠

坐暖團蒲倦自然⑲，夢歸先到蝶飛邊。膂膂癡絶疑盤石⑳，肩井斜傾似墮鳶。香散餘馨棲翠被，燭摇寒影掩殘編㉑。老來境界無多味，飢即思飡困即眠。一作「不教怠氣加吾體㉒，愛煞中和論性篇㉓。」

香冷燈殘静枕帷㉔，竹窗幽思獨依依。時情久與詩情澹，鋭氣今從夜氣歸㉕。空控孤膺堅鶻坐，漸驚縫掖擁腰圍。黑甜滋味雖同體㉖，未分甘從朽木譏。

【校】

①「咏」，元刊明補本、弘治本、薈要本作「適」，非；四庫本「詠」，亦可通；徑改。按：是組詩《序》有言「因作《老境六咏》」，不詳「適」字何來。詠、咏，多可通。

②「生」，弘治本、薈要本同元刊明補本；四庫本脱。

③「道」，元刊明補本、弘治本、薈要本作「既」，據四庫本改。

④「吾」，弘治本同元刊明補本；薈要本、四庫本作「我」，亦可通。後依此不悉出校記。「疚」，弘治本同元刊明補本；薈要本、四庫本作「疚」，形似而誤。

⑤「少」，弘治本同元刊明補本；薈要本、四庫本作「稍」。

⑥「後」，元刊明補本、弘治本、薈要本作「飽」，據四庫本改。按：「午飧餘」，即「飯後」；「信步徐行」，即「即步」。不詳「飽」字何來。

⑦「徑」，弘治本同元刊明補本；薈要本、四庫本作「經」。「道」，元刊明補本、弘治本作「通」，據薈要本、四庫本改。

⑧「靖」，弘治本同元刊明補本；薈要本、四庫本作「静」，亦可通。按：靖，通静。作「静」者，蓋以本字易借字耳。後依此不悉出校記。

⑨「當」，元刊明補本、弘治本作「嘗」，形似而誤；據薈要本、四庫本改。

⑩「林」，元刊明補本、弘治本作「陵」，據薈要本、四庫本改。

⑪「斛」，弘治本同元刊明補本；薈要本、四庫本作「解」，涉上而形誤。

⑫「即」，弘治本、薈要本同元刊明補本；四庫本作「則」。

⑬「樂」，弘治本同元刊明補本；薈要本、四庫本作「藥」，非。

⑭「到」，弘治本同元刊明補本；薈要本、四庫本作「倒」，涉上而誤。

⑮「旦」，弘治本同元刊明補本；薈要本、四庫本作「日」。

⑯「秖」，弘治本、四庫本同元刊明補本；薈要本作「祇」，亦可通。按：祇，同秖。作「祇」者，蓋「秖」之形誤。後依此不悉出校記。

⑰「箱」，弘治本同元刊明補本；薈要本、四庫本作「笥」。

⑱「齋」，弘治本同元刊明補本；薈要本、四庫本作「齊」，亦可通。按：齊、齋，古今字。後依此不悉出校記。

⑲「團蒲」，弘治本同元刊明補本，薈要本、四庫本作「蒲團」。

⑳「䏰」，元刊明補本、弘治本作「寅」，據薈要本、四庫本改。按：作「寅」者，蓋「䏰」省略形符之簡化字，俗用。

㉑「燭」，弘治本同元刊明補本；薈要本、四庫本作「竹」，聲近而誤。

㉒「恉」，弘治本、薈要本同元刊明補本；四庫本作「意」，形似而誤。「吾」，弘治本、薈要本同元刊明補本；四庫本作「我」，亦通。

㉓「煞」，弘治本同元刊明補本；薈要本、四庫本作「殺」，亦可通。後依此不悉出校記。

㉔「帷」，弘治本同元刊明補本；薈要本、四庫本作「幃」，亦可通。後依此不悉出校記。

㉕「今從」，元刊明補本、弘治本闕；據薈要本、四庫本補。

㉖「黑甜滋」，元刊明補本、弘治本、抄本闕；據薈要本、四庫本補。

汲城懷古

尚父祠荒草滿扉，伍城猶在陣圖圍①。飛梁水落橫霜瀨，石馬門空半夕暉。竹簡有光陵寢破，山川今是昔人非②。臨風笑煞安鼇事，甘著虛名博禍機③。

【校】

①「伍」，弘治本同元刊明補本；薈要本、四庫本作「五」，亦可通。按：五、伍，古今字。作「五」者，蓋「伍」省略形符之簡化字。後依此不悉出校記。

②「今」，元刊明補本模糊不清；弘治本闕；據薈要本、四庫本補。

③「著」，元刊明補本、弘治本作「着」，據薈要本、四庫本改。

夢王尚書子勉時罷中丞在揚州

丁亥九年二十九日①

分明昨夜夢王褒，海上歸來從鳳毛。燈下留連歌醉幘②，筆端揮灑挾風濤。滿囊文具爲余贈，四座春風倦士豪。羽客忽從窗隙去③，惘然驚覺聽雞號。

【校】

①「丁亥九年二十九日」，元刊明補本作「丁□月二□」；弘治本作「丁□月□□」；薈要本、四庫本作「丁亥八月二日」；據抄本補。

②「歌醉幘」，元刊明補本、弘治本作「□醉□」；薈要本、四庫本「乘醉月」；據抄本補。

③「羽」，元刊明補本、弘治本、四庫本作「與」，據薈要本改。

冬藏

木葉歸根到閉關，遇藏初匪避冬寒。孔宣何苦韋三絶，顔氏胡爲樂一簞。庭户信知吾道在，光陰移入畫圖看。此邦雖小無窮事，定力先須似石盤。

小邑都來掌許間，紛紛人事日多端。敢言絶學堅希孟①，不解呼盧去效韓。身老轉驚謀道拙，時艱難作强歌歡。正須一室虚明地，時着閑身引睡看。

【校】

①「堅」，弘治本闕，薈要本、四庫本作「來」。「孟」，元刊明補本、弘治本闕；據抄本、薈要本、四庫本補。

丁亥歲十月十日夜夢乘船渡一大河既濟望南岸一閣高數百尺窗户北向自簷至地上下以琉璃大簾垂蔽翠色半天甚奇麗也①

雲間高閣翠爲簾，疑是仙居擁衛嚴。虹影蕩摇青帝闕，海風吹墮寶陀嵐。半空倒景驚奇絶②，千丈摇光入顧瞻③。我自平生多異夢④，似憐方朔詑雄談。

【校】

①「船」，抄本同元刊明補本；薈要本、四庫本作「舟」，亦可通。

②「景」，抄本同元刊明補本；薈要本、四庫本作「影」，亦可通。按：景、影，古今字。作「影」者，蓋以今字代古字耳。後依此不悉出校記。

③「搖」，抄本同元刊明補本；薈要本、四庫本作「遥」，亦可通。

④「生」，抄本、四庫本同元刊明補本；薈要本作「身」，聲近而誤。後依此不悉出校記。

篘飲

李縣丞靖伯約嘗新釀，坐客有云「酒之醇粹，莫胚胎若也」，遂篘而飲之。偶得獨脚句，醉歸爲足成之，如能可君等雅意，便當屬和。時至元丁亥冬十月八日也。

瑟縮松風滿甕春，甕頭篘飲有餘薰。醉鄉日月時須到，太極胚胎昔未分。肯放小槽珠作滴①，快傾浮蟻玉爲羣②。人間愁緒知多少，一醆能消正要君。

誰擬鯨吞罄緑樽，一杯聊示試芳温。中含妙理何多味，細捲春江儘帶渾。談藉清光摇北海，詩憑風韻繞西崑。知君預報時須意，免致來敲月下門。

【校】

①「放」，抄本、薈要本同元刊明補本；四庫本作「教」。

②「快」，抄本同元刊明補本；薈要本、四庫本作「换」。

透月巖

偶到君家思適然，一峯奇石墮吾前。千金欲買初無價，百穴潛通小有天。花露逗香滋碧潤①，月娥含景愛幽妍。從今紫翠芙蓉夢，不到齊州落照邊。

【校】

①「逗」，抄本同元刊明補本；薈要本、四庫本作「透」，形似而誤。

成氏西灣即事

栽種西灣趣已成，主人置酒約同傾。小車來駐林間閣，藜杖閑看雨後耕。老圃生涯非細事，滄浪清濁任吾纓。少陵苦愛溪居好，興在千章夏水清①。

南陌東城占卻春，西灣深處最藏珍②。青芽破粒柔桑稚，紅袖迎門杏蕾新。醉裏光風多樂事③，老來清貴是閑人。就中更愛清溪水，隔斷西風庾亮塵。

壯年心事幾虧成，每對蒼髯聽細傾。夢裏江河幾走遍，林間雞犬卻歸耕。潘輿正要閒居賦，蘭佩誰堪海縣纓。脱卻烏紗有忙事，甕頭春釀漉生清。「海縣纓」暗用解蘭縛塵纓事。海縣，調周彦出爲海縣令也。

【校】

①「水」，弘治本同元刊明補本；薈要本、四庫本作「木」，

②「珍」，抄本同元刊明補本；薈要本、四庫本作「身」。

③「光風」，抄本同元刊明補本；薈要本、四庫本作「風光」。

清明日花下獨酌

時戊子歲廿七日游洄溪作①

人家拜掃重清明②，羅綺翻香曉吹輕。不欲把書成兀坐，也隨游子出重城。閑雲弄日何

多態，春水平橋不礙行。勝事自知還獨往，一壺來就淺沙傾。

【校】

①「洄」，元刊明補本、薈要本、四庫本「泗」，據抄本補。「作」，抄本同元刊明補本；薈要本、四庫本作「作也」。

②「帰」，抄本、薈要本同元刊明補本；四庫本作「埽」，亦可通。後依此不悉出校記。

後一日雨中招林韓李三君子小酌且爲梨花洗粧 時新植梨花一株盛開①

花滿金罍酒滿樽②，一杯歡飲得佳賓。近年樂事無今歲，此際閑身有幾人。禄美勝於三品料，臘香清徹六根塵。風簷數點催粧雨，辨與梨花作好春③。

【校】

①「林」，抄本、四庫本同元刊明補本；薈要本作「飲」，非。「三」，抄本、四庫本同元刊明補本；薈要本作「二」，涉上而誤。按：薈要本「林」誤作「飲」，則僅剩「韓」、「李」之「二」君子矣。「株」，抄本、四庫本同元刊明補本；薈要本作「枝」，非。按：薈要本作「枝」，不知所祖。

②「罍」，元刊明補本、抄本作「罍」，薈要本、四庫本作「瓶」。

③「辨」，抄本同元刊明補本；薈要本、四庫本作「辦」，亦可通。按：辨，《廣韻》蒲莧切；辨、辦，古今字。作「辦」者，蓋以今字易古字耳。後依此不悉出校記。

東坡汲乳泉圖

儋州遷客玉堂仙，服食天教得乳泉。三嚥遽驚滋浩氣①，一甘無壞是泠淵②。中朝清議孤忠裏，瘴海鯨波九死邊③。落月澹隨人不見，滿襟風露獨翛然。

道宮獨發乳泉香，似與坡仙養浩方。井冽不從炎海瘴，味甘還比上池觴。化機軒豁元胎濕，孤影追隨月色蒼。天地此身忠義在，一杯三咽濯肝腸。

【校】

①「嚥」，弘治本同元刊明補本；薈要本、四庫本作「咽」，亦可通。

②「淵」，弘治本、薈要本同元刊明補本；四庫本作「泉」，涉上而誤。

③「瘴」，弘治本、四庫本同元刊明補本；薈要本作「漳」，聲近而誤。

送姬仲實隱士北還①

紛紛末術例從諛②，邂逅淇南論有餘。賈傅自憐多感慨，東門何意泥孤虚。雨連賓館留三宿，天遣幽懷爲一抒。覺我胸中聞未有，九峯新説曆家書。「九峯」一作「一篇」③。

【校】

①「實」，弘治本、薈要本同元刊明補本；四庫本作「寔」，非。按：四庫本《秋澗集》卷四六《命説》：「姬仲實者，名思誠，真定靈壽人。幼業儒，兼該陰陽氣數之學。今年四十有九，以耕稼歸隱。」「北」，弘治本、薈要本同元刊明補本；四庫本作「比」，形似而誤。後依此不悉出校記。

②「末」，薈要本、四庫本同元刊明補本；弘治本作「未」，形似而誤。「例」，弘治本、四庫本同元刊明補本；薈要本作「倒」，形似而誤。

③「九峯一作一篇」，弘治本同元刊明補本；薈要本、四庫本脱。

壽器之國醫

學開金櫃得真傳，濟物功深不自賢。前輩衆推楊獨步①，後來誰與子争先。青黏有術扶衰謝，白髮相看度歲年。此日樽前祝君壽，一杯還代上池淵。

【校】

①「楊」，弘治本、四庫本同元刊明補本；薈要本作「揚」。

白簽事彦隆哀辭

素菴一氣本龍伶①，心苦時違揉與同②。强仕有懷三品料③，發言都是四書功④。愁隨野草憂春雨，恨滿山城對學宫⑤。誰爲魯齋興起地⑥，古共門外便秋風。

【校】

①「佟」，弘治本同元刊明補本；薈要本、四庫本作「終」。

②「揉」，弘治本同元刊明補本；薈要本、四庫本作「孰」。

③「懷」，弘治本同元刊明補本；薈要本、四庫本作「爲」。

④「都」，弘治本同元刊明補本；薈要本、四庫本作「多」。

⑤「學」，弘治本同元刊明補本；薈要本、四庫本作「月」。

⑥「爲」，弘治本同元刊明補本；薈要本、四庫本作「謂」。

王師中哀辭

玉樹庭階自幼看，九霄雲路到鵬摶①。天門折翼嗟何及②，宅相論微理未安。咄咄向空書怪事③，涓涓揮淚濕門闌。應憐遺愛祠前柏，恨鎖秋風月影寒。

【校】

①「路」，弘治本同元刊明補本；薈要本、四庫本作「露」，涉上而誤。按：作「露」者，蓋涉上「雲」字從「雨」而偏旁類

化。

②「嗟」，四庫本同元刊明補本；弘治本、薈要本作「差」，亦可通。按：差，《集韻》咨邪切，《詩・陳風・東門之枌》：「穀旦于差，南方之原。」馬瑞辰通釋：「此詩『于差』即『吁嗟』。」作「差」者，蓋「嗟」省略形符之簡化字。

③「事」，弘治本同元刊明補本；薈要本、四庫本作「字」。

壽少尹竇同知　竇丁平章子

秀稟金天一氣晶，規模全是漢專城。當官治劇有餘裕，臨事知幾見老成①。門閥起身真相種，天池刷羽看鵬程。一杯領取千秋壽，細看檀槽合玉箏②。

【校】

①「幾」，弘治本同元刊明補本；薈要本、四庫本作「機」，亦可通。按：幾、機，古今字。作「機」者，蓋以今字易古字耳。後依此不悉出校記。

②「看」，元刊明補本、弘治本作「着」，據薈要本、四庫本改。

顔氏冠詩寄蒲城主仲由祠李知觀①

一握儒冠綴七梁②，金絲匀織玉爲相。顧瞻遺製從顔始，陪侍先師見色莊。巾卷在庭聊束髮，玉簪横影夢升堂。切雲莫羡如箕大，曾冠三千弟子行。

紋背藤梁玉色瑳，師傳元與薛同科。薛模爲西漢冠師，出《高帝紀》。要盤白髮三千丈，閒過春風十二窠③。衰俗幸存加冠禮，滄浪無用濯纓歌。楸餘改作須重丐，玉導先期爲細磋④。

【校】

①「蒲」，弘治本、薈要本同元刊明補本；四庫本作「浦」。按：蒲、浦，此義不可通。作「浦」者，蓋「蒲」省略形符之簡化字，俗用。「由」，弘治本、薈要本、四庫本作「白」，形似而誤。

②「綴」，弘治本同元刊明補本；薈要本、四庫本作「緻」，聲近而誤。

③「窠」，弘治本、四庫本同元刊明補本；薈要本作「科」，涉上而聲誤。按：窠、科，聲近義可通；前亦猶有言「師傳元與薛同科」，作「科」者蓋源於此。

④「玉」，弘治本、四庫本同元刊明補本；薈要本作「主」，涉下而形誤。按：玉、主形似。作「主」者，蓋亦因「主」、「導」常常連言而形誤。

朱砂餅菊詩 并序

秋澗翁觀花於秀春園①，見菊之種甚多，有所謂「朱砂餅」、「煙脂紅」②。予以白與黄③，菊之正色，今變幻若爾，何哉？或曰：「接之於艾致然。」予試爲之説曰：「艾，火草也；菊，亦陽種也。以二物方盛之時，使客於艾之末，未有不隨其主之盛氣而變者。又赫以鮮者，陽之精也，故有硃砂之異。此雖小事，亦氣化之類也，格物者不可不知。」故序。

玉餅金蟬爛熳秋④，朱砂爲質更風流。天機欲測司花巧，物色先從氣類求。孕秀似鄰勾漏井，分香當上絳霄樓。朱顏厭對柴桑客，恐覩空杯笑不休⑤。

【校】

①「花」，元刊明補本、弘治本作「化」，據薈要本、四庫本改。按：由於元代特殊的文字使用環境，元刊典籍中存在

大量簡化字，這其中主要是通過省略形聲字之形符，以聲符代其本字。化、花，此義不可通。作「化」者，俗用。後依此不悉出校記。

②「朱」，弘治本同元刊明補本；薈要本、四庫本作「硃」，亦可通。按：硃砂，本作朱砂，後作硃砂者，涉下字「硃」從「石」而偏旁類化。後依此不悉出校記。

③「以」，弘治本同元刊明補本；薈要本、四庫本作「謂」。

④「熳」，弘治本同元刊明補本；薈要本、四庫本作「漫」，亦可通。後依此不悉出校記。

⑤「覩」，弘治本同元刊明補本；薈要本、四庫本作「睹」，亦可通。按：《説文·睹》：「見也。从目者聲。覩，古文从見。」作「睹」者，蓋以今字易古字。後依此不悉出校記。

送録事薛彦暉秩滿北上

秦隴風聲化有郃，規模況自左山來。三年弊邑淹良驥，一日銓曹得茂材。撫字論功書上考，廉能覈實到兼該。春風領取新除去，喜動關山兩翼開①。

【校】

①「關」，元刊明補本、弘治本作「門」，據薈要本、四庫本改。

王尚書子勉挽辭三首①

淚洒行間閱尺書，訃聞三至尚疑虚。佳城一閟無開日，聯事三年忝貳車。詞筆早推韓愈健，曠懷未覺孔融疏。那知一夢終天别，惆悵春風隔綺疏。

少孤綿歷太迍邅，甫壯光榮四十年②。氣運倘來方出限，愛心先斷便終天。魂飛楚些和雲慘，淚灑淮壖與海連。左祖客衣三匝去，延陵宜爲聖稱賢。

婉孌英姿自妙年，奎光空照玉堂仙。辦教一世龍門重③，誰遣三王鼎足偏。曠度包荒無徼略，秋濤翻海失鯨鱣。百觚未醉螺臺酒，重爲斯文一泫然。

【校】

①「首」，弘治本、薈要本同元刊明補本；四庫本作「章」。

②「甫壯」，弘治本同元刊明補本；薈要本、四庫本作「杜甫」，既倒且誤。

③「辦」，弘治本同元刊明補本；薈要本、四庫本作「空」。

遊蒼峪青巖山有懷烈士甄濟

重義於生視若歸①，封刀無復騁霜威②。千年喬木高風在，一片青巖烈日暉。元稹論忠真不愧，杲卿摧逆與幾希。環山弋獵猶知畏，白鳥銜煙自在飛③。

【校】

①「重義」，元刊明補本、弘治本作「義重」，倒；據薈要本、四庫本改。按：重、義，於《廣韻》皆爲仄聲；作「義重」、「重義」於律詩平仄之要求無違。然觀是詩四聯對仗皆極爲工整，若作「義重」，爲主謂結構，與「封刀」之動賓結構則不工整矣。故從薈要本、四庫本作「重義」。

②「騁」，弘治本同元刊明補本；薈要本、四庫本作「逞」，亦可通。按：「騁」、「逞」，聲同義通。作「逞」者，蓋「騁威」聯言只能視作一個動賓結構的短語，「逞威」聯言則已固化成詞而較之常見。

③「銜」，弘治本同元刊明補本；薈要本、四庫本作「沖」，亦可通。按：銜、沖，本爲二字，後以音近而義有可通者，繼而「銜」俗亦寫作「沖」，二字混矣。作「沖」者，蓋亦「銜」之俗字。後依此不悉出校記。

商左山副樞承屢念及作詩以答雅意

四十年間凡九遇，感公翦拂使長鳴。三蒼論法傳餘蘊，七札量能綴賤名①。曉日嶽祠留語別②，秋風韋曲餞予行。傷心緑野堂前月，空遺流光照斗城③。

【校】

①「札」，元刊明補本、弘治本作「扎」，據薈要本、四庫本改。按：扎、札，本爲二字，後以文獻中字從扌、從木多有相混者，「札」遂有寫作「扎」者，《玉篇·手部》：「扎，俗札字。」

②「嶽」，弘治本同元刊明補本；薈要本、四庫本作「岳」，亦可通。按：嶽、岳，多可通。作「岳」者，蓋爲圖抄寫效率而使用筆劃較少之「岳」字。

③「流」，弘治本同元刊明補本；薈要本、四庫本作「留」，聲近而誤。後依此不悉出校記。

賀士常侍御授吏部尚書①

識鑑久歸清議裏②，恩光今著履聲中。文章曹植波瀾小，星斗潮陽譽望隆。除重不知黄散目，輸誠思補燮調功③。從今不鎖春風部，管取銓衡被至公。

【校】

①「授」，元刊明補本、弘治本、薈要本作「受」，據四庫本改。按：作「受」者，蓋元刊本刻工爲圖效率而省略了「授」之形符，弘治本、薈要本不察而未能是正文字。

②「鑑」，弘治本同元刊明補本；薈要本、四庫本作「見」，聲近而誤。

③「輸誠」，弘治本同元刊明補本；薈要本作「翰成」，既誤且半脱；四庫本作「翰誠」，形似而誤。

題懷孟路宋總管太夫人九秩詩卷

七十邦君九十親，人間此事少同倫。柏舟高節徽彤管，鸞誥清光照畫輪。步履不緣扶杖健，精神猶比結褵新。河陽莫説潘安樂①，沁水花前別有春②。

身寵家温親老健，福全無似宋門榮。漢宮傳訓斑儀在③，萊子承顏彩袖輕④。孤節勁於湘水竹⑤，九齡春動野王城。年年壽席聞佳語，南極星邊婺女明。

【校】

①「安」，元刊明補本、弘治本作「輿」，據薈要本、四庫本改。

②「前」，元刊明補本、弘治本作「時」，據薈要本、四庫本改。

③「斑」，弘治本同元刊明補本；薈要本、四庫本作「班」，亦可通。按：斑，通班，《隸釋・漢外黄令高彪碑》：「桓帝時，上立博士，章文襜袘，類乎斑賈。」王念孫《讀書雜誌・漢隸拾遺》：「班、斑、辬，古字通。」《陳檢討四六》卷一四《葉母李太夫人六十壽序》：「然而每至臨文，間多削藁。續斑昭之別史，無心留以示人。見《歸田序》敦令嫺之雜文，何意出而問世。見《閨秀序》。」作「班」者，蓋改本字以易之。

④「袖」，元刊明補本作「抽」，據弘治本、薈要本、四庫本改。「輕」，弘治本同元刊明補本；薈要本作「新」，非；四庫本作「横」，非。按：作「新」，於詩韻不諧；作「横」，義不可通。薈要本、四庫本文字不知所祖何本。

⑤「於」，弘治本同元刊明補本；薈要本、四庫本作「餘」，聲近而誤。

和陶主簿見寄詩韻 時主肥鄉簿

半生鄉國共游居①，老去文交樂更餘。苦厭物情多薄相，每吟風雅入吾廬。一官稍得寬民力，三飯何憂進野蔬。聞説列人真吏隱②，竿頭還有再懸魚。

【校】

①「半」，弘治本同元刊明補本；薈要本、四庫本作「平」。

②「列」，弘治本同元刊明補本；薈要本作「别」，形似而誤；四庫本作「故」。

哀挽亡友中丞王兄五首①

百蛇墮地一能龍，知己相須不易逢。僧孺固應知杜舍，臧洪初不負張公。扶搖羽翮翻溟海，作養功名上景鐘。自笑澗松居不巧，半生清露到虛蒙。

嚶嚶求友幼同聲②，五十年來好弟兄。零落山丘有今日③，笑談樽俎憶平生④。酒壚不隔河山断，陰翦其如骨蕒征。用韓文公臨終事。寂寞逍遥堂後木，對床風兩最關情。

故人牢落曉星疏，此日三王獨在予。泉壤冷埋和氏璧，牙籤空見鄴侯書。問誰久視嗟同盡，老失知音慘自餘。從此故祠鐘鼓地，謂去歲冬用三獻禮祔母夫人于室。此礼久廢，君首行之，良可嘉尚。過庭趨處半蘼蕪。參議公在時，賓客與君相接者，未嘗坐正堂上，其謹敬如此。

衆呴漂山不易安，勢張那復漲狂瀾。一時附會真堪畏，此際支持誠獨難。貝錦斐文哀巷伯，瑶琴幽憤变猗蘭⑤。一言曾擬桓矦辯，醉裏哀筝爲謝弾。

病臻留飯作終天，示我新文已惻然。奇疾變常纔四日，佳城埋恨便千年。囑遺不及私門事，燕翼全規誡子篇。惆悵西山埋恨處，定應大鳥淚如泉。用後漢楊震事。

【校】

①「哀挽亡友中丞王兄五首」，弘治本同元刊明補本；四庫本殘缺；薈要本全闕。按：薈要本是組詩全闕，四庫本

亦僅收一首半，詳見下校記。

②「幼」，弘治本同元刊明補本；四庫本作「呦」，非是。

③「零落山丘有今」，弘治本同元刊明補本；四庫本作「零落山丘有今以下原闕」。按：所「原闕」之内容，大致爲元刊本一葉之内容。今元刊本、弘治本亦當闕，後據它本補全。

④「憶」，弘治本作「意」，亦可通。後依此不悉出校記。

⑤「憒」元刊明補本作「僨」，形似而誤；弘治本作「樍」，形似而誤；徑改。

牡丹①

洛譜丹青説典刑，畫欄春日見升平。金盤薦品承朝露，翠幄留香護玉鈴。神女賦中羅襪步，少陵詩裏麗人行。百壺莫惜花前醉，樂事從來不易并。

【校】

①「牡丹」、「海棠」、「挽史九萬户」，弘治本同元刊明補本；薈要本、四庫本三詩皆脱。

海棠

桃李無光分落英，海棠姿色占春榮。雲鬟綠擁粧初罷，醉臉紅勻睡未醒。
任使無香真可意，放教千葉更多情。光風流轉都能幾，莫惜沙頭倒玉缾。

挽史九萬户

半生希古振長纓，隱隱胸中富甲兵。三篋補遺安世傳①，千金爲壽魯連輕。
春風故里鳴珂遠，暮雨山丘宿草生。一傳散仙懷素敘，爲君珍惜比書評。

【校】

①「傳」，弘治本作「博」，形似而誤。後依此不悉出校記。

小園即事

閑來無事欲何營，總是栽花種柳情。汲水溉餘紅藥秀，遶欄看得緑陰成。身參化育行當健，物喜安舒悟養生。放下虚窗時倦卧，夢驚還聽乳鳩聲。

小園清潤稍堪觀，翠有庭筠馥有蘭。未放薔花金作蕾，已開梨蕊雪爲團。鳥欣有託扶疏樹，客喜來憑詰曲欄①。深院日長須細履，也勝愁坐兩眉攢。

【校】

①「憑詰」，弘治本、同元刊明補本；薈要本「憑話」，形似而誤；四庫本作「頻話」，聲誤且形誤。

託陶晉卿借鄭氏所藏劉房山行草效吴體出入格①

房山一字三過筆，此帖揮洒何其殊。臨池親覩長史作②，透綃又似涪翁書③。春葩舞女多姿態，遠韻高風見步趨。手追心慕情正切④，託君爲借今何如。

【校】

①「託」，弘治本、四庫本同元刊明補本；薈要本作「托」，亦通。

②「池」，元刊明補本、弘治本、薈要本作「游」，據四庫本改。

③「似」，弘治本同元刊明補本；薈要本、四庫本作「是」，聲近而誤。

④「慕」，弘治本、薈要本同元刊明補本；四庫本作「摹」，聲近而誤。

復作一詩以繼前韻

鄭家數幅房山書，自笑伎癢須臨摹。五陵裘馬見年少，兩漢劍履多文儒。游談得敍真可壯，破冢求法何其愚。煩君更擊馮夷鼓，未信驪龍不吐珠。

戊子歲穀雨日

中丞王兄令李子師中擕名酒、洛花相餉，作詩以謝殷厚。

洛醖紅嬌醴味佳，併擕春色照人來。豐苞細拆先三嗅①，酴蟻連傾盡數杯。北里定應香作陣，西園休詠眼慵開。維摩久病行當問，好在春風紫錦臺②。

【校】

①「拆」，弘治本、四庫本同元刊明補本；薈要本作「折」，形似而誤。

②「風」，弘治本同元刊明補本；薈要本、四庫本作「光」，非。

括九峯禹貢解北條北境之山

晉北諸山自代來，自寰、武、嵐、憲四州而來①。胚凝首自霍山開。連延脊脈爲壺口，南作析城王屋排。復折而西雷首出，一支北走太行崖。次又一支爲大茂②，四條明白不須猜。

【校】

①「嵐」，薈要本、四庫本同元刊明補本；弘治本作「風」，非。

②「次又」，弘治本同元刊明補本；薈要本、四庫本作「又次」。

大卿徐先生挽章

諱世隆字威卿金進士第陳州西華人官至集賢大學士①

壯歲巍科擢上游，如公樂易更風流。文章海内元推轂，議論行間宋與儔②。鄉校功存東魯盛③，炬蓮恩在北門優。自憐狂斐慚提獎④，争遣鱣堂一拜休。至元廿一年，予按部東平，拜公於私第之前堂。時公已在病⑤，眷眷於予者甚款，既而卒于家。

【校】

①「金」，元刊明補本作「令」，據弘治本、薈要本、四庫本改。按：金、今聲近，故「金」先誤作「今」；今、令形似，「今」再誤作「令」。「今」之作「令」，蓋頓筆之點誤入字中耳。「集賢大學士」，弘治本同元刊明補本；薈要本、四庫本作「集賢閣大學士故注明」，衍。

②「宋」，弘治本、薈要本同元刊明補本；四庫本作「孰」，未審文義而妄改。

③「存」，弘治本同元刊明補本；薈要本、四庫本作「成」。

④「斐」，弘治本同元刊明補本；薈要本、四庫本作「散」，非。按：狂斐，語本《論語·公冶長》：「子在陳，曰：『歸與！歸與！吾黨之小子狂簡，斐然成章，不知所以裁之。』」此以爲自謙之辭。

⑤「時公」，弘治本同元刊明補本；薈要本、四庫本作「公時」。

壽總尹劉公

一家英氣蓋遼東，聞説君侯有父風。作牧首分青社土，策勳誰比黑河功①。化行屬邑謳歌裏，春自慈闈孝養中②。今歲壽筵光景好，榴花渾似舞裙紅。

【校】

①「功」，弘治本同元刊明補本；薈要本、四庫本作「公」，亦可通。按：公，通功。作「公」者，蓋「功」之聲誤。宋元文獻流傳中，文字聲化現象明顯。二字只要聲音相同、相近，即有以筆劃少者代筆劃多者（按，并非都是通假字），或者直接以形聲字之聲符易其本字（按，并不都是古今字）。

②「闈」，弘治本同元刊明補本；薈要本、四庫本作「幃」，亦通。按：「慈闈」，亦可作「慈幃」、「慈帷」。

龍教授哀挽

東郡教授龍君，名苹①，字取新，廣安人。善賦學及五星等術，士子從之學者多所沾丐。至元辛巳，與予相遇于滑，朝夕從游者旬日，一良德君子也。後主魏縣簿②，政有聲。今兹云亡，其子夔來求挽章，特爲賦此③。

當年按部館南衙，日夕相過興未涯。楚産例佻開實學，天星推度見名家④。大伾山下游龍洞，歸雁亭邊望暮沙。此日題詩重惆悵⑤，爲君回首眷西華。南齊任昉之子⑥。

【校】

①「苹」，弘治本同元刊明補本；薈要本、四庫本作「華」，形似而誤。

②「主」，弘治本同元刊明補本；薈要本、四庫本作「至」，非。

③「今」，弘治本同元刊明補本；薈要本、四庫本作「及」，非。「挽章」，弘治本同元刊明補本；薈要本、四庫本作「哀挽章」，衍。「特爲賦此」，弘治本同元刊明補本；薈要本、四庫本作「特賦」，脱。

④「度」，元刊明補本、弘治本作「跳」，據薈要本、四庫本改。

⑤「詩」，弘治本同元刊明補本；薈要本、四庫本作「書」，非。

⑥「南齊任昉之子」，弘治本同元刊明補本；薈要本、四庫本脱。

商左山哀辭

商孫膚敏矯猶龍①，千載流芳見此公②。佐魯謀猷元克壯，定秦功力更沉雄。城門被爇池魚涸，臣罪當誅聖主聰。老淚不緣知己痛，麒麟臺上又秋風。

【校】

①「猶」，弘治本同元刊明補本；薈要本、四庫本作「游」，聲近而誤。按：「膚敏」，語本《詩・大雅・文王》：「殷士膚敏，祼將于京。」毛傳：「膚，美；敏，疾也。」孔穎達疏：「王肅曰：『殷士有美德，言其見時之疾，知早來服周也。』」猶龍，語本《史記》卷六三《老子韓非列傳》：「孔子去，謂弟子曰：『……至於龍吾不能知，其乘風雲而上天。吾今日見老子，其猶龍邪！』」

②「流」，弘治本同元刊明補本；薈要本、四庫本作「留」，亦可通。按：流芳、留芳，通。《秋澗集》多有將「流」寫作「留」者，蓋亦爲「流」之聲誤。後依此不悉出校記。

夾谷尚書哀挽 名之奇字士常終吏部尚書①

品彙流形萬不同，銓量平允儘清通②。恩非出己知誰怨，天不遺賢見道窮。三復苦辭歸汶上，一官催老掩曹東③。茫湛大塊升沉裏④，重爲清朝惜至公。

【校】

①「夾谷」，弘治本、薈要本同元刊明補本；四庫本作「瓜爾佳」。

②「清」，弘治本同元刊明補本；薈要本、四庫本作「消」，形似而誤。

③「掩」，弘治本同元刊明補本；薈要本、四庫本作「淹」。

④「茫湛」，弘治本、薈要本、四庫本作「茫茫」，涉上而妄改。

追挽承旨王文康公

文章四海一康公，炯炯元精貫自中①。盧肇名先金榜重，歐陽仙去玉堂空。道由實學明真用，義不忘君見至忠。悄悵當年門下士，斷雲低處望曹東。

【校】

①「自」，弘治本同元刊明補本；薈要本、四庫本作「日」，非。按：《秋澗集》多有「自」誤作「日」者，若《左丞史公哀辭》：「大階平自柏臺清」，「自」薈要本、四庫本亦誤作「日」。後依此不悉出校記。

左丞史公哀辭 并序

左丞史公之薨，客有云云者。余曰：「事機之來，雖理有難處，度不違於義，其寵辱有不足驚者，當克明之①。無定力以順受，輕則伊鬱而自沮②，重則憂悸而隕越，正以不安而無定力故也。」嗚呼！史公不少隱忍以光先正之業而至於斯，其命耶？抑以有未安於所受之正耶？於是作是詩哀之。

兩鬢金貂漢九卿③，大階平自柏臺清④。儘將事業傳鍾鼓⑤，不特家聲藉父兄⑥。自忖行藏無所慊⑦，此生榮辱不須驚⑧。辦奸聽徹唐君說⑨，淚灑春風滿豸纓⑩。

【校】

①「當克明之」，弘治本、薈要本同元刊明補本；四庫本作「當倉促之會」。按：作「當倉促之會」，不知所本，於文義亦難通。「當克明之」，語本《尚書正義》卷一《堯典》：「克明俊德，以親九族。」孔傳：「能明俊德之士任用之，以睦高祖玄孫之親。」

②「沮」，弘治本同元刊明補本；薈要本、四庫本作「阻」，形似而誤。後依此不悉出校記。

③「兩」，元刊明補本、弘治本闕；據薈要本、四庫本補。

④「大階」，弘治本同元刊明補本；薈要本作「泰階」，亦通；四庫本作「霜威」。按：《六臣注文選》卷九揚雄《長楊賦》：「是以玉衡正而太階平也。」李善注：「泰階者，天之三階也。上階上星爲天子，下星爲女主；中階上星爲諸侯三公，下星爲卿大夫；下階上星爲元士，下星爲庶人。三階平則陰陽和，風雨時，歲大登，民人息，天下平，是謂太平。」泰階，猶太階也。大、太，古今字。太階，亦可作大階。作「霜威」者，不知所本。

⑤「鼓」，元刊明補本、弘治本闕；據薈要本、四庫本補。

⑥「藉」，弘治本、四庫本同元刊明補本；薈要本作「籍」，形似而誤。

⑦「慊」，弘治本同元刊明補本；薈要本、四庫本作「歉」，亦可通。

⑧「生」，弘治本同元刊明補本；薈要本、四庫本作「身」。

⑨「辦」，弘治本同元刊明補本；薈要本、四庫本作「辨」，亦可通。按：辦、辨，古今字。「刂」，即「刂」，同「刀」。今者「辦」簡化作「办」，讀若《廣韻》蒲莧切，與「辨」（《廣韻》符蹇切）判爲二字，非矣，二字實爲一字。後依此不悉

出校記。

⑩「春」，弘治本同元刊明補本；薈要本、四庫本作「西」。

丙戌歲中秋後二日夢過真定與宣慰張鵬舉相會作詩爲贈既覺頗記首尾意韻因足成之

九月十一日忽英甫過衛説張是月此日卒於真定①

千里提封入控臨，不知秋氣上華簪。紫泥頒寵何三詔，丹扆輸忠見六箴。機務固方前日簡，論思尤比向來深。□□□□潭園月②，轉覺孤懷媿此心③。

【校】

①「忽英甫」，弘治本、四庫本同元刊明補本；薈要本作「和爾揚布」。「張」，弘治本同元刊明補本；薈要本、四庫本作「張子」。「此」，弘治本同元刊明補本；薈要本、四庫本脱。

②「□□□□潭園月」，弘治本同元刊明補本；薈要本作「無端得共團圞月」；四庫本作「無端共得團圞月」。

③「媿」，弘治本同元刊明補本；薈要本、四庫本作「愧」，亦通。按：媿、愧，多可通。作「愧」，蓋「慚愧」由心生，故亦當從「忄」而易「媿」。後依此不悉出校記。

□□蔓慶憲副良友①

十年局促伏轅駒，解鞅歸來樂自如。奔走止緣餬口計，支離況是不材樗。常因客過知安健，多謝人來問起居。把酒竹軒猶昨日，清詩想似向來臞②。

【校】

①「□□蔓慶」，弘治本同元刊明補本；薈要本作「漫答」；四庫本作「蔓慶」。

②「詩」，弘治本同元刊明補本；薈要本、四庫本作「思」。

寄贈介甫憲倅聞除興元總尹

方聽新除入歷城，忽傳改授漢中行。霜空暫息鶱飛翮，民社教優撫字聲。伏利試尋山水堰①，遠征先衈異方兵②。如承高省相垂問，老我山田二頃耕。

【校】

①「伏」，弘治本同元刊明補本；薈要本、四庫本作「興」，非。

②「方」，弘治本、薈要本同元刊明補本；四庫本作「鄉」，亦通。按：異鄉，猶異方。「方」、「鄉」，皆爲平聲韻，於詩律無違。

送徐正卿秩滿還漳南

共筆燈窗憶昔時，只今相顧鬢成絲。三年調議良多益，一道將迎不易持。辭別已餘連日惡，直清留在後人思①。漳南未是歸棲地，要與朝家作羽儀。

【校】

①「留」，弘治本、四庫本同元刊明補本；薈要本作「儘」。

謝湯宣慰惠書

閑來何物慰窮愁，細把調元入校讎。相業有方無限事，室書能幾不容抽。已欣惠賜承蘇集，復夢翻香上郡樓。插架萬籤容遍覽①，鄴侯人道是湯侯。

【校】

①「遍」，弘治本、薈要本同元刊明補本；四庫本作「易」，涉上而誤。

代書寄友舊二首

匪爲窮愁日著書，閉門經史且相娱。爲憐魯酒無多味，任使陶缾乏見儲。黄卷能教吾道在，青雲未覺故人疏。有時夢到烏臺月，奄奄猶勝閉婦車①。

半紙功名不足書，暮年心緒若爲娱②。背時伎倆輸鳩拙③，度歲生涯儉擔儲。爲寂恐貽高密笑，不才争似孔融疏。退藏入密真吾事，誰遣門多長者車。

【校】

①「閉婦車」，弘治本同元刊明補本；薈要本、四庫本作「載五車」，不知所本。

②「緒」，弘治本同元刊明補本，薈要本、四庫本作「事」。

③「時」，薈要本、四庫本同元刊明補本；弘治本作「昧」。

西村三首和韻

種來佳樹日扶疏，秋草當階不忍鋤。城府事囂閑静重，林墟秋熟物情舒。溪行改逕農耕後①，漁浦移梁水退餘②。我自興來成獨往，手拖拄杖不巾車。

近歲行藏匪自疏，胸中刺鯁要誅鋤。通明縱使同方進，樸鈍何知似魏舒。堂上咿嚘從肉食③，橘中游戲喜霜餘。八騶前馭非吾事，正要安徐下澤車。

忖量身世兩乖疏，去學淵明荷短鋤。時事未容閑裏過，人心安得老來舒。沙鷗遠汎機先識④，穴鼠深藏壤有餘。我輩所行多倒置，早資舟楫水資車。

【校】

①「逕」，弘治本同元刊明補本；薈要本、四庫本作「徑」，亦通。按：字從彳、從辶多可通。後依此不悉出校記。

②「浦」，弘治本同元刊明補本；薈要本、四庫本作「捕」，形似而誤。

③「咿嚘」，元刊明補本、弘治本作「咿瀀」，非是；薈要本、四庫本作「吚嚘」，亦可通；徑改。按：吚、咿，同。

④「汎」，弘治本同元刊明補本；薈要本、四庫本作「泛」，亦可通。按：《說文》：「汎，浮皃。」《說文》：「泛，浮也。」《玉篇·汎》：「同渢，今爲汎濫字，通作泛。」二字後多有通用者。後依此不悉出校記。

寄道之憲使仁兄

匪爲場苗賦白駒，別來多事復何如。臣門最喜心如水，故第猶知里號樗①。落落壯爲天外客②，潭潭老向府中居。爲近日二憲使不出司③，故云。使君若問年來況，山澤依前老病癯④。

【校】

①「第」，弘治本同元刊明補本；薈要本、四庫本作「地」，聲近而誤。

②「外」，弘治本同元刊明補本；薈要本、四庫本作「下」，涉上而誤。

③「不出司」，元刊明補本作「不出同」；薈要本作「俱不出」；四庫本作「不出府」；據弘治本改。

④「前」，弘治本同元刊明補本；薈要本、四庫本作「然」，亦通。按：依然，猶依前、依舊。前、然，皆爲平聲，於詩律無違。

聞平章由公薨於維揚以詩挽之 非藉古不徒言①

邂逅灤江讌語頻②，外臺初建首先分。風雲契厚真吾相，魚水情深有分民。名在諫垣稱鯁直，力輸王室最公勤。豐碑會見十年後，猶是中朝第一人。

【校】

①「由」，弘治本同元刊明補本；薈要本、四庫本作「游」。「非藉古不徒言」，弘治本作「非藉吾不徒言」，非是；薈要本、四庫本脱。

②「濼」，薈要本、四庫本同元刊明補本；弘治本作「欒」。按：作「欒」者，蓋「濼」省去形符，以聲符易本字耳，俗用。

丙戌除夜

盤花紅卷燭光摇①，一歲迢迢盡此宵。凍拆臘香浮柏葉②，暖移春意上梅梢。拊心自信愚忠在，流涕還悲髀肉消。揣分要知温飽力，此生無地答清朝③。

【校】

①「光」，弘治本、薈要本同元刊明補本；四庫本作「花」，涉上而誤。

②「拆」，弘治本同元刊明補本；薈要本作「折」，非；四庫本作「合」，非。

③「此」，元刊明補本、弘治本作「比」，據薈要本、四庫本改。

賀文卿同簽宣慰河朔 時真定連年乾旱①

春風花發四鄰香，曲巷時過笑語長。議論有方消鄙薄，功名無地不輝光。簽書樞府孤忠壯，愾敵長江一葦航。今日八州歸總轄，又煩和氣致時祥。

【校】

①「乾旱」，元刊明補本、弘治本作「旱乾」，倒；薈要本、四庫本作「災」，亦可通；徑改。

同簽趙公挽辭

諱良弼字輔之遼東人至元二十三年南遊京洛卒明年正月二十四日夜見於夢托予令易其名諱辭意甚切不然目將不瞑矣遂追作是詩以紀其意①

識遠幾沉任獨勞，不將虛譽冠時髦。使華光動扶桑日，樞府謀深尚父韜。四海樊川遺隱在，九原精爽與秋高②。分明夢裏來相託，抵掌猶能似叔敖。

【校】

①「輔」，弘治本同元刊明補本；薈要本、四庫本作「甫」，聲近而誤。按：趙良弼（一二一七—一二八六），字輔之，詳見《元史》卷一五九本傳。「托」，弘治本作「杔」，非是；薈要本、四庫本作「託」，亦可通。「令」，弘治本同元刊明補本；薈要本、四庫本作「合」。「辭」，弘治本、薈要本同元刊明補本；四庫本作「情」，非是。「追」，弘治本同

元刊明補本；薈要本、四庫本脱。「紀」，弘治本、薈要本同元刊明補本；四庫本作「記」，亦可通。按：紀，通記。作「記」者，蓋以本字易借字耳。

②「原」，弘治本同元刊明補本；薈要本、四庫本作「年」，非是。按：作「年」者，不知何本。

禮部尚書許公挽辭

官至榮禄大夫名國禎字進之翼城人①

當年劍履上星辰，忠謹持心老益振。藥籠功名開壽域，朝端風度見誠臣。勒漿有味需餘論，卿月分光照近鄰。吾自訃聞增悵望②，白雲長處是溽垠。

凶訃初傳不忍聞，惜從朝著失忠臣。安常每懼非常寵，格物還深濟物仁。貶損定交何眷厚，燕閑相過更情親。轔轔細約車聲去，長憶同遊過闕晨。

【校】

①「官至榮禄大夫名國禎字進之翼城人」，弘治本同元刊明補本；薈要本、四庫本脱。

②「聞」，弘治本同元刊明補本；薈要本、四庫本作「音」，亦通。「增」，弘治本、四庫本同元刊明補本；薈要本作

「争」，聲近而誤。

宋賓客弘道挽辭

景玄絶學到縱横，此老猶能見典刑①。相府才華推上客，少微光彩動前星。誠身初不離儒行，進讀何妨雜貝經②。正有莫教傷餒恨，併隨神劍閟泉扃。公舊有舒辟劍。

萬有紛華入醉吟，都將誠静粹靈襟。雲松卧壑存初志，望苑霑恩豈本心。談並齊諧疑志怪③，學空滄海别穿深。斗間縱有龍泉氣，凄斷春風緑綺琴。

【校】

①「刑」，弘治本、四庫本同元刊明補本；薈要本作「型」，亦可通。後依此不悉出校記。

②「讀」，弘治本同元刊明補本；薈要本、四庫本作「學」，涉上而妄改。

③「諧」元刊明補本作「諸」，形似而誤；據弘治本、薈要本、四庫本改。按：「齊諧疑志怪」，語本《莊子·逍遥游》：「齊諧者，志怪者也。」

追悼參政李公仲實詩　有序①

至元丁亥二月十日夜，夢李參政仲實，再拜，向予顧指所佩鞶囊曰：「吾平生盡在於此，他日會須累君，但不敢輕易發也。」既寤，悵然者久之，因追作此詩，以見其神交之不昧也。昔李衛公見夢於令狐綯，愬其北還，綯畏其精爽，白于帝，得以歸葬。今李侯明以後事來託，予老且閑，不知何所賴焉。

冠劍風雲擁漢庭，斗邊喉舌振孤聲。漢儲與翼非輕託②，蜀酒雖多每細傾。身後哀榮光謚册，夢中精爽似平生。分明指顧鞶囊事，一縷幽光要累卿。

【校】

①「實」，弘治本、薈要本同元刊明補本；四庫本作「寔」，非。「有」，弘治本同元刊明補本；薈要本、四庫本作「并」。

②「與」，弘治本同元刊明補本；薈要本、四庫本作「羽」。

挽教官石仲遷

名與義鄭州人少爲縣吏後從李野齋學終南京教官①

臨試東過僕射陂②，封書投贄識君時。生猶櫝玉期三獻，死愧囊金昧四知。塵世驚回黄落夢③，帝京悲動白雲辭。因思吾輩豪雄處，貧賤能安貴不移。

【校】

①「齋」，弘治本、薈要本同元刊明補本；四庫本作「齊」，非。按：李野齋，即李謙（一二三三—一三一一），字受益，號野齋。詳見《元史》卷一六〇本傳。「終」，弘治本、薈要本同元刊明補本；四庫本作「終于」，衍。

②「陂」，弘治本同元刊明補本；薈要本、四庫本作「坡」，非。

③「落」，弘治本、四庫本同元刊明補本；薈要本作「葉」，非。

送府判李侯赴調東曹其懷與政備見乎辭①

邶衛交衝辦事難，送迎終日不停鞍。去官不到瓜期代，在分能教幕職安。衙鼓通嚴披訟牒，廚煙炊碧澮蔬盤②。回看奔走風塵際，卻恐新除是振冠③。

【校】

①「與」，弘治本同元刊明補本；薈要本、四庫本脱。「辭」，弘治本、四庫本同元刊明補本；薈要本作「詞」，亦通。

②「炊」，弘治本同元刊明補本；薈要本、四庫本作「吹」，聲近而誤。「澮」，元刊明補本、弘治本作「澮」，薈要本、四庫本作「淡」。

③「恐」，弘治本作「忠」；薈要本、四庫本作「惠」。

代書奉寄子明宣慰　時爲濟南宣慰

五載因官寓鎮陽①，朋簪盍處佩聲鏘。金盤爛醉雲樓酒②，綉韝其物反，今之半臂也，出《光武紀》，一作「褠」③。同披燕寢香。樂事有懷終會合，名泉無計共徜徉。空餘情似康崖水，一脈勾連到海長。

【校】

①「鎮」，弘治本同元刊明補本；薈要本、四庫本作「濟」。

②「爛」，弘治本同元刊明補本；薈要本、四庫本作「亂」。「樓」，弘治本同元刊明補本；薈要本、四庫本作「溪」。

③「其物反，今之半臂也，出《光武紀》，一作『𧝓』」，元刊明補本、弘治本作「其物反，今之半臂也，出《光武紀》，一作『褐』」；薈要本作「镼一作『𧝓』，其物反，乃今之半臂也，出《光武紀》」，置於詩之最後；四庫本作「镼一作『倔』，其物反，乃今之半臂也，出《光武紀》」，亦置於詩之最後；徑改。按：《康熙字典·𧝓》：「《後漢·光武紀》：諸于繡镼。注：字書無镼字，《續漢書》作𧝓，諸于上加繡𧝓，如今之半臂也。《類篇》：或省作袦。」𧝓，𧝓之誤字；倔，𧝓、𧝓之形誤。

壽子初中丞

鼓瑟春風記點同，轉頭俱作白頭翁①。遠遊長得知時報，微恙行收勿藥功。巾卷在庭隨燕几，嬰香和露溫簾櫳②。暮年縱有周公夢，輸與浮雲度太空。

【校】

①「頭」，元刊明補本作「頣」，形似而誤；據弘治本、薈要本、四庫本改。

②「香」，弘治本同元刊明補本；薈要本、四庫本作「風」。「温」，弘治本同元刊明補本；薈要本、四庫本作「濕」。

送史邦直之任竹山

縣屬房陵更在西①，一官雖遠儘施爲。王風漸被無遐邇，異俗能安戒鄙夷。會待奇姿超駿足，試教銛穎發囊錐。彩旗鬧簇清江渡，想見春風到任時。

【校】

①「屬」，弘治本、薈要本同元刊明補本；四庫本作「在」。

丙戌歲除夜①

去歲椒盤一笑欒，今冬除夕倍凄然。奠餘靈桉鍾聲後②，坐對陰容燭影前。存歿不堪思往事③，康寧還喜過今年。數家剩説新春好，夢到梅花小雪邊。

奴星具糗送窮歸，夜久蘭堂燭影低。梅雪溢寒嚴鼉鼓④，枕香留暖潤盤犀。試傾臘醞歆椒頌，已覺春風拂畫雞。明日書雲臺上去，蒼精横角看杓擕。

【校】

①「夜」，弘治本同元刊明補本；薈要本、四庫本作「夕」，亦通。按：除夜，亦即謂除夕。本卷另有詩《丙戌除夜》，當與是詩作於同時；然是詩正文亦有「今冬除夕」之言，作「夕」者，蓋亦源於此。

②「桉」，弘治本同元刊明補本；薈要本、四庫本作「案」，亦可通。後依此不悉出校記。

③「歿」，弘治本同元刊明補本；薈要本、四庫本作「沒」，亦可通。按：沒，通歿。作「沒」，蓋「歿」之聲誤。

④「鼉」，元刊明補本作「癘」，據弘治本、薈要本、四庫本改。

答何劉二端公①

屢有人來問起居，近年爲況果何如。每承省録常深感②，欲話行藏不敢書。逐末有慚規什一，歸田無力把犁鋤。時時夢到霜臺月，静聽烏聲尚起予。

【校】

①「答何劉二端公」與下之「挽李子揚」、「餞士達御史還臺」三詩，弘治本、四庫本同元刊明補本；薈要本移至卷一九「和陶主簿見寄詩韻」、「小園即事」之間。

②「省」，弘治本、薈要本同元刊明補本；四庫本作「首」，形似而誤。

挽李子揚

早歲龍門接茂材，相攜有意上階台①。夜書稱快元康在②，詩思争高岳掌開。落月滿梁清夢斷，旅墳三尺野煙埋。微官殆似台州鄭，拊卷題詩擬八哀。

三十年前成邂逅，酒罏傾徹醉顔開。筆端力挽狂瀾倒，袖裏親攜太華來。淚洒行間遺草在，恨埋泉壤劍鋒摧。因思秋雨蒼苔句，何限令人不飲哀③。

【校】

①「階台」，元刊明補本、弘治本、四庫本「台階」，倒；據薈要本改。按：是組詩皆首聯入韻，與頸聯、尾聯皆用「咍」

韻。

②「稱快」，弘治本同元刊明補本；薈要本、四庫本作「肯信」。

③是組詩之第二首，薈要本有獨立之篇題，作「又」。

餞士達御史還臺①

通家世契鬱蘭金，驄馬南來屢見臨。披露義襟餘悃愊，酌量時務入精深。眼中白璧真無價，調外朱絃有賞音。回首炎荒四千里，一杯不惜爲重斟。

【校】

①「還臺」，弘治本同元刊明補本；薈要本闕；四庫本作「送臺」。

王惲全集彙校卷第二十

七言律詩

西溪見夢 十月初八日夜五鼓初

拄面相看几格間，笑談似與浣離顔。越裝已辨宜趨往①，江路雖遥不久還。魯國自來尊北海，謝家誰更作東山。瀟瀟夜雨蓬窗曉，細酹清樽與涕潸②。

【校】

①「越」，弘治本同元刊明補本；薈要本作「起」，非；四庫本作「趣」，非。

②「涕」，弘治本同元刊明補本；薈要本、四庫本作「淚」。

儀封道中

驛館殘釭曙色分，馬馱殘夢走踆踆。去家已遠誰爲侶，到處相逢有故人。健羨鵰盤慚始擊，静便蠖蟄返求伸。一杯拜酹睢陽廟，激懦扶衰尚有神。

睢州道中寄友人

奉詔東行獲所安，卻憐衰朽强爲顔。恩緣至渥酬無地，事不預防多後艱。遠馭有方清百越，纖埃何補奠三山。殘年正要相料理，既不容辭望早還①。

【校】

①「早」，弘治本同元刊明補本；薈要本、四庫本作「蚤」，亦可通。後依此不悉出校記。

過歸德寄何相

白髮年前六十三，强扶衰朽去江南。心知義重吾何惜，老不身安事恐躭。弩末縱能穿魯縞，病軀胡可敵閩嵐①。鄉關回首四千里，正賴君侯與細參②。

【校】

①「胡」，弘治本同元刊明補本；薈要本、四庫本作「何」，亦可通。

②「賴」，弘治本同元刊明補本；薈要本、四庫本作「累」，聲近而誤。

十月廿七日過下邑喜與趙彦伯侍郎相遇作詩而別①

暮色增寒慘驛亭，燈垂紅燼盡情明。長年幾夢溪堂月，此夜相看下邑城。流落蠻方真可畏，笑談樽酒且同傾。回頭楚水楓林下，焰焰聲華定彦卿。

【校】

①「伯」，弘治本同元刊明補本；薈要本、四庫本作「方」。

宿宋家山趙氏田舍

白髮搔來不滿簪，就中誰遣世塵深。野煙遥認圯橋月，霜夜初聞楚户砧。長路苦吟支睡思，客窗無夢耿鄉心。前行説似安夷道，隱隱青山轉槲林。

揚州送劉漢卿東歸汴梁

海鶻翻雲下錦韝，眼中人物見風流。誰期淇水三秋別，卻作維揚數日留。樽俎留連江上月，風煙吟眺竹西樓。馬頭細嚼梅花句，又領春風入汴州。

西湖

西湖三面簇青山，浄拭菱花照翠鬟。蒼海月寒龍穴露，彩雲仙去鳳簫閑。無多樓觀猶圖畫，最好風煙近市闤。鄭重繡衣周漕使，畫船春酒待余還。

留别左轄台相

兩浙江山漠霧雲，吴儂輕剽到羣奔。纔寬防異須威霽，稍困隨方以德存。龍寵優來心愈小，義方嘉處勢忘尊。忠傳孝繼平生事，長見風煙擁戟門。一作「薦賢正是台衡職，桃李何須在一門。」

己丑冬仲三日與宣慰楊子秀總管高瑞卿侍郎田榮甫三君子邂逅於餘杭其喜有不勝者以詩留别情見乎辭①

北來冠蓋拂吴雲，試計分飛動十春。意外論交緣義重，天涯相值更情親。放懷罇酒難同舊，照眼梅花總可人。明日浙江江上去，寄聲多逐荔支塵②。

【校】

①「己丑」，弘治本同元刊明補本；薈要本、四庫本作「乙亥」，非。「冬仲」，弘治本、四庫本同元刊明補本；薈要本作「仲冬」，倒。

②「支」，弘治本同元刊明補本；薈要本、四庫本作「枝」，亦可通。

下大安嶺　俗云分水嶺

宿霧霾山苦未收，馬銜寒雨下關頭。紅雲軟脚揮三爵，碧玉攢峯湧萬丘①。日月麗天從北轉，山川分水盡南流。漢家聲教今無外②，誰遣氛妖孛斗牛③。時汀、漳等州鍾寇作耗未平④，故云。

【校】

①「湧」，弘治本同元刊明補本；薈要本、四庫本作「擁」，亦可通。

②「聲」，弘治本同元刊明補本；薈要本作「風」，亦通；四庫本作「分」，非。

③「氛妖」，弘治本、四庫本同元刊明補本；薈要本作「妖氛」，倒。

④「鍾寇」，弘治本同元刊明補本；薈要本、四庫本作「鐘冠」。

三山元日

臺爇天香簇絳紗，三山簫鼓樂年華。竹枝歌後多淫祀，燕子歸來識故家。荷鬢閙粧餘翠貝①，蔬盤勻飣雜魚蝦。殊方風物雖堪賞②，争遺衰年客海涯。

【校】

①「粧」，弘治本同元刊明補本；薈要本作「裝」，亦可通；四庫本作「妝」，亦可通。

②「殊」，弘治本、四庫本同元刊明補本；薈要本作「時」，形似而誤。

贈之問泉尹

福州庚寅三月廿一日作①

社燕秋鴻十載餘②，天涯邂逅兩臞儒。九遷論秩心何有，百折當機氣自如③。喬木故都思往事，月明滄海烔遺珠。春風回首桐城郡④，時訊平安見簡書。一作「小書」⑤。

【校】

①「泉」，弘治本同元刊明補本；薈要本、四庫本作「前」。

②「鴻」，弘治本、四庫本同元刊明補本；薈要本作「雁」，涉上而誤。

③「機」，弘治本同元刊明補本；薈要本、四庫本作「年」，涉上而誤。

④「桐」，弘治本、四庫本同元刊明補本；薈要本作「同」。按：作「同」者，「桐」省略形符之簡化字，俗用。

⑤「一作『小書』」，弘治本同元刊明補本；薈要本、四庫本脱。

送李司卿輔之北還 名天祐安次人同年御史也今爲户部尚書①

憲府乘驄憶舊遊，白頭相見嶺南州。地連瘴海三山月，人在元龍百尺樓②。此日又驚成契闊，異方誰與慰淹留。交親若問衰年況，夜夜秋瓜夢故丘③。

【校】

①「名」，弘治本同元刊明補本；薈要本、四庫本作「李司卿名」，衍。「祐」，弘治本、薈要本同元刊明補本；四庫本作「佑」，形似而誤。「同年御史也」，弘治本同元刊明補本；薈要本作「與余同年爲御史」；四庫本作「與予同年爲御史」。「尚書」，弘治本同元刊明補本；薈要本作「尚書今北還」，四庫本作「尚書北還」，衍。

②「尺」，弘治本同元刊明補本；薈要本、四庫本作「歲」，非。

③「丘」，弘治本同元刊明補本；薈要本、四庫本作「邱」，亦可通。按：《説文・邑部》：「邱，地名。」《説文》段注：「今制，諱孔子名之字曰邱。」按，孔子名丘，清雍正三年上諭，除四書五經外，凡遇「丘」，並加「阝」旁爲「邱」。後依此不悉出校記。

庚寅春三月與張參政獻子李司卿輔之會飲九仙絶頂 其道室榜曰滿目雲山

四千里外同羈旅，三十年來老弟兄。樽俎喜陪今日宴，江山難得晚來晴。巖花帶露春容濕，醉袖翻香笑語清。莫對雲霞説輕舉，蒼生料理正煩卿。旹張參政奉旨料八州民數①。

【校】

①「旹」，弘治本同元刊明補本；薈要本、四庫本作「時」，亦可通。按：旹、時，古今字。《説文·時》：「旹，古文時，從之日。」「料」，弘治本同元刊明補本；薈要本、四庫本作「科」，亦可通。按：作「科」者，「料」之形誤。

暇日登道山亭懷古亭在烏石山巔有碑刻南豐記文其上刻鄰霄臺三大字

閩會東南控嶺溪，斗牛無孛歲無饑。文風興盛猶唐館，霸氣沉雄入劍池。海近重城朝日蚤，山蟠平野暮江遲。危亭一片瑶鐫在，晤語殘陽倚杖時。

送師彥貞藺寶臣二御史 庚寅四月十九日

半歲相倍百越東①，捄時人道嚮來驄②。劍華光動蛟螭匣③，豸角霜嚴簿領叢。明月共看千里隔，芳峯迴憶一樽同④。偕來不及成偕往，目斷三山羡去鴻。

【校】

①「倍」，弘治本同元刊明補本；薈要本、四庫本作「陪」，亦可通。按：倍，《集韻》蒲枚切；倍、陪，古今字。後依此不悉出校記。

②「嚮」，弘治本同元刊明補本；薈要本、四庫本作「向」，亦可通。按：向，「嚮」之俗字。後依此不悉出校記。

③「華」，弘治本、薈要本同元刊明補本；四庫本作「花」，亦可通。按：《秋澗集》四庫本、薈要本「華」多聲誤作「花」。後依此不悉出校記。

④「迴」，弘治本同元刊明補本；薈要本、四庫本作「回」，亦可通。按：迴、回，多可通。後依此不悉出校記。

大中德長老見贈竹輿作詩爲謝

人老筋骸不自持，乘堅策駿兩非宜。憐師雅意慇勤甚，惠我班輿結束奇①。花底徐行閑看處，陌頭趨進早衙時。醉歸更比籃舁稳，一任山公倒接籬②。

【校】

①「班」，弘治本同元刊明補本；薈要本、四庫本作「斑」，亦可通。

②「籬」，弘治本同元刊明補本；薈要本、四庫本作「羅」，形似而誤。

贈鼓山長老平楚

不下禪牀四十年，老軒頭角出泠淵。久從貝葉傳心印，來與雲山結静緣。蘭馥蕙光增嫵媚，竹風松月共清圓。荔丹有約重登覽，轉首天風恐颯然。楚有《畫蘭絶句》，故云。

庚寅夏四月送二御史回淮安道中即事語知己者

五千里外一衰翁，八郡規爲與省同①。衆口鑠金方作異，諸生鳴鼓欲誰攻。寒封老柏常年慘，暖借繁葩盡日紅。夢到垂虹亭下水，雲帆千尺挂秋風。

【校】

①「與」，弘治本同元刊明補本；薈要本、四庫本作「一」，涉上而誤。

遊鼓山五首 并序

鼓山在閩中爲特秀，余到官五月，王事鞅掌，未遑登覽以盡江山之勝。迨明年庚寅四月庚辰①，遂與天平張參政獻子②，大都李郎中德昌，御史聊城師彦貞、居延藺寶臣，提刑東原曹仲明，憲幕張遂良、程舜臣、何舜卿來游，尋前盟也。辰刻抵戒院，舍鞍肩輿，迤邐而進③，至望州亭。主僧平楚來迓，用軟脚例。酒數行，歷松關，由石門入白雲寺。適簽省樂公亦供佛來此，乃相與禮像殿④，浴佛於西寮。既而，飯岃峯丈室，眺上方重閣，降觀湧泉，步入靈源洞，度喝水巖，登天風海濤亭。觴詠間，獻子、德昌扶攜上征，徑欲造大頂峯，足觀紫陽遺刻，石磴雲荒⑤，中途而返。時宿雨濯山，林壑爭秀，煙霏空翠，有顧揖不暇者。莫不欣然忘歸，沖沖若有所得，僉曰：「樂哉，今日之游也！吾儕越在絶域，縱使重來⑥，恐無復此歡耳。至元歲月不可以不紀，詩亦不當無也。」明日，探囊得唐律五詩，俾刻諸亭上，以爲山中故事⑦。

峯迴路轉已層雲，望遠風煙接海門。宿靄去收千嶂雨⑧，老僧迎勸半山罇。巖幽選勝窮詩境，山迴登危黯客魂。闊絶殊方同大塊，坡仙心事强爲論。

筍輿同駕躡鼇臏，冷帶秋聲入白雲⑨。雪竇有禪容暫叩，名山無分與平分。雲憐嶺斷聯松蔭，雨惜堤芳護蘚紋⑩。會約贊公重借榻，鼓音同向夜深聞。

上方游遍雨花天，洞壑尋幽得壯觀。林影蕩空金界闊，天風吹袂海濤寒。江山若爾不一醉，杖履再來無此歡。詩在眼前拈不出，碧瀾秋色上層巒。

杖藜尋壑游初遍，倚檻冥搜興未闌。濁酒一杯方大嚼，蒼煙千頃要奇觀⑪。放教眼界寬無際，徑上山椒不作難。若欲攀蘿窮絶頂⑫，海濤風勁不勝寒。

複嶺重岡奠七閩⑬，鼓山東峙最崇尊⑭。嶼亭詩好風濤湧，靈洞龍移窟宅存。千尺翠屏宜晚對⑮，一泓蒼海儘雄吞⑯。雲煙稇載歸時晚，月偃松梢玉一痕。

【校】

①「庚寅」，弘治本同元刊明補本；薈要本、四庫本脱。

②「張」，元刊明補本、弘治本闕；據薈要本、四庫本補。

③「邐」，弘治本同元刊明補本；薈要本、四庫本作「逦」，亦可通。按：逦，《康熙字典·辵部補遺》：「逦，《字彙補》力紀切，音里。陳白沙詩：大學西銘迤逦攤。」當爲「邐」之後起俗字。

④「乃」，弘治本同元刊明補本；薈要本作「來」，涉上而誤；四庫本作「遂」。

⑤「碧」，弘治本同元刊明補本；薈要本、四庫本作「與」，形似而誤。

⑥「使」，弘治本同元刊明補本；薈要本、四庫本作「此」。

⑦「山中」，弘治本、四庫本同元刊明補本；薈要本作「中山」，倒。

⑧「宿靄」，弘治本同元刊明補本；薈要本作「海靄」，涉上而誤；四庫本作「海霧」，涉上而誤。
⑨「聲」，弘治本、薈要本同元刊明補本；四庫本作「深」，聲近而誤。
⑩「堤」，元刊明補本、弘治本、四庫本作「題」，據薈要本改。「紋」，元刊明補本、弘治本作「雯」，據薈要本、四庫本改。
⑪「蒼」，弘治本同元刊明補本；薈要本、四庫本作「暮」。
⑫「若」，元刊明補本作「苦」，據弘治本、薈要本、四庫本改。
⑬「岡」，弘治本、四庫本同元刊明補本；薈要本作「崗」，亦可通。後依此不悉出校記。
⑭「崇」，弘治本同元刊明補本；薈要本、四庫本作「重」，涉上而聲誤。
⑮「屏」，弘治本同元刊明補本；薈要本、四庫本作「層」，形似而誤。
⑯「蒼」，弘治本、薈要本、四庫本作「滄」，亦可通。

道山亭燕集

霜簡無華鸞鳥朋，追隨飛蓋上高亭。霏霏空翠沾衣濕，浩浩雄風拉瑟聲①。已愧東山空雅志，枉教南斗避文星。憂來猛把欄干拍②，轉覺時情未易評③。

【校】

①「風」，弘治本同元刊明補本；薈要本、四庫本作「飛」，非。

②「干」，弘治本同元刊明補本；薈要本、四庫本作「杆」，亦可通。後依此不悉出校記。

③「時」，弘治本、薈要本同元刊明補本；四庫本作「詩」。

酬余招討見贈詩韻

秀孕江山氣自靈，余君襟度玉亭亭。高軒過訪承佳什，世事開談見遠經。秋色望空喬木國，海商争避客槎星①。又聞占籍多陰積，一户從良近百丁。

【校】

①「避」，弘治本同元刊明補本；薈要本、四庫本作「泛」。

送魏參政赴邵武時與江西三省會合破賊①

畫省分麾出越營，跳梁黠鼠已潛驚。環郊多壘真吾責，報國丹衷在此行②。獸困可擒須急縛，民安無畏是佳兵。遥知帳繞生犀地③，草木風前總戰聲④。戰一作「捷」。

【校】

①「會合」，弘治本同元刊明補本；薈要本、四庫本作「和會」，既倒且誤。

②「衷」，弘治本、四庫本同元刊明補本；薈要本作「忠」，聲近而誤。

③「繞」，弘治本、薈要本同元刊明補本；四庫本作「遶」，亦可通。後依此不悉出校記。

④「聲」，弘治本同元刊明補本；薈要本、四庫本作「争」，涉上而誤。

省郎李應中見示所藏書畫因題其後

畫省官書不片閑，撥忙能結澹中緣。吟餘紅藥階前露，夢到蒼江月下船①。鑑定正煩君具眼，收藏還擬世珍傳。古人已矣精華在，時復横披一灑然。

【校】

①「江月下」，弘治本同元刊明補本；薈要本、四庫本作「苔月上」，非。

八月八日雨中書懷

自到閩中十月餘，老懷未省兩眉舒。命緣限蹇行多拙，心與時違意轉疏。夜枕有蛬妨睡思①，秋空無雁繫鄉書。桂香簾幕中秋近，愁對清輝憶故廬②。

【校】

①「蛬」，弘治本同元刊明補本；薈要本、四庫本作「蛩」，亦可通。按：蛬、蛩，同。後依此不悉出校記。

②「輝」，弘治本同元刊明補本；薈要本、四庫本作「暉」，亦通。按：輝、暉，通。後依此不悉出校記。

小樓秋望

其下即福之西湖①

芙蓉吹老白蘋風，隰有游龍草有蛍。湖水已翻寒日影，火雲猶作夏時峯。清時還負無能責②，老境其如所事慵。推放小窗閑寓目，秋來無物不愁容。頸聯一作「時方多故增心苦，人到高年所事慵。」③

【校】

①「其下即福之西湖」，弘治本同元刊明補本；薈要本、四庫本脱。

②「責」，弘治本同元刊明補本；薈要本、四庫本作「貴」，形似而誤。

③「頸」，元刊明補本、弘治本作「景」，聲近而誤；四庫本作「腹」，非；據薈要本改。按：以字形簡單而常見之聲近字易本字，而兩字本身絕不通用，也是《秋澗集》俗用字大量存在的一種存在方式。後依此不悉出校記。

寄紫山憲使

去冬相從入臺參，君任平江我更南。不惜殘年趨海嶠，擬將風義壓煙嵐。得時可進成虛步，縱説知難到强談。歸見紫山如有問，此身於世百無堪①。頸聯一作「碧雲暮合人千里，白髮愁多雪滿簪」。

【校】

①「於」，弘治本、四庫本同元刊明補本；薈要本作「與」，聲近而誤。

秋雨

秋暑燔空勢莫禁①，西風吹起傅巖霖。驅雲湧海連三日，潤物回枯抵萬金②。火傘炎收閩嶠瘴，煙螺重拭越山岑。汸沱未洗戈船甲③，愁絶孤臣一寸心。

【校】

①「暑」，弘治本同元刊明補本；薈要本、四庫本作「景」，形似而誤。「燔」，弘治本同元刊明補本；薈要本、四庫本作「蟠」，非。「禁」，弘治本同元刊明補本；薈要本、四庫本作「驚」，聲近而誤。

②「枯」，弘治本同元刊明補本；薈要本、四庫本作「空」，非。

③「汸沱」，元刊明補本、弘治本作「雱霮」，偏旁類化；薈要本、四庫本作「滂沱」，亦可通；徑改。按：汸、滂，同。「雱霮」，本作「滂沱」。以「滂沱」謂雨水大貌，故於「汸沱」上加「雨」。查字書未見「雱」、「霮」二字，「雱」爲「霶」之俗字，前考辨已詳，「霮」當爲涉上字從「雨」而偏旁類化。後依此不悉出校記。

御史陳君濟來知紫山病告已滿浩然北歸余以微官自絆留滯閩中未卜歸期定在何日慨然感而賦此

南來同仕君先往，自絆微官固可憐。書考已甘陽子下①，着鞭又爲祖生先。碧雲暮合人千里，白髮愁攻雪滿顛②。去去吴江西下路，姑蘇臺上月空圓。

【校】

①「陽」，弘治本同元刊明補本；薈要本、四庫本作「楊」。

②「攻」，弘治本、薈要本同元刊明補本；四庫本作「多」。

寄參政何公

黄閣年來相業多，忠腸輸瀉略無佗①。物情雖異歸包總，鼎味能甘賴燮和。客子遠聞欣欲舞，海風何慮偶揚波。時草竊蠭起，故云。殘年喜見升平事②，歸老田間儘浩歌。

【校】

①「佗」，弘治本同元刊明補本；薈要本、四庫本作「他」，亦可通。後依此不悉出校記。

②「升」，弘治本同元刊明補本；薈要本、四庫本作「昇」，亦可通。後依此不悉出校記。

寄左丞馬公

黄閣清風相業多①，漢家機務到賡歌②。默涵羣動歸包總，力贊孤卿罄燮和。春草閑嘶沙塞馬，秋霖行洗越船戈。古今多少調元樣，丙魏聲華未減何③。

【校】

①「清風」，弘治本同元刊明補本；薈要本、四庫本作「風清」。

②「機」，弘治本、四庫本同元刊明補本；薈要本作「幾」，亦可通。後依此不悉出校記。

③「丙」，弘治本、薈要本同元刊明補本；四庫本作「兩」，形似而誤。

即事

耳聵瞳昏久病翁①，暮年游宦又閩中。一旬好快無三日，百計隨人到五窮。每署細銜慚己曠，雖無私過亦何功。揣量薄分宜歸去，免着通人笑未通。

【校】

①「聵」，弘治本、四庫本同元刊明補本；薈要本作「病」，非。

卧病中即事

萬慮消磨只一身，一身猶爲病邅屯①。老饕纔助脾神喜，濕熱還攻眼力昏。蔬飯半盂嗟强食，物情千變苦難論②。前期七十都能幾③，更有何心到競奔。

【校】

①「邅屯」，弘治本同元刊明補本；薈要本、四庫本作「邅迍」，亦可通。按，作「邅迍」者，涉上字而偏旁類化。後依此不悉出校記。

②「變」，弘治本同元刊明補本；薈要本、四庫本作「古」。

③「十都」，弘治本同元刊明補本；薈要本、四庫本作「日多」。

即事

地僻天荒自一方，江山環瑣瘴煙鄉①。炎涼失節人多病，勁躁難馴俗返常②。媢竈王孫方怙勢，背時郭老怎當場。欲行莫克行還阻，乞取閑身且六藏。

【校】

①「環瑣」，弘治本同元刊明補本；薈要本、四庫本作「還鎖」，亦可通。

②「返」，弘治本同元刊明補本；薈要本、四庫本作「反」，亦可通。後依此不悉出校記。

芙蓉

平生不識翠苞纖①，真色還欣到爾瞻。嬌綻葵芳無兩様②，鬧裝橙葉更多尖。一溪野水明粧鏡，滿樹清香拂繡簾。開謝已甘秋色晚，碧桃紅杏我何嫌。

【校】

①「平」，弘治本同元刊明補本；薈要本、四庫本作「草」，非。

②「葵」，弘治本、四庫本同元刊明補本；薈要本作「蔡」，形似而誤。

卧病吟

四大尋思孰主張，百般調護不康强。火頭孛尾方爲祟，肝氣脾神互見傷。秋月欄干吟袖冷，曉煙庭户藥鐺香。夜來一笑伸眉喜，夢裏分明到故鄉。

閩中即事

誰作新詩採衆謡，八州淵藪萃逋逃。蒼煙滿樹鷲梟嘯，白日西山聞虎號①。取辦急徵農最苦，仰空哀愬彼何高②。内奸不止終多寇，鬥敵徒教殺爾曹。爲官軍民義。③

【校】

①「西」，元刊明補本、弘治本作「四」，據薈要本、四庫本改。

②「取辦急徵農最苦，仰空哀愬彼何高」，弘治本同元刊明補本；薈要本、四庫本作「取辦急征農最仰，空哀愬彼苦何高」，倒。

③「爲官軍民義」，弘治本同元刊明補本；薈要本、四庫本脱。

八月十八日野莫回入西湖開化寺

廩禄已沾三品料，浩然歸志苦遲遲。宦情老去無多味，花樣看來總背時。林下宜尋歌鳳侶①，澗阿閑詠考槃詩。免教方寸爲形役，惆悵終年抱獨悲。

【校】

①「林」，弘治本同元刊明補本；薈要本、四庫本作「庭」。

送趙提舉仲遠職滿還江西①

眼中薄俗日紛紛，信厚如麟見趙君。學館久淹雖散秩，士林輝映總多文。三年提調無遺育，回首歸飛隔暮雲。忠孝堂前秋色好，淡煙吹滿泮池芹。

【校】

①「送趙提舉仲遠職滿還江西」，弘治本同元刊明補本；薈要本、四庫本作「送趙提舉職滿還江西字仲遠」。

即事

人微職峻作提刑，正似禪僧放海青。癡坐久爲山鳥怪，急歸已媿草堂靈。甕邊吏部方酣飲，澤畔靈均謾獨醒。樂得便行無窒礙①，雲間高躡鳳凰翎。

悠悠心事欲誰同，甚是留侯智與功。幸有釣舟藏夜壑，免教官事縛微躬。旬多病假慚虛位，獄有繁冤謾熱中②。穩送布帆無恙去，小樓昨夜有東風③。謂諸君津遣也④。

西風吹老一川秋，劍水東南送客舟。寒雁遠賓方漸陸，野鳧羣聚正乘流。飛鳴聊欲伸吾志，飲啄非徒爲食謀。通塞既知皆素定⑤，平泉何爲志窮愁。

【校】

①「礙」，薈要本、四庫本同元刊明補本；弘治本作「凝」。

②「謾」，弘治本、四庫本同元刊明補本；薈要本作「漫」，亦可通。

③「東」，弘治本同元刊明補本；薈要本、四庫本作「西」。

④「謂諸君津遣也」，弘治本同元刊明補本；薈要本、四庫本脱。

⑤「素」，弘治本、薈要本同元刊明補本；四庫本作「有」。

題建寧府建安堂壁

郡名改自炎興後，官寺多從五代年①。草木不知黄落候，江山渾是寶嚴天。風時雨若回天漏②，味厚泉甘覺氣全。城府自來多險隘，高蹤誰躡漢梅仙。謂東山稱「梅隱」云，梅福嘗隱於此。③

【校】

①「寺」，弘治本同元刊明補本；薈要本、四庫本作「事」，聲近而誤。

②「漏」，弘治本同元刊明補本；薈要本、四庫本作「眷」，非。

③「謂」，弘治本同元刊明補本；薈要本、四庫本脱。「嘗」，弘治本同元刊明補本；薈要本、四庫本作「常」，非。

子孺腹疾良愈謝全王二醫官 全名立夫王名貴和①

喜向醫林得二髦，河魚爲祟免憂勞。調和臟氣事爲切，護養丹元論更高②。曾未浹旬收勿藥，併驅二豎不容逃。難忘最是真誠意③，答荷千金恐一毫。

活庵方伎若爲高，濟物心均不伐勞④。子孺病來方作祟，脈源看處弱於毛⑤。臨機制變元多算，勿藥收功大可褒。自是理明窮隱粤⑥，不緣潛授老龍韜。非「六韜」之韜，蓋借用孫思邈、昆龍所授之法也。

【校】

①「疾」，弘治本同元刊明補本；薈要本、四庫本作「病」，非。

②「更」，弘治本同元刊明補本；薈要本、四庫本作「最」。

③「最是」，弘治本同元刊明補本；薈要本、四庫本作「更有」。

④「均不伐」，弘治本同元刊明補本；薈要本、四庫本作「驚不代」，非。

⑤「源」，弘治本同元刊明補本；薈要本、四庫本作「原」，亦可通。後依此不悉出校記。「弱於」，弘治本同元刊明補本；薈要本、四庫本作「若爲」。

⑥「粤」，弘治本同元刊明補本；薈要本、四庫本作「爽」，非。

贈三衢儒醫徐登孫升伯①

徐卿奕世傳醫學，道濟衢人蔚有功②。方自千金開壽域，肱非三折見良工。經橫烏几�
籬靜③，門掩朝暉藥竈紅。我似病梨無可賦，略煩料理少陵驄。

【校】

①「衢」，弘治本同元刊明補本；薈要本、四庫本作「岐」，聲近而誤。

②「學道濟衢」，弘治本同元刊明補本；薈要本、四庫本作「道學濟岐」。

③「几」，元刊明補本、弘治本作「凡」，據薈要本、四庫本改。

又題石橋山

黿阜煙霞小有天，半空奇絶石橋山。蒼龍背倔雲千疊，寶月光涵玉半環。當局仙人閑遣興，爛柯樵子不知還。一樽醉上山翁馬，卻逐流紅到世間。

繼李昌道見贈詩韻以寄

當年初識歷亭仙，青眼相看意惬然①。把臂喜談天下事，洗心如聽玉琴絃。時文變古多君雅②，遠馭長驅並我先。北渚風煙儘瀟灑，興來詩思想無邊。

【校】

①「青」，弘治本同元刊明補本；薈要本、四庫本作「貴」，形似而誤。

②「文」，元刊明補本作「父」，形似而誤；據弘治本、薈要本、四庫本改。

遐觀亭

南劍州總尹張侯所構①

閩右江山第一州，危欄高倚九峯頭。大書快覩凌雲榜，神化空驚躍劍舟。冠蓋送迎無少暇，風煙吟眺暫相酬②。曉涼多趁薔薇露，醉墨淋漓想未休。

【校】

①「構」，弘治本、四庫本同元刊明補本；薈要本作「搆」，亦可通。後依此不悉出校記。

②「風煙」，弘治本同元刊明補本；薈要本、四庫本作「煙波」。

九日南劍道中

龜山山長林元甲和韻有云萬里好風南去雁兩溪明月一歸舟①

颯沓弓刀入劍州②，登臨高出碧山頭。松風度嶺吹紗帽，煙水漫溪送客舟。萬里故鄉今得往③，一年佳節儘爲酬。滿樽渌湛茶洋酒④，空對黄花一笑休。

【校】

①「甲」，弘治本同元刊明補本；薈要本、四庫本作「中」。

②「颯沓」，弘治本、四庫本同元刊明補本；薈要本作「颯踏」，亦通。

③「鄉」，弘治本同元刊明補本；薈要本、四庫本作「山」，涉上而誤。

④「淥」，弘治本同元刊明補本；薈要本、四庫本作「綠」，非。後依此不悉出校記。

憫雨呈幹臣詩友 四月十一日作時闔境祈雨①

天人消息兩交通，和自羣情雨意濃。一旱汔今幾五月②，四民作苦最三農。雷燒赤尾空飛電③，雲捲黄頭又變風。傳語龍棚棚下客，孚誠終始要相同④。

嗷嗷羣動日焦枯，何處癡龍睡未蘇。穀未見苗穮可望，麥方含實勒來無⑤。九關變豹無餘蘊，百郡承風恐失圖。試手天瓢儻微恡，斯民斯苦果何辜。

【校】

①「境」，弘治本同元刊明補本；薈要本、四庫本作「郡」。

②「汔」，弘治本同元刊明補本；薈要本、四庫本作「迄」，亦可通。

③「飛」，弘治本同元刊明補本；薈要本、四庫本作「驚」。

④「同」，弘治本同元刊明補本；薈要本、四庫本作「通」。

⑤「勒」，弘治本、薈要本同元刊明補本；四庫本作「稄」。

和錢神詠

幹臣二首①

解紛開難到處行，雖云銅臭最關情。世緣利益稱泉貨，時便流行托楮生。武子矜豪編竟埒，魯褒貽笑愛如兄。細思最是通神處，買盡人間事不平。

鉅室權門坦蕩行②，反於窮薄略無情。散飛庭樹來無迹，汙濁羣心到處生。取象有天還有地，縱貪無父亦無兄。存心思革交征弊③，何處銅山剷可平？

【校】

①「詠」，弘治本同元刊明補本；薈要本、四庫本作「咏」。「幹臣二首」，弘治本同元刊明補本；薈要本、四庫本脱。

②「鉅」，弘治本同元刊明補本；薈要本、四庫本作「巨」，亦可通。

③「弊」，弘治本同元刊明補本；薈要本、四庫本作「幣」，亦可通。後依此不悉出校記。

芭蕉扇

輕箑如蕉一樣新，楮衣筠骨製來勻。隔窗雨落驚真葉，灑面風清來故人。嘗羨楚材爲晉用，卻嫌紈素化緇塵。會當柄在調元手，與播南薰解愠民。

近讀夜永不寐等作覺清而頗寒吾恐傷中和而病吾子也因復繼前韻假辭而薰炙之亦晁補之擬騷之遺意也幸笑覽

燭影紅摇夜色侵①，香添菱葉鬱重衾。鳳琶調軟歌能合，竹葉杯深醉易沉。緑鬢追歡燕市樂，翠幈歸夢越江吟②。平明剩買扶頭酒，不向諸兒計橐金。

夕坐虚窗夜氣侵③，欲眠還未擁孤衾。書因倦讀從燈暗，物不攖懷任思沉。肥遁世高雷子節，清貧時見曲山吟。舊游相望成三老，既老能閑抵萬金。

【校】

①「紅」，弘治本、薈要本同元刊明補本；四庫本作「横」，聲近而誤。

②「艄」，弘治本同元刊明補本；薈要本、四庫本作「屏」，亦可通。

③「夜氣」，弘治本同元刊明補本；薈要本、四庫本作「氣夜」，倒。

和曲山覓菜詩韻

鼎餗藜杯一概平，見君胸次匪缾罍①。屢聞飯糗同鱉舜，似要矦封號頡羹②。靈府天和流玉薤，露盤詩思霑金莖③。腹腴蹯脆皆吾欲，二者難兼恐物情。

貧富因君嘆不平，食前方丈對嬴罍。一簞雖具黄糧飯④，滿豆長空碧澗羹⑤。甕料不聞波底語，秋光時見鬢間莖。細思清苦多吾輩，愈見蒼蒼責備情。

【校】

①「鉼」，弘治本、薈要本同元刊明補本；四庫本作「瓶」，亦可通。後依此不悉出校記。

②「頡」，弘治本同元刊明補本；薈要本、四庫本作「戛」，亦通。

③「㵎」，弘治本同元刊明補本；薈要本、四庫本作「湛」，亦可通。後依此不悉出校記。

④「粮」，弘治本同元刊明補本；薈要本、四庫本作「粱」，亦可通。

⑤「長」，弘治本同元刊明補本；薈要本、四庫本作「常」，亦通。

和幹臣詩魔韻

倦懷欲罷不能回，啾唧咿嚶雜嘆欸①。清禁事嚴微服入，華山峯好倒看來。禁持作祟非無謂，狂斐緣渠不解裁。島瘦郊寒遺像在，至今追想日悠哉。

詩家何苦似魔爲，遠紹傍搜没了期②。鼓舞有舒還有慘，禁持似醉復如癡。鼎邊苦思多窮夜，江上冤魂獨語時。伴老此生成底事③，乾坤清氣幾人知。

【校】

①「欸」，弘治本、薈要本同元刊明補本；四庫本作「欵」，形似而誤。

②「傍」，元刊明補本作「榜」，形似而誤；薈要本、四庫本作「旁」，亦可通；據弘治本改。後依此不悉出校記。

③「生」，弘治本同元刊明補本；薈要本、四庫本作「身」，聲近而誤。

睡魔　和韻

醺然一氣熱相纏，不是晡時即午前。𩨗骩枕丸無所濟，昏明心境陡相懸。見侵多自暈疑後①，澄治無如一敬先。不羨老歐能善變，化爲鸜鵒舞翩翩。

欠呵舒挽速如神，不是愁縈即思棼。釀就黑甜濃有味，撓昏靈府黯無聞②。魂遊纏老三峯客，茗戰摧空七碗勳。經事不爲渠所泥，邊韶便腹見多文。

【校】

①「自」，弘治本同元刊明補本；薈要本、四庫本作「是」。

②「黯」，弘治本同元刊明補本；薈要本、四庫本作「闇」，亦可通。

和幹臣齒痛詩韻

硬嚙豪餐養老饕，先生編貝若爲牢。熱流支脈知來漸①，痛拔孤根訝許高。縱使舌存宜晦默，更堪心苦恣燋勞②。休休事事從輕減，急手先須止濁醪。

【校】

①「支」，弘治本同元刊明補本；薈要本、四庫本作「肢」，涉下字而偏旁類化。後依此不悉出校記。

②「燋」，弘治本同元刊明補本；薈要本、四庫本作「焦」，亦可通。後依此不悉出校記。

折齒吟自慰

朝來齒折五神驚①，勢若山爲朽壤傾。缺豁醜於韓子態，嘯歌妨盡幼輿情②。病根何益華池漱，五色空傳幻術生。駢潔浮危雖自取，世間何物不虧盈。

【校】

①「齒折」，弘治本同元刊明補本；薈要本、四庫本作「折齒」，涉上而倒。

②「盡」，弘治本同元刊明補本；薈要本、四庫本作「似」。

適見總府應詔薦章偶得一詩庶明鄙意呈幹臣

齒牙缺豁雪蒙頭，更有何心接俊遊。一自詔條頒雨露，盡催遺逸起林丘。韞藏櫝玉知無限①，刻畫無鹽最可羞。經濟斯時公等在，此身天地一虚舟。

【校】

①「玉」，元刊明補本作「王」，形似而誤；據弘治本、薈要本、四庫本改。

寄胡紫山提刑

蒼顔白髪兩衰翁，前歲將翔馬首東。常喜笑談猶不淺，静思行止略相同。閶門凍鎖連江雨，瘴海炎吹發屋風①。兩地生還幸無事②，更何心到炬蓮紅。

【校】

①「吹」，弘治本同元刊明補本；薈要本、四庫本作「開」。

②「地」，弘治本同元刊明補本；薈要本、四庫本作「度」。

寄六祖真人

涉世筋骸百不堪，只堪打坐老書龕①。視雖遠矚目全眊，聽不能聰耳謾眈②。臂痛帶來梅嶺濕③，心煩漸染瘴江炎④。客來問訊承佳意，蓄縮其如向老蠶⑤。

【校】

①「打」，弘治本同元刊明補本；薈要本、四庫本作「老」，涉下而誤。

②「謾」，弘治本、四庫本同元刊明補本；薈要本作「漫」，亦可通。後依此不悉出校記。

③「梅」，弘治本、薈要本同元刊明補本；四庫本作「沙」，非。按，作「沙」者，不知所本。

④「染」，弘治本同元刊明補本；薈要本、四庫本作「遠」，聲近而誤。

⑤「向」，弘治本同元刊明補本；薈要本作「白」；四庫本作「自」。

五月八日同幹臣遊耿家池上

跼促城居鶴縶籠①，綠荷池上暫從容。花明淡灩波光外②，詩在扶疏樹影中。老厭宦游追俊彥，天教閑處着疏慵③。日斜尚約遲遲去，散坐高槐洒晚風④。

【校】

①「踊」，弘治本同元刊明補本；薈要本、四庫本作「偈」，亦可通。按：作「偈」者，涉下字「促」而偏旁類化。後依此不悉出校記。

②「波」，元刊明補本、弘治本作「池」，涉上而誤；據薈要本、四庫本改。

③「着」，抄本、薈要本同元刊明補本；四庫本作「著」。

④「坐」，抄本、四庫本同元刊明補本；薈要本作「座」，亦通。

和幹臣山居

細想山居有足論，既便嘉靖不知貧。霜封幽谷收朋栗①，水漲前溪送束薪。茂樹坐移隨所適，良苗耘罷見懷新。隱居不見求高意，千古淵明最可人。頸聯一作「樽洒相勞鄰曲厚，樹林交蔭鳥聲新。」②

山中有樂試爲論，石上無禾未是貧。溪隔圃田多滯穗，霜催林葉自添薪③。醉談有味漁樵熟，野飯加餐筍蕨新。大朴散來非復古，隱居求志果何人。一作「半道閑談留荷蕢④，隔林孤唱聽樵薪。甕篘春釀雲腴藿⑤，園摘秋葵露葉新。朝吟樽湛芳醪醛⑥，夜話爐煨紫辛新⑦。時耕白水親秧稻⑧，日斫青山自負薪。」

隱仕初終絶異論，淵明憂道不憂貧。比如違己心交病⑨，何似行歌自負薪。意外風波平地險，山間煙景四時新。此生只向黄塵老，笑煞羲皇向上人⑩。頸聯一作「遠壟秋餘多帶穗，中林霜後半烝新。」⑪

【校】

①「朋」，抄本同元刊明補本；薈要本、四庫本作「明」。

②「鄰」，抄本、四庫本同元刊明補本；薈要本作「鄉」。

③「催」，抄本同元刊明補本；薈要本、四庫本作「摧」，亦可通。後依此不悉出校記。

④「蕢」，抄本、薈要本、同元刊明補本；四庫本作「簣」，形似而誤。後依此不悉出校記。

⑤「腴藿」，抄本作「腴舊」；薈要本、四庫本作「移舊」。

⑥「醛」，抄本作「釃」；薈要本、四庫本作「醞」。

⑦「辛」，抄本同元刊明補本；薈要本、四庫本作「芋」。

⑧「秧」，抄本同元刊明補本；薈要本、四庫本作「收」。

⑨「交」，抄本同元刊明補本；薈要本作「翻」；四庫本作「反」。

⑩「向」，抄本、四庫本同元刊明補本；薈要本作「以」。

⑪「遠壟秋餘多帶穗，中林霜後半烝新」，元刊明補本、抄本置於「夜話爐煨紫辛新」後；薈要本、四庫本「夜話爐煨紫辛新」後無此文；徑改。

和幹臣以目疾詩相儆

老來襟抱百無圖①，遮眼唯便幾葉書②。不爾心神渾散漫，豈知目力陡乖疏。晚年愈種玄花盛，平日豪吞緑醑餘。氣習屏除元易事，急須顛倒坎離居。

常倚精神壯未殊，有時豪飲痛觀書。形骸未化無非苦，寢餗其間敢自如③。赤貫瞳人昏若蔽，濕留肩井冷難除。人憑手眼今如此，更有何心望玉除。時往往傳余有翰苑之命，故云。

【校】

①「抱」，抄本、薈要本、四庫本作「抱」，元刊明補本作「袍」。

②「葉」，抄本同元刊明補本；薈要本、四庫本作「頁」，亦可通。

③「餗」，抄本同元刊明補本；薈要本、四庫本作「食」。

掃晴婦

今年夏六月初方雨，凡六日不止①，前去秋節止廿三日，亟晴秋種，生發能有幾日？又諺云：「秋後一十八日，百粒不結。」已種者爲雨所拍②，艱於出壟；方種者場土粘濕③，不易耰作。兒子輩戲作「掃晴婦」，懸之前檐。明日開霽，因作是詩以見其意云。

澹粧烏髻緑衣衫④，一線高懸舞畫檐。笑着苕枝揮素手，盡驅雲影入蒼巖。掃晴既出兒曹戲，指日何殊艾子談。百穀近秋苗未立⑤，羲和先斂壟頭粘。

【校】

①「凡」，元刊明補本、弘治本作「几」，據薈要本、四庫本改。

②「所」，弘治本同元刊明補本；薈要本、四庫本脱。

③「埸」，元刊明補本、弘治本作「暘」，據薈要本、四庫本改。

④「髻」，弘治本同元刊明補本；薈要本、四庫本作「鬟」。

⑤「立」，弘治本同元刊明補本；薈要本、四庫本作「茁」。

江山萬里圖

勝覽何人作此圖，雄誇天險亦區區。經營意匠羣工上，慘澹風煙百戰餘。並轡相夷嗤宋魏，舞干來遠美唐虞。只今一統無南北，正要懷柔謹厥初。一作「指顧漢封真米聚，追奔秦鹿此山虞。」①

江山列地出新圖，限隔東南見奥區。與校廟謨雖有間，細看邊備到無餘②。忌功去介甘捐蜀③，併力亡金笑假虞④。千古美芹高議在，不應成敗論終初。

【校】

①「米」，弘治本、薈要本同元刊明補本；四庫本作「采」，形似而誤。「此」，弘治本同元刊明補本；薈要本作「北」；四庫本作「比」。

②「到」，弘治本、薈要本同元刊明補本；四庫本作「則」。

③「介」，弘治本、薈要本同元刊明補本；四庫本作「玠」。

④「亡」，弘治本、四庫本同元刊明補本；薈要本作「忘」。

喪馬　和幹臣韻

大夫而後不徒行①，爲罄囊金市此乘。耳削秋筠分額髮②，臆團孤月映鉤膺。長鳴尚憶看雲立，論力空懷以德稱。得失塞翁深領會，天教閑坐看飛騰。

【校】

①「而」，弘治本、薈要本同元刊明補本；四庫本作「之」。

②「髮」，弘治本同元刊明補本；薈要本、四庫本作「鬛」。

過郭璞墓 墓在金山西北大江中流亂石間有叢薄鴉鵲棲集望之如蒼雪者蓋烏矢也

青囊書秘造精深，葬法人傳冠古今。一死秖緣撩虎尾，孤墳何故葬江心。師從鬼谷宜多怪，山湧胥濤不寸侵。世傳江雖大漲①，水不及墓。我特回舟酹公去，翻翻寒鵲落蒼岑。一作「舟過亂灘無所見，寒鴉蒼雪滿崎嶔②。」

【校】

①「傳」，弘治本同元刊明補本；薈要本、四庫本作「言」。

②「崎嶔」，元刊明補本、弘治本作「猗嶔」；薈要本作「荒岑」；據四庫本改。

佛狸祠① 在瓜洲城

江山照眼舒清眺，千古興亡墮眼前。瓜步市長連野戍，佛狸祠古慘荒煙。桅樓看取平吳日，父老空傳飲馬年。此日不須開濁浪，好風都屬往來船。

【校】

①「佛狸」，弘治本、《中州名賢文表》同元刊明補本；薈要本、四庫本作「狒狸」，涉下而偏旁類化。

即事三詩奉呈幹臣明府詩友

辛卯六月廿六日作①

鯀殛苗夷併放驩，九官相讓濟時艱。閭閻有喜科差少，煙火全疏傳舍閑。雨澤潤寬無遠邇，詔條恩溥到惸鰥。聖恩撫御超前古，慶曆元和未易攀②。

恩書一札變虞驩，盡革前非免後艱。星影不摇天宇靜，邊庭無事羽書閑。震霆摧惡無留枿，霖雨思賢到有鰥。若把古先相比擬，周成唐憲敢躋攀。占法云：「民勞則天星動摇③。」

巖廊吁咈處工驩，萬死猶難謝世艱。向奉御秃列死④，先令野貍爪嚙其膚。今相哥自請死同秃列⑤，上謂之曰：「若交汝便死，天下人謂我何？」⑥爲念民嵒深顧畏，自裁書詔盡防閑⑦。求賢不啻飢和渴，發政常先寡與鰥。蟣蝨小臣雖片善，一時鱗翼盡期攀。今歲自二月至五月，凡兩降詔條，皆出自聖裁。

【校】

①「六」，弘治本同元刊明補本；薈要本、四庫本作「四」。

②「曆」，弘治本同元刊明補本；薈要本、四庫本作「歷」，亦通。後依此不悉出校記。

③「動搖」，元刊明補本模糊不清；據弘治本、薈要本、四庫本補。

④「禿列」，弘治本、薈要本同元刊明補本；四庫本作「圖呼」，下同。

⑤「相哥」，弘治本、薈要本同元刊明補本；四庫本作「僧格」。

⑥「上謂之曰」，元刊明補本、弘治本作「□□」；薈要本作「□□□□」；據四庫本補。「交」，弘治本同元刊明補本；薈要本、四庫本作「教」，亦可通。後依此不悉出校記。

⑦「盡」，弘治本、四庫本同元刊明補本；薈要本作「畫」形似而誤。

韓齋小集呈幹臣詩友

辛卯十月十日①

十日秋霖不出門，偶同藜杖步城根②。故人雅有平生好，尊酒時陪一笑温。

野菊翻香憐晚節，露菌團蓋任朝暾。暮歸欲乞天孫巧，卻歎儀曹是妄論。

【校】

①「韓齋小集呈幹臣詩友」、「送同仁甫之任武陟」，弘治本、薈要本同元刊明補本；四庫本脱。

②「藜」，薈要本同元刊明補本；弘治本作「黎」，半脱。「根」，弘治本同元刊明補本；薈要本作「垠」，形似而誤。

送同仁甫之任武陟

寬則民輕猛則殘，化行州縣固應難。紀綱綜務見常操①，臺閣推老不素餐。能使弦歌千室樂②，何憂風雪一家寒。來辭請益吾何有，一札恩書與細看。

【校】

①「綜」，弘治本同元刊明補本；薈要本作「總」，亦可通。

②「使」，弘治本同元刊明補本；薈要本作「盡」。「弦」，弘治本同元刊明補本；薈要本作「絃」，亦可通。

王惲全集彙校卷第二十一

七言律詩

溪田晚歸

百物秋成次第芳，野人籬落散幽光。晚禾結秀争垂露①，高樹吟秋未有霜。瓢飲空思鐏湛緑，盤餐新喜黍炊黄。歸時更得茆簷美②，下澤車輕背夕陽。

【校】

①「秀」，弘治本同元刊明補本；薈要本作「黍」，非；四庫本作「穗」，亦可通。

②「茆」，弘治本同元刊明補本；薈要本、四庫本作「茅」，亦可通。後依此不悉出校記。

辛卯重九嘲幹臣周宰

九日寒花不見芳，西灣招飲儘相妨。驅車共載差元約，冒雨長行有底忙。野吹掀翻緇布帽，冷香滂盡紫萸囊。踏泥踏水歸時晚①，也道龍山會一場。

【校】

①「踏」，元刊明補本、弘治本作「渣」，涉下而偏旁類化；四庫本作「踏」，涉下而誤；據薈要本改。

壽李夫人 時九十四歲

盼悅風流見二南①，洞天真侶記鸞驂②。慈顏媛娩丹浮頰，素髮飄瀟雪滿簪。九十平頭添二二，百齡餘慶欠三三。今年更覺秋容好，薦壽寒花滿菊潭。

【校】

①「帨」，元刊明補本、弘治本作「悅」，形似而誤；據薈要本、四庫本改。

②「侶」，元刊明補本作「似」，形似而誤；據弘治本、薈要本、四庫本改。「鸞驂」，弘治本同元刊明補本；薈要本、四庫本作「驂鸞」，倒。

寄竹林劉隱君文甫兼簡苦齋詩老

蓬萊清淺到揚塵①，林下幽蘭有異芬。萬壑煙霏分野色，一庵閑地占溪雲。鸞音時接公和歎，樵隱休驚豹峪君。儘着青山映華髮，東州人事日紛紛。

【校】

①「揚」，元刊明補本作「楊」，據抄本、薈要本、四庫本改。按：「蓬萊清淺到揚塵」，語本晉葛洪《神仙傳》卷三《麻姑》：「麻姑自說云：『接侍以來，已見東海三爲桑田，向到蓬萊，水又淺於往者，會時略半也，豈將復還爲陵陸乎？』方平笑曰：『聖人皆言海中復揚塵也。』」

周曲山挽章 壬辰三月十五日

四十年來老弟兄，忍看埋玉入佳城。子輿正甃酬初志，東野詩鳴豈本情。六任在官無少玷，一貧到骨有餘清。易車令辦棺衾事，猶恐臨行累友生。

哀馬希驥

人壽幾何鬼伯催，抱羸赴官吁可哀。乃知生死有定處，挽斷衣衫喚不迴。千室望空絃誦樂①，一枝風折桂林材。儀狀最是傷心目，愁拂春山劍字埃②。

【校】

①「誦」，元刊明補本、抄本、薈要本闕；據四庫本補。

②「山」，元刊明補本、抄本闕；據薈要本、四庫本補。

競渡詩 并引①

予前年客福唐，寓舍在西湖上。閩俗②，自四月中爲龍船戲，船鑿長木爲槽，首尾鱗鬣皆作龍形，以五彩粧繪，髹其腹③，取其澤也。上坐五六十人，人一棹，柱面對翻④，並進如箭。鐃歌鼓吹，自明竟夕，殊喧譁也⑤。大率争取頭標以爲劇戲，踰重午乃已。壬辰蕤賓節，追念往事，偶爲賦此，且記越俗之好尚焉。又平時花竹亭館四面環合，不減臨安，故亦以「西湖」名之。

五月沅江競渡頻，遺風此日見東閩。大夫淪溺甘魚腹，舟子招呼問水濱。鐃鼓轟翻蛟鱷室⑥，繁華淒斷綺羅塵。曲終人散青山暮，招屈祠前獨愴神。

【校】

①「并引」，四庫本同元刊明補本；抄本作「并序」；薈要本脱。

②「閩」，抄本同元刊明補本；薈要本、四庫本作「問」，形似而誤。

③「髹」，抄本同元刊明補本；薈要本作「髮」，非；四庫本作「漆髹」，衍。

④「柱」，抄本同元刊明補本；薈要本、四庫本作「江」，妄改。

⑤「喧」，抄本同元刊明補本；薈要本、四庫本作「諠」，亦可通。按：喧譁，亦作喧嘩，同諠譁。作「諠」者，涉下字而偏旁類化。後依此不悉出校記。

⑥「蛟」，抄本同元刊明補本；薈要本、四庫本作「鮫」，亦可通。按：作「鮫」者，涉下字而偏旁類化。後依此不悉出校記。

獨頭木香

塔吉甫索賦①

水晶簾外日初長，一架酴醿雪覆牆。豔冷不争春事晚，香繁還愛獨頭芳。看來玉蕊唐昌供，幻出天真號國粧。壺酒風流名字在，醉魂千丈助詩狂。

【校】

①「塔吉甫」，抄本同元刊明補本；薈要本、四庫本作「荅吉甫」。

元夕

斗轉春城送臘寒，暖回阡陌紫生煙。春風兩市華燈鬧①，夜色千門璧月圓。書卷光陰清議裏，梅花消息喜吟邊②。厭厭醉裏南樓角，無復情悰似少年。

【校】

①「兩」，抄本、四庫本同元刊明補本；薈要本作「雨」，形似而誤。後依此不悉出校記。

②「喜」，元刊明補本、抄本闕；據薈要本、四庫本補。

和曲山見贈之什

竹林舊交今無幾①，白髮歸來對曲山。詩似春雲情有態②，倦如飛鳥共知還。淵明高興羲皇上，葛亮奇才伊呂間③。鍾鼎山林兩無濟，塵埃空負半生閑。

【校】

①「交」，抄本、薈要本、四庫本作「友」。

②「情」，元刊明補本闕；薈要本、四庫本作「儘」；據抄本補。

③「奇才」，元刊明補本闕；薈要本、四庫本作「丹衷」；據抄本補。

和紫山見寄四詩

正月二日作

百險歸來萬里江，傍人剛羨老能强。閑居苦笑謀生拙①，遠宦空成救火忙②。少日搶揚猶雀躍，只今蓄縮宛龜藏③。絶然卻掃關門坐④，過簡還疑近子桑。一作「太簡誰能具子桑」⑤。

晉公鐵面恥將迎，天遣汾亭醉六經。麟出近郊休杖拭⑥，鳳巢阿閣要儀刑。菌摇露影從團蓋，草腐牆根任化螢。天賦美材終大用，不然編簡爲誰青。一作「大器晚成疑定論⑦。」

山立揚休見老成，輶車風彩動蠻荆。兩鄉相望三年别，四海論交六日兄。諸葛奇才如汝滯，漢庭公議欲誰明。只將健筆凌雲句，亦是詩壇不朽名。一作「望君重爲斯文惜，一頌寧堪以酒名。」⑧

七十人生所事休⑨，莫將閑惱蹙眉頭⑩。看來世運恢恢網，剩卻孤懷悄悄憂。肉食廟堂均一飽，笑談樽俎更何求。樂章聽徹醒還醉，夢繞黄壚憶舊游⑪。

【校】

①「閑居苦笑謀生拙」，元刊明補本作「閑居苦笑□□拙」；薈要本、四庫本作「閒居自苦笑鳩拙」；據抄本補。

②「忙」，抄本同元刊明補本；薈要本、四庫本作「狂」，非。

③「宛」，元刊明補本、抄本闕；據薈要本、四庫本補。

④「絶」，抄本同元刊明補本；薈要本、四庫本作「冥」。

⑤「一作太簡誰能具子桑」，元刊明補本作「一作□□」；薈要本、四庫本脱；據抄本補。

⑥「枚」，元刊明補本闕；薈要本、四庫本作「袂」；據抄本補。

⑦「論」，抄本同元刊明補本；薈要本、四庫本作「義」。

⑧「一作」，元刊明補本、弘治本脱，據薈要本、四庫本補。

⑨「所」，弘治本同元刊明補本；薈要本、四庫本作「百」，亦可通。

⑩「蹴」，弘治本同元刊明補本；薈要本、四庫本作「蹵」，亦可通。後依此不悉出校記。

⑪「爐」，弘治本同元刊明補本；薈要本、四庫本作「壚」，亦可通。

立春日五詩

正月初九日枕上作①

今年春晚暖何遥，庭院輕陰鎖寂寥。香散南衙牛已碎，冰封北岸凍微消②。老逢月閏憐多日，前去燈宵不五朝。居士病來花不染，閉門詩思苦相撩。

妄心風旆莫摇摇③，且着清樽永此宵④。詩句得吟如有助，生涯無幾强顔料。平生肉食聊爾耳，此日蔬盤更寂寥。休笑少陵垂白老，還家曾散紫宸朝。是年元日立春，予時爲待制，同百官望拜内廷西北⑤。

曲山一病保無他，卧老行廚閲歲華。貧富較來元有分，鄉關歸到卻無家。粥盂得味憑虀美⑥，詩陣無前聽鼓撾。早晚黄紬紬被底⑦，醉頭舒出使排衙。暗用文潞公宰翼城詩意⑧。

輕裘錦帶佩吴鉤，曾作江湖萬里遊。彩仗春煙縈越省⑨，爲是年擊牛省中。梅花詩興醉揚州⑩。在家貧好誰餬口⑪，萬事癡如慮破頭。收取琴書林下去，蓋頭茆把要先謀。爲子孺欲起禄稼軒，故云⑫。

立春節物最風流，釵燕蔬盤鬥獻酬。暖律潛回交泰琯，香塵飛散送寒牛。令龜有喜迎新歲，任運何心接俊游。鬱鬱林梢看紫氣，悠悠吾道付滄洲。是日卜得泰卦，故云「令龜有喜」。

【校】

①「日」，弘治本同元刊明補本；薈要本、四庫本脱。

②「冰」，弘治本同元刊明補本；薈要本、四庫本作「水」，形似而誤。按：冰，俗作氷；氷、水，形似。

③「莫」，弘治本同元刊明補本；薈要本、四庫本作「只」，非。

④「着」，弘治本、薈要本同元刊明補本；四庫本作「著」，亦可通。後依此不悉出校記。「宵」，元刊明補本、弘治本作「朝」，據薈要本、四庫本改。

⑤「同百官望拜内廷西北」，弘治本同元刊明補本；薈要本作「同百僚望内廷西北」；四庫本作「同百官望内廷西北拜」。

⑥「美」，弘治本同元刊明補本；薈要本作「送」；四庫本作「梗」。

⑦「紬紬」，弘治本同元刊明補本；薈要本、四庫本作「綢綢」，亦可通。後依此不悉出校記。

⑧「潞」，元刊明補本作「路」，據弘治本、薈要本、四庫本改。

⑨「仗」，元刊明補本作「伏」，形似而誤；據弘治本、薈要本、四庫本改。

⑩「醉」，弘治本、薈要本同元刊明補本；四庫本作「在」。

⑪「貧」，弘治本同元刊明補本；薈要本、四庫本作「貫」。

⑫「禄」，弘治本同元刊明補本；薈要本、四庫本作「緑」。

守歲夜

靈案回飆闔户樞，赤囊懸井漬屠蘇。罇留臘味爲春酒，門插新桃換舊符。歲事守來人潦倒，窮船推去鬼揶揄①。明朝最是新年喜，寬大書來聽杖扶。頷聯一作「糟塗竈户酣司命，火結熿神打夜胡。」②

【校】

①「船」，弘治本同元刊明補本；薈要本、四庫本作「愁」。

②「僙」，元刊明補本模糊不清；薈要本、四庫本作「儺」；據弘治本改。「打夜」，弘治本、薈要本同元刊明補本；四庫本作「夜打」。

元日

朔夜兒童問寢餘，莫催予起動長吁。圖書萬國朝元會，鐘鼓千門走嗇夫。璿象謾回齊政斗，赤靈何有辟邪符。沉沉未覩三陽泰，愁絶灰心一寸蘆。

和曲山詩韻寄紫山年兄

宦業初無一事成，誰云禄足代吾耕。最憐獨學無高友①，擬托鄰居度此生。天外鳳凰難得見②，山間風月喜相迎③。詩來健羨凌雲句，轉使孤懷不暢情。

百計謀生百不成，薄田無幾不任耕。洗心大易韋常絶④，拊髀劉郎肉不生。勢有大行虧倚伏⑤，人無定志到將迎⑥。果哉去作山林計，卻恐吾儕訝不清⑦。

壯年力學老無成，白髮何堪事筆耕。張子田園歸有賦，老龐話語到無生。一作「已分歸田慕張子，有時結韈待王生。」拏雲心事輸年少，拭目時和喜迓迎。有客過門聞詔語，一言或補不無情。

【校】

①「高」，元刊明補本、弘治本闕，四庫本作「良」；據薈要本補。

②「鳳凰」，弘治本、四庫本同元刊明補本；薈要本作「鳳皇」，亦可通。「難得見」，元刊明補本、弘治本作「得」，脱；據薈要本、四庫本補。

③「喜」，元刊明補本、弘治本闕；據薈要本、四庫本補。

④「易」，弘治本、四庫本同元刊明補本；薈要本作「義」，聲近而誤。「韋常」，元刊明補本作「韋」，脱；弘治本作「常」，脱；據薈要本、四庫本改。

⑤「大行」，弘治本、薈要本同元刊明補本；四庫本作「持盈」。

⑥「到」，弘治本、薈要本闕；四庫本作「漫」。

⑦「清」，弘治本、薈要本、四庫本作「情」。

人日有懷紫山年兄效少陵清明詩格

前年人日客殊方，此日相望各故鄉①。酒醆不虧工部口②，梅華空斷蜀州腸③。休驚老態連眉白，又喜春風上柳黄。君豈笑談稱曠達，我非用捨定行藏④。風雲北海朝搊蝨⑤，花木西城夢對牀。晚節得同林下飲，不妨閑處看人忙。紫山别業在府城西郭，多植綿柳⑥，課僮奴，以梧棬爲事⑦，故以「柳黄」爲言。

【校】

①「各」，弘治本、薈要本同元刊明補本；四庫本作「憶」。

②「口」，弘治本同元刊明補本；薈要本作「酒」；四庫本作「詠」。

③「華」，弘治本同元刊明補本；薈要本、四庫本作「花」，亦可通。「州」，弘治本同元刊明補本；薈要本、四庫本作「川」。

④「用捨」，弘治本同元刊明補本；薈要本、四庫本作「用舍」，亦可通。後依此不悉出校記。

⑤「朝」，元刊明補本模糊不清；弘治本闕；據薈要本、四庫本補。

⑥「綿」，弘治本、薈要本同元刊明補本；四庫本作「棉」，亦可通。

⑦「棬」，元刊明補本、弘治本作「圈」，據薈要本、四庫本改。後依此不悉出校記。

和曲山見贈高韻

我愛周兄不倚中，平生臨事見豪雄。從傍誰掣拏雲手，妙用都歸製錦工①。勿藥病懷須止酒，運斤詩筆自成風。浩然一點胸中氣，莫問時汙與道隆。

【校】

①「都」，弘治本同元刊明補本；薈要本、四庫本作「多」。

肉豉

肉豉傳方出異庖，玉盆凝就破昆刀。縱横碎漬氍毹錦，瑩潔光翻琥珀膏。暖入錫華防性爽，味芳禁臠想京鏖①。年高饜飫便夭美②，不負吾坡養老饕。

【校】

①「芳」，弘治本、薈要本同元刊明補本；四庫本作「方」。按：芳、方二字本不通用。作「方」者，蓋「芳」省略形符之簡化字。後依此不悉出校記。

②「便夭美」，弘治本同元刊明補本；薈要本、四庫本作「便便腹」。

人日贈曲山周宰

近書雲物見豐年，寬大書頒兩日前。爲穀未知明日事，得官休羡小兒權。翦花作勝徒爲爾，覓紙題詩一粲然。遺愛祠前周老子，幾時扶杖過思淵。客廳舊名，先大夫所扁。

爲靳嘉議壽 時年八十有三

人生享福壽爲先，不似君家樂事全。春色不隨喬木老，眉毫光動百齡前。風雲藥籠多陰積，蘭玉階庭點翠妍。九老圖中休着眼，世間元有地行仙。

琉璃肺

擊鮮爲具樂朋簪，辣品流馨漲緑沉。犀箸喜辛忘海味①，霜刀争割快牛心②。四筵談屑霏餘烈，一縷冰漿濯病襟③。勝過屠門矜大嚼，夢雲飛遶蹛林深。一作「陰」。蹛音帶。④

【校】

①「箸」，元刊明補本、弘治本作「著」，據薈要本、四庫本改。

②「牛」，元刊明補本作「午」，據弘治本、薈要本、四庫本改。

③「病」，元刊明補本模糊不清；弘治本闕；據薈要本、四庫本補。

④「一作陰」，弘治本、薈要本同元刊明補本；四庫本脱。「蹛音帶」，弘治本同元刊明補本；薈要本作「蹛龍帶」，非；四庫本脱。

簡寄魏參政兼謝白紵之貺

草木先聲漢嫖姚，一軍畬洞掃虵妖。碧雲望杳江南道，白紵情深鄭國僑。水閣燕閑時有待，銀坑心計苦相撩。看看銅柱南邊月，又見弓旌萬里招。

樂全老人詩

樂全老子見輕安，杖屨西城日往還。論福有孫應有子，閑居非水亦非山。春風滿意花遮眼，曉鏡浮光酒暈顏。九老有圖宜健羨，一生班列素侯間①。

【校】

①「侯」，弘治本同元刊明補本；薈要本作「僑」，非；四庫本作「喬」，非。

耳聵自感

人生五十未全老，天遣吾聰用晦明。怪志虛傳三耳異①，省心先得一根清。腦鳴日作蜩蟬噪，霆迅時無匕鬯驚。物壯而衰自然理，家翁稱礬轉尊榮②。諺云不癡聾□□□③。

【校】

①「怪志」，弘治本、薈要本同元刊明補本；四庫本作「志怪」，倒。

②「礬」，弘治本同元刊明補本；薈要本、四庫本作「異」。

③「諺云不癡聾□□□」，元刊明補本、弘治本作「諺云不□□□□□」；薈要本、四庫本脱；據抄本補。

過顒軒先生林墓

正月十三日，與陶晉卿送客回，同拜墓下①，予二人爲愴然者久之，故有是作，庶見夫當哀切禱之意云。詩後七日，其孫以脾疾亡。

整冠趨拜柏林煙，事往懷賢一慨然。羽翼有圖期四皓②，風雲埋恨便千年。斯文未欲吾儕喪，乳稚宜爲造物憐。宿草黄岡重回首，大書猶是廣平阡。公母夫人封廣平郡君，三字蓋公親筆。

【校】

①「下」，元刊明補本模糊不清；弘治本闕；薈要本、四庫本脱；據抄本補。

②「羽翼」，弘治本同元刊明補本；薈要本、四庫本作「翼羽」。

良霄散步詩 并序①

至元廿八年冬十一月十四日，同曲山小酌林兄北軒，既醺，相與至珉溪家夜話。歸見月色煙霏，殊有春意，因念數日寒沍，今夕乃爾，恐一冬不三二朝而已，遂步入春露坊，衢口而成詩。何夜無月，何家無酒？但少閑適如吾四人耳②！

散步閑行不厭頻，暖煙門巷趁冬温。話深不限城頭鼓③，歸晚長敲月下門。一枕黑甜饒熟睡，兩螯風味夢清樽。竹宫梅信今年早，準備新詩問蠟痕④。

【校】

①「霄」，弘治本同元刊明補本；薈要本、四庫本作「宵」，亦可通。按：霄，通宵。後依此不悉出校記。

②「四」，元刊明補本作「回」，據弘治本、薈要本、四庫本改。

③「限」，弘治本同元刊明補本；薈要本、四庫本作「厭」，聲近而誤。

④「準」，元刊明補本、弘治本「准」，亦可通；薈要本、四庫本作「整」，聲近而誤；徑改。按：《漢語大詞典》以「準」、「准」爲不同二字，然義皆同。《廣韻》、《集韻》皆以「准」爲「準」之俗字，《正字通》：「《字林》：準與准同。《正韻·珍韻》準、准二字并存，當即準之重文。」今從《廣韻》、《集韻》。

和曲山題太一宫詩韻

蒼精宫闕五雲高，千劫塵緣謝世勞。太一旂常王母使，真官裘被吉光毛。仙家功行何多品，人物中和第一曹。近日蓬壺到清淺，獨留春色醉仙桃。

蕭爽神庭積翠高，東瀛修復堵宫勞。法傳四葉光前後，望重層霄一羽毛。粉飾皇圖開治道，庇庥廣厦到吾曹①。慇懃太一池邊月，曾照銀觥醉露桃。「粉飾皇圖」謂初見今上時首陳修國史②、立臺省等事；「醉露桃」謂四十年前陪諸公讌集方丈前，除庇庥廣厦接禮士夫也。

【校】

①「庇庥」，弘治本、四庫本同元刊明補本；薈要本作「庇庥」，形似而誤。

②「初」，薈要本、四庫本同元刊明補本；弘治本作「創」，非。「上」，弘治本、四庫本同元刊明補本；薈要本作「正」，非。

喜雨

秋冬不雨到中春，壟麥黄芽起旱塵。輸販乘時祈踴貴①，賤貧無策救飢民②。誰知一雨連三日，走逐羣巫謝大鈞。愚俗豈知皆帝力，年年豐稔太平人。

【校】

①「踴」，弘治本同元刊明補本；薈要本、四庫本作「湧」，聲近而誤。

②「飢」，弘治本同元刊明補本；薈要本、四庫本作「饑」，亦可通。後依此不悉出校記。

即事言懷

抱病三年白髮翁①，今年自覺更疏慵。硯池敗墨無新瀋②，書册凝塵養蠹蟲。時向毉方求服食③，誰從卜者問窮通。正同農畝憂春旱，三日甘霖洗歲凶。

【校】

①「抱」，弘治本同元刊明補本；薈要本、四庫本作「一」。

②「瀋」，弘治本、四庫本同元刊明補本；薈要本闕。

③「毉」，弘治本同元刊明補本；薈要本、四庫本作「醫」，亦可通。後依此不悉出校記。

涼夜

氣機開闔貴循常，極慘隆炎物返傷。大暑遽罹前日酷①，萬金難買此宵涼。商飆借爽清庭户②，白露先秋洗肺腸。一枕夢歸天外境，廣寒宫殿夜蒼蒼。

【校】

①「罷」，弘治本、薈要本同元刊明補本；四庫本作「離」，涉上而誤。按：作「離」者，蓋涉上字「遽」而誤。「遽」、「距」聲近，「距離」連語常見。

②「啇」，元刊明補本、弘治本作「商」，據薈要本、四庫本改。按：啇、商，本爲二字。商、啇形近，文獻中「商」多有寫作「啇」者，俗用。古者，商音配秋，商飆即謂秋風。

跋御史梁公題祖隱君墓碑後中憲大定二十七年進士仕至河南府少尹①

當年中憲焕人文，景仰脩齊表隱君②。三尺瑶鐫堪晤語，一家庭訓儘恭懃。詩書有種餘金穴，簪紱傳芳見世勛③。孝子思親同一致，幾回瞻灑太行雲。

【校】

①「仕」，抄本同元刊明補本；薈要本、四庫本作「任」，形似而誤。後依此不悉出校記。

②「景」，抄本同元刊明補本；薈要本、四庫本作「久」，涉下而誤。

③「勛」，抄本、薈要本、四庫本作「勳」，亦通。按：勛、勳，古今異體字。後依此不悉出校記。

賈秘監宅蓄大龜來自海南盈尺三尾真靈物也觀玩之餘賦詩以詠爲提點老友一粲①

神龜來自海中央，登薦君家五福堂。盈尺要開黄髮壽，巢蓮不羡緑毛香。蒼鱗弇獵垂三尾②，元氣氤氳靄六藏③。昨日朶頤觀不足，榰牀長在老人傍④。

【校】

①「蓄」，弘治本同元刊明補本；薈要本、四庫本作「畜」，亦可通。「觀」，抄本同元刊明補本；薈要本、四庫本作「瞻」，亦通。按：觀玩、瞻玩，通。作「瞻」者，不知所祖。

②「獵」，抄本同元刊明補本；薈要本、四庫本作「鬣」，聲近而誤。按：弇獵，《周禮·春官·龜人》：「龜人掌六龜

之屬，各有名物，天龜曰靈屬……南龜曰獵屬，北龜曰若屬。」《爾雅・釋魚》：「龜俯者靈，仰者謝，前弇諸果，後弇諸獵。」郭璞注：「獵，甲後長。」郝懿行義疏：「獵之言捷也。捷謂接續義，……此龜後甲長。若後有接續也。」

③「氳氤」，抄本同元刊明補本；薈要本、四庫本作「絪緼」，亦可通。後依此不悉出校記。「靄」，元刊明補本、弘治本闕；薈要本、四庫本作「善」；據抄本補。

④「楮」，抄本同元刊明補本；薈要本作「著」，聲近而誤；四庫本作「揩」，亦可通。按：揩牀，本作楮牀，語本《史記・龜策列傳》。揩，亦本作楮，《正韻》、《字彙》之前字書皆未見有載，蓋「楮」形訛而産生之俗字。後依此不悉出校記。

壽韓生弘

待扣鐘邊弟子行，當年風度已汪洋。循循試看青衿子，濟濟渾如上舍庠。將就緝熙從灑掃，擊磨蒙垢到輝光①。束脩藉手嗟何有，重爲韓生壽一觴。一作「青青衿佩西門塾，濟濟衣冠上舍庠。」②

【校】

①「擊」，抄本、薈要本同元刊明補本；四庫本作「刮」。「磨」，弘治本、四庫本同元刊明補本；薈要本作「摩」。

②「衿」，抄本同元刊明補本；薈要本、四庫本作「矜」，聲近而誤。「佩」，抄本、四庫本同元刊明補本；薈要本作「珮」，亦可通。「塾」，抄本、四庫本同元刊明補本；薈要本作「熟」，聲近而誤。後依此不悉出校記。「一作『青衿佩西門塾，濟濟衣冠上舍庠』」，元刊明補本、抄本脱「一作」，據薈要本、四庫本補。

和曲山冬日述懷嚴韻

幾年青瑣列朝班，萬里江湖又往還。浮世舉從愁裏過，人生能肯老來閑。時方多故難前料，家任長貧免後艱。更有行身思寡過，未能蘧瑗每慚顔。

送參政飛卿時改遷西省

辛卯冬十二月七日

漢庭冠劍擁羣雄①，開濟都輸畫一功②。暫試邊籌清劍外③，又分春色入秦中。風雲平步無餘謹，肝膽酬知有至公。長使救時公等健④，老夫何有炬蓮紅。

【校】

①「庭」，抄本同元刊明補本；薈要本、四庫本作「廷」，亦可通。後依此不悉出校記。

②「輸」，抄本、四庫本同元刊明補本；薈要本作「論」，非。

③「清劍」，元刊明補本闕；薈要本作「來塞」；四庫本作「來徼」；據抄本補。

④「長」，弘治本同元刊明補本；薈要本、四庫本作「帝」。

奉和曲山胡桃詩嚴韻

藤藜爲果性甘良，今歲收成滿市行。褐殼外包金作皺，黄衣中裹玉爲穰。似憐澮泊陪尊俎①，滿嗤芳馨潤肺腸②。聞説開元全盛日，十金一柈喜新嘗③。又「長喜蓬瀛傳美法，與膏同嗌便非常。」④

彼桃根植自羌南，遺種攜來漢使驂。雷斧斫開鷩鷩卵，雪穰翻出合歡蟾。華池增潤酥同膩，老頰含飴蜜比甜。想得上林初結實，百官分賜露恩沾。

【校】

①「泊」，弘治本、四庫本同元刊明補本；薈要本作「薄」，亦可通。「尊」，弘治本同元刊明補本；薈要本、四庫本作「樽」，亦可通。後依此不悉出校記。

②「潤」，元刊明補本、弘治本闕；據薈要本、四庫本補。

③「嚐」，弘治本同元刊明補本；薈要本、四庫本作「嘗」，亦可通。後依此不悉出校記。

④「長」，弘治本同元刊明補本；薈要本、四庫本作「嘗」。「喜蓬」，元刊明補本、弘治本闕；據薈要本、四庫本補。「與」，元刊明補本、弘治本闕；據薈要本、四庫本補。

餞中丞義甫還闕下 并序

予與中丞義甫同官歷下，自後君由維揚移秦中，不肖亦承乏福唐。地之相去也萬里，時之契闊蓋八年于兹。壬辰春正月，邂逅衛南，尊酒間握手道舊，殊歡暢也。因話及弊居「醉經堂」①，珉溪曰：「今易爲『春露』矣。」予即曰：「春露堂中秋澗老。」君應聲云：「可對『梅花軒下柳溪生』。」蓋君游蘇門稱柳溪生，提憲開封，以梅軒自號，故云。即舉酒囑予曰：「可足爲一詩見贈。」因輟聯成篇以壯行色②。其辭曰：

緑波春水浄長亭，樽酒相逢話故情。春露堂中秋澗老，梅花軒下柳溪生。十年一別渾如昨，兩地相望不易并。三篋補遺蒙睿眷，寵光浮動漢公卿。

衛南讌集纔終日，歷下分攜已八年。玉樹風神猶夙昔，彈丸詩句轉清圓。傳家有學光先業，望壟求書憶昔賢。從此玉墀冠劍地，漢家勳業有貂蟬。第五句一作「肯堂有構傳先業」③。

【校】

①「弊」，弘治本同元刊明補本；薈要本、四庫本作「敝」，亦可通。後依此不悉出校記。

②「輟」，弘治本同元刊明補本；薈要本、四庫本作「輒」，形似而誤。「壯」，元刊明補本、弘治本作「光」，據薈要本、四庫本改。

③「五」，元刊明補本作「三」；抄本作「二」；據薈要本、四庫本改。

和曲山見示十六夜詩

三杯兩醆醉朦騰，門巷歸時月色澄。人影共三驚傑句，元宵過五賸殘燈。遊觀縱美吾誰與，老病相仍子不勝。昨晚詩來知勿藥，樂於相對遠方朋。

非隱非商處市闤①，出門即礙覺行難。虚名藉藉知何有，世事悠悠與易闌。化日舒長饒驟暖，新詩吟苦有餘寒。書生伎倆宜人笑，兩束賡章要不刋。爲曲山欲以近日唱和等作編集成帙以示來者，故云。

【校】

①「闤」，抄本同元刊明補本；薈要本、四庫本作「寰」，聲近而誤。

寄贈總帥便宜汪　壬辰正月二十一日過衛①

前日劍騎過衛，幸得一識英表，勉贈一章，庶見微懇。

珹晟袍鎧鳳花紅，颯爽英姿百戰雄。歌雅有懷千里隔，停驂還喜一樽仝②。忠傳孝繼來家法，谷静川空見驗功。自古詩書出名將，將軍今日漢膠東。

隴西名將相山東，與別諸侯總不同。隴右風塵天一柱，將壇恩禮漢元戎。秦風儘詠車鄰富，魯泮重看獻馘功。想得朝天承讌衎，教坊金纛彩雲中。

【校】

①「壬辰正月二十一日過衛」，抄本、薈要本同元刊明補本；四庫本作「并序」。

②「仝」，抄本、薈要本、四庫本作「同」，亦可通。按：仝、同，古今字。後依此不悉出校記。

燈市行樂

人喜時和更上元，春城風物覺清妍。罇罍傾倒非吾事，杖屨游觀有樂全。澮澮陌塵燈散後，迢迢春箭醉吟邊。新詩不獨書閑適①，待與清時備管絃。

【校】

①「閑」，薈要本作「門」，非；抄本、四庫本作「閒」，亦可通。後依此不悉出校記。

爲曲山久病作詩以慰之

曲山隱机一冬餘①，心事中間合減除。委巷莫悲來結駟，蒯緱休詠食無魚。木欺脾土宜甘養②，詩梗吟吭可暫疏。六十坡仙年未老，萬緣灰冷覓方書。

【校】

①「机」，弘治本同元刊明補本；薈要本作「几」，亦可通；四庫本作「儿」，形似而誤。按：机，通几；作「儿」者，蓋「几」之形誤。後依此不悉出校記。

②「木」，弘治本同元刊明補本；薈要本、四庫本作「禾」，形似而誤。

再和慰曲山前韻①

一身之外總爲餘，應有閑憂合屏除。出宰莫悲淹足驥，研精休效蠹書魚。兩盂充腹宜相調，一盞和顏未可疏。休信安心泥禪術，内經還是不刊書。一作「若以老年閑遣興」，或作「若以遣懷餘習在，内經還是緊看書。」②

【校】

①「再和慰曲山前韻」，弘治本同元刊明補本；薈要本、四庫本作「再和前韻慰曲山」。

②「一作『若以老年閒遺興』」，元刊明補本作「昔以老年閑遺具」，既脱且誤；弘治本作「若以老年閑遺興」，脱；據薈要本、四庫本改。「或作」，元刊明補本、弘治本作「或」，據薈要本、四庫本補。「是」，弘治本、薈要本同元刊明補本；四庫本作「足」。「看」，元刊明補本作「君」，據弘治本、薈要本、四庫本改。

予拜顒軒墓後七日其孫以脾疾亡復作詩以哀之

悲風吹野白晝陰，吞聲不作短歌吟。尚期稚子有餘慶，少慰先生未了心。玉樹凋殘天已老，蘭芽助長思空深①。因懷此老含飴語，地下相持淚滿襟。「稚子」，一作「委蜕」。「委蜕」出《列子》：「子孫者，天地之委蜕也。」②

【校】

①「深」，薈要本、四庫本同元刊明補本；弘治本作「滐」，訛字。

②「子孫者天地之委蜕也」，弘治本同元刊明補本；薈要本、四庫本作「子孫者天地之委蜕也或易之」。

僮哀詩　并序

僮姓李氏，小字八①，齡十有六歲。壬辰夏後六月廿九日，因戲水濱，溺死猰渦。予時卧病不知，以數日不來見，疑其有異，且覺夢思恍惚。及旬餘，窮竟所以，乃云已死矣，爲惻然者累日。其辭曰：

來從汀郡六千里②，執役家僮二載餘③。兵死不教承舞槊，陸沉誰料葬河魚。樵蘇晚到虞疏失，庭户晨興憶掃除④。善遇力傭平日事⑤，一朝不見意何如。

【校】

①「小」，弘治本同元刊明補本；薈要本、四庫本脱。

②「汀郡」，弘治本同元刊明補本；薈要本、四庫本作「西蜀」。

③「二」，弘治本同元刊明補本；薈要本、四庫本作「一」。

④「庭」，弘治本同元刊明補本；薈要本、四庫本作「寢」。

⑤「遇」，弘治本、四庫本同元刊明補本；薈要本作「過」，形似而誤。

挽總尹湯侯

井幹臺邊始識君，共山山下酹新墳。攀髯猶是風雲夢，分陝仍高牧伯勳。翠琰能書無媿筆，石麟休認辟邪文。泉扃儘慰承家望，又見賢郎迥不羣。

題珠簾繡序後①

七竅生香詠洛姝，風流不似紫山胡。半牀夢冷珠簾月，用煙中怨事。一序情鍾樂籍圖。鎚破小山犁舌獄，倒翻卓氏拍沽壚。芳悰苦殢同心賞②，遏斷行雲唱鷓鴣。

【校】

①「繡」，弘治本、薈要本同元刊明補本；四庫本作「秀」，非。按：作「秀」者，蓋「綉」省略形符之簡化字；「繡」，《秋澗集》薈要本、四庫本多作「綉」；「綉」，同「繡」。後依此不悉出校記。

②「悰」，弘治本同元刊明補本；薈要本、四庫本作「蹤」。

題香山寺畫卷

送客當年過玉泉，醉中遊賞得奇觀。一泓湛碧浮僧鉢，幾葉秋黄打石欄。山色空濛金界濕，松聲清泛海波寒。吟鞭回首都門道，斜日歸時翠滿鞍。

過朝歌與苦齋馬上聯句

三十年來老友生，論文談舊見交情①。清時健在已多幸，白髪相從復此行。朔吹號寒欺破帽②，重陰掃静喜新晴③。憂先樂後平生事，一笑長驅過故城。

【校】

①「談舊見」，弘治本同元刊明補本；薈要本、四庫本作「道舊足」。

②「欺」，弘治本同元刊明補本；薈要本、四庫本作「摧」。

③「静」，弘治本同元刊明補本；薈要本、四庫本作「盡」。

題府判黄懋卿手卷①

簿領當年憲府廳，已期公叔與同升。爲觀臨事多難際，素有持心近厚稱②。荷槖儘高蘭省諭，判花清映玉壺冰。漳南未是淹留地，變化重看九萬鵬。

【校】

①「懋」，弘治本、薈要本同元刊明補本；四庫本作「懋」。「手」，弘治本同元刊明補本；薈要本、四庫本作「詩」。

②「心近」，弘治本同元刊明補本；薈要本闕，四庫本作「平獲」。

送舍弟南歸穰下

壬辰十月廿日彰德相别

相思渭北常年事①，遠送漳南恨别心。沙暖暫聯鴻雁序，霜寒凄斷鶺鴒音②。兩鄉健在都能幾，千里含情老更深。慰浣此懷知懇切③，不交消息到浮沉④。

【校】

①「常」，弘治本、四庫本同元刊明補本；薈要本作「當」，形似而誤。

②「霜」，弘治本、四庫本同元刊明補本；薈要本作「霏」，非。

③「浣」，弘治本、薈要本、四庫本同元刊明補本；《中州名賢文表》作「託」。

④「交」，弘治本同元刊明補本；薈要本、四庫本作「教」，亦可通。後依此不悉出校記。

觀光

化日舒長静八埏，夔龍布滿紫宸班。閭閻有喜科差少，煙火全疏傳舍閑。象緯拱環天北極，聲明漸及海東蠻。春潭不用弘農寶，斗米三錢濟歲艱。

壽右平章不忽术①

黑頭便插侍中貂，滹水春風憶共僚②。學術自初希聖哲，羽毛今果見雲霄。心存經濟開公道，天與精神福本朝③。紫禁煙花縈繞裏，青松千尺儘難凋。

遍閱清朝玉筍班④，龍麟誰似相君攀⑤。事多簡省經綸大⑥，道在從容奏對間。黄閣不知金印重，思亭清似玉堂閑⑦。鳳池剩有如澠酒，細瀉瓊杯暈壽顏。一作「梅花香旋宫□□，長醉春風玉鍊顏。」⑧

劍履光清斗極邊，秋風庭户浄吟壇⑨。北門視草情何密，東閣觀梅暖更妍。白髮詞臣從寂寞，青天鵬背鹵三千⑩。一樽細瀉新豐酒，此際於君分合偏。

漢相規隨有典刑，讚書今傍太微星。甄陶品彙均元化，業履貂蟬自六經。養浩以剛鄒孟直，誠心無愧魯齋銘。細傾東閣梅花釀，長對西山未了青。時拜御史中丞⑪。

【校】

①「右」，弘治本同元刊明補本；薈要本、四庫本作「石」，形似而誤。「不忽术」，弘治本同元刊明補本；薈要本作「不呼蜜」；四庫本作「布呼珠」。

②「滹」，弘治本、四庫本同元刊明補本；薈要本作「嘑」，亦可通。按：嘑，通滹。作「嘑」者，「滹」之聲誤。

③「福」，元刊明補本、弘治本闕；據薈要本、四庫本補。

④「遍」，元刊明補本、弘治本闕；據薈要本、四庫本補。

⑤「麟」，弘治本同元刊明補本；薈要本、四庫本作「鱗」，亦可通。後依此不悉出校記。

⑥「大」，元刊明補本、弘治本闕；據薈要本、四庫本補。

⑦「堂」，元刊明補本、弘治本闕；據薈要本、四庫本補。

⑧「梅花香旋宮□□」，弘治本作「梅花香□□□□」；薈要本、四庫本作「梅花香有如灑酒」。「長」，弘治本同元刊明補本；薈要本、四庫本作「常」。

⑨「風」，元刊明補本、弘治本闕；據薈要本、四庫本補。「浄」，弘治本、四庫本同元刊明補本；薈要本作「静」，亦可通。後依此不悉出校記。「壇」，元刊明補本、弘治本、薈要本作「氈」，據四庫本改。

⑩「鹵」，弘治本、四庫本同元刊明補本；薈要本作「自」。

⑪「拜」，弘治本同元刊明補本；薈要本、四庫本作「爲」。

賦王詹丞宣賜玉杖

王諱慶端字正甫藁城人①

青宮宿衛舊將軍，家世今誰萬石君。千騎寵光承眷顧，一枝方杖表忠勤。静臨春桂堂階月，暖帶紅鸞扇影雲。若把璠璵比良德，健於羅結更温文。一作「前日倚毗今有效，雲臺從此策高勳。」

【校】

①「正」，弘治本、《中州名賢文表》同元刊明補本；薈要本、四庫本作「玉」，形似而誤。

同鵬飛遊長春宫

步入方壺别有天，茫茫雲海道家山。甘河真遇自伊始，鐵鎖高垂不可攀。黑入太陰松桂老，望空玄圃水雲閑。臨漪門外春風暖，將復流紅到世間。

張鵬飛治虎骨爲鎞插作詩以贈

張矦骨鯁霜稜稜，削出雄鞭瑩且精。厭猛細將鶈作項，差肩羞與鹿同名。寢皮食肉真吾事，理髮繙經入小成。持贈有懷增老健，一簪秋氣見初横。

虎腦杯二首

帳竿圍錦稱談兵，猛腦刳來正可觥。製就要爲元惡戒，飲餘便覺谷風生。瑣紋漬血紅猶濕，酒力增嚴氣未平。廣會長筵莫輕出，慮妨倀鬼淚縱横。

犀船螺斝脂粉具，老頂刳作元戎觥。撩頭無復盜跖怒，持飲頓覺陰風生。鎖紋漬血紅猶濕，酒力增嚴氣未平①。鯨吸長筵莫輕出，揶揄倀鬼恐潛驚。一作「更啜梟羹戒元惡，卻思倀鬼恐潛驚。」②

【校】

①「鎖紋漬血紅猶濕，酒力增嚴氣未平」，弘治本同元刊明補本；薈要本作「南山大雪昔曾犯，北海盛氣今難平」；四庫本作「瑣紋漬血紅猶濕，酒力增嚴氣未平」。

②「梟」，弘治本、薈要本同元刊明補本；四庫本作「棄」。

十一月十八日壽宮小集 六祖真人牛教授伯祥張按察鵬飛

十稔相望不易逢，一樽誰料此宵同①。笑談偶得陶元亮，賓主不分龐德翁。竹葉添春冬後緑，燭華留喜夜深紅。鼎邊句就東方白，卻恐彌明訝不工。「訝」一作「笑」。

【校】

①「宵」，弘治本同元刊明補本；薈要本、四庫本作「賓」，形似而誤。

贈牛教授伯祥

牛君伯祥以《失馬辭》見示①，意甚悽惋。雖情之所鍾，正在我輩，然思而不置，恐傷天和而病吾子也，故終之以電露之喻②。

朝看頡頏燕于飛，夜聽城烏有暗啼③。風拉綺絲疑晤語④，鏡翻鸞影夢雙棲。屢空曾改安貧樂，當饋難忘舉按齊⑤。不見六如亭上客，此情斷度不容悽。

【校】

①「馬」，弘治本同元刊明補本；薈要本作「偶」；四庫本作「彝」。「辭」，弘治本同元刊明補本；薈要本、四庫本作「詞」。

②「喻」，弘治本同元刊明補本；薈要本、四庫本作「意」。

③「有」，弘治本、薈要本同元刊明補本；四庫本作「百」。

④「晤」，弘治本同元刊明補本；薈要本、四庫本作「細」。

⑤「按」，弘治本同元刊明補本；薈要本、四庫本作「案」，亦可通。

壽長春張真人

絳闕蓬山不易求，春風瑶草夢麟洲。未如華表千年鶴，纔閱人間七十秋。道紀有方藏妙用①，玄談登對動宸旒。慇懃一炷嬰香供，吹滿壺天十二樓。「登對」謂嘗以《老子》言上對稱旨②。

【校】

①「藏」，弘治本同元刊明補本；薈要本、四庫本作「傳」。

②「稱」，元刊明補本模糊不清；弘治本闕；據薈要本、四庫本補。

送王講師歸終南舊隱

青城仙馭本翩躚①，自惜緇經老閉關。藜杖偶隨雲暫出，草堂今喜鶴飛還。道凝甘壑冲融際②，詩在終南紫翠山③。去去黄塵今古道，幾人回首似君閑。

【校】

①「蹁躚」，弘治本同元刊明補本；薈要本、四庫本作「翩躚」，偏旁類化。按：「翩躚」，本作「翩躚」，同「蹁躚」。作「翩躚」者，蓋涉上字從「扁」而偏旁類化。

②「冲融」，弘治本同元刊明補本；薈要本、四庫本作「從容」，聲近而誤。

③「翠山」，元刊明補本、弘治本闕；據薈要本、四庫本補。

吾友鵬飛張君壯歲論交十年三遇少聞如意多見隱憂燕越相望契闊復爾衰年遠別互深相愛之情判案頻煩例有三惑之誚冰清玉潔餘孰何堪下怨上疑自昔如此在李華而未免於吾子以何如若作計以處時宜貴和而容衆子其行矣詩以送之①

四任邊除見壯猷，空拳搏虎踣三彪。得便宜處無再往②，當計會時須遠謀③。花柳都城終歲好，江山南土暫時游④。倚門妻子愁仍破，檣燕聲中莫少留。

【校】

①「鵬飛張君」，弘治本同元刊明補本；薈要本、四庫本作「張君鵬飛」。「頻」，元刊明補本、弘治本作「須」，據薈要本、四庫本改。「孰」，弘治本、薈要本同元刊明補本；四庫本作「熱」。

②「無」，弘治本同元刊明補本；薈要本、四庫本作「休」。

③「計」，弘治本同元刊明補本；薈要本、四庫本作「機」。

④「土」，弘治本同元刊明補本；薈要本、四庫本作「上」，形似而誤。「蹔」，弘治本、薈要本同元刊明補本；四庫本作「暫」，亦可通。

送左丞董君行院金陵

壘壁光寒海徼深，未容緩帶畀分臨。旌旗動色真餘事，節制無方是自侵。纏索要知今日馭，戎機還盡老臣心①。迎仙門外生祠柏，親見森森緑滿陰。

【校】

①「戎」，弘治本同元刊明補本；薈要本、四庫本作「戒」，形似而誤。「臣」，弘治本同元刊明補本；薈要本、四庫本

作「人」。

朝謁柳林行宮二詩 并敘①

至元癸巳二月四日，臣賡、惲，臣文海、儼、居信，朝謁春水行宮於瀘曲之柳林。優蒙睿眷，詔録年名以聞，引進者中丞崔彧②。被沐天恩，敢綴爲唐律二詩，以表殊常之遇。臣惲謹序。

漢家天子獵非熊，五柞長楊是近宮。萬騎遠臨滄海右，五人同拜柳林東。自憐賤子承恩眷，重爲斯文惜至公。更擬論思參政識，老臣何有沃淵衷。

千官扈蹕翠華東，詔許諸生見雪宮。商嶺採芝慚綺季，新豐需命似姚崇。名煇彤管猶通籍，簡在儒臣要勸忠。步出禁闈傳少俟③，長楊高樹動春風。

【校】

①「敘」，弘治本、四庫本同元刊明補本；薈要本作「序」，亦可通。

②「彧」，弘治本、薈要本、四庫本作「或」，形似而誤。按：崔彧，字文卿，小字拜帖木兒。至元二十年累遷刑部尚書，歷甘肅行省右丞，入爲中書右丞，二十八年遷御史中丞。

③「闈」，弘治本同元刊明補本；薈要本闕；四庫本作「門」。「傳」，弘治本同元刊明補本；薈要本闕；四庫本作「還」。

癸巳清明後三日偕益津李士觀登太史臺

客中何處散幽懷，放眼高明恐易裁。兼覺形神未全老，試憑筋力共登臺①。山河繚繞陪京壯，樓觀參差落照開。曳杖不知雙髀困，銅駝巷陌晚歸來。

【校】

①「憑」，弘治本、薈要本、《中州名賢文表》同元刊明補本；四庫本作「凴」，亦通。按：憑、凴，同。

奉和李樂齋登太史臺詩韻

衰苶形骸俱諱老①，較量筋力共登臺。漸忻就日瞻天近②，不憚捫參歷井回。步下玉階驚峻極，立殘夕照尚裴徊③。銅駝巷陌歸時晚，一笑傞傞曳杖來。

靈臺璇象兩巍巍，夢寐三年始一窺。日挾陽烏飜倒影，天浮圓蓋入銅儀。當時東觀張平子，此日吾元郭若思。羡殺漢儒皆實學④，幾曾分異限藩籬。

【校】

①「衰苶」，弘治本同元刊明補本；薈要本作「衰薾」，亦可通；四庫本作「衷苶」，形似而誤。按：爾，俗作尔；尔、尒，同；苶，本當爲薾之後起俗字，蓋唐宋時期廣泛運用開來，并進入字書、韻書；後二字義有微殊。

②「忻」，弘治本同元刊明補本；薈要本、四庫本作「欣」，亦可通。後依此不悉出校記。

③「裴徊」，抄本、薈要本、四庫本作「徘徊」，亦可通。後依此不悉出校記。

④「儒」，抄本同元刊明補本；薈要本、四庫本作「時」。

和李樂齋馬病詩韻

花柳都城約勝遊①，閉門飜作抱官囚②。血糊駿足幾無救③，眼昧庸工悔誤投④。策杖恐招徒步誚，求全飜得蹙眉憂⑥。自今安驥君須記，鍼法從來是把頭。

【校】

①「花」，元刊明補本、薈要本闕；四庫本作「緑」；據抄本補。

②「飜」，抄本同元刊明補本；薈要本、四庫本作「翻」，亦可通。按：飜、翻，同。後依此不悉出校記。

③「糊」，抄本、四庫本同元刊明補本；薈要本作「猢」，聲近而誤。「救」，元刊明補本、薈要本闕；四庫本作「計」；據抄本補。

④「誤」，抄本同元刊明補本；薈要本闕；四庫本作「暗」。

爲中丞博陵公壽

經國如君富遠圖①，報恩多半薦賢書。義方對篋辭何婉②，玄素回天力有餘。論入事機包細大，望高德度見舒徐③。近年默數康時奏，儘是汾陽極品除。

【校】

①「經國」，元刊明補本闕；四庫本作「憲府」；薈要本作「謀國」；據抄本補。

②「篋辭」，元刊明補本闕；據薈要本、四庫本作「上言」；據抄本補。

③「高德度」，元刊明補本闕；薈要本、四庫本作「來行止」；據抄本補。

喜答李六祖病後見憶

道韻鄉心兩疊稠①，竹宮長記半冬留②。橘房嬉戲有真樂，鵬背逍遥忘遠遊。清夢偶便旬月寢，巖花空抱一春愁。朝來好得平安報，香滿經臺紫氣浮。

【校】

①「道」，元刊明補本闕；據薈要本、四庫本作「詩」；據抄本補。

②「冬」，抄本、薈要本同元刊明補本；四庫本作「年」，涉上而誤。

送吴僧清琬長遊上都

顱骨巉巉犀插腦，緇經休作越僧看。潔蠲心行抛塵累①，飛跳天星得妙觀。化日閻浮天竺小，秋風蘭若野僧殘。回頭清磬千門裏，曇鉢花鮮照眼寒。

【校】

①「行」，抄本、薈要本同元刊明補本；四庫本作「地」。

挽樊君道録

每歎玄門道有綱①，樊君扶翊冠簪裳。公材絶似張嵩岳，術異初非費長房。樽酒笑談才宿昔，玉棺飛墮便蒼茫。仙遊久厭人間世，華表歸來意未量②。

【校】

①「歎」，抄本同元刊明補本；薈要本、四庫本作「嘆」，亦可通。按：字從口、從欠，義多可通。歎、嘆，同。後依此不悉出校記。

②「未」，抄本同元刊明補本；薈要本、四庫本作「莫」。

答晉卿教授

蒼狗雲衣日易翻，桂薪珠米住京難。百司扈送回鑾輅，一室虚潛盼冷官。老境静思林下樂，鄉書喜向枕中看。絳紗幔底絃歌樂，政恐天教奈歲寒①。

【校】

①「奈」，元刊明補本、弘治本作「柰」，亦可通；薈要本、四庫本作「耐」，亦可通；徑改。按：奈、柰，本爲二字，後以「奈」、「柰」二字形近，遂有「奈」俗寫作「柰」者。《漢語大詞典》對「柰」（柰樹）與「柰」（俗奈字）不加區分，以謂同

字，非。「奈」，通「耐」。後依此不悉出校記。

挽趙公同簽

不肖惲自壯歲辱知頗厚，意廣才疏，竟成墮窳，日暮懷人，豈勝慨嘆①？魂而有知，庶幾少慰。其詩曰：

氣鬱元龍漢魏豪，豈容空見卧牀高②。力籌戎務開樞府，膽落僧齋拜節毛③。陰授有機黄石略，夢歸何處赤松遨④。傷心此日題詩客，老淚縱横濕佩刀。公使日本回，相會於平陽，以本國佩刀見贈⑤。詩純用留侯事者，蓋以公全似漢初異人⑥。

【校】

①「慨」，弘治本、四庫本同元刊明補本；薈要本作「嘅」，偏旁類化。後依此不悉出校記。

②「牀高」，弘治本同元刊明補本；薈要本作「林高」，形似而誤；四庫本作「林臯」，形似而誤且聲近而誤。

③「膽」，弘治本同元刊明補本；薈要本、四庫本作「瞻」，形似而誤。「毛」，弘治本同元刊明補本；薈要本、四庫本作「旄」，亦可通。後依此不悉出校記。

④「遨」，弘治本、薈要本同元刊明補本；四庫本作「遥」。

⑤「本國」，弘治本同元刊明補本；薈要本、四庫本作「日本國」。
⑥「蓋」，弘治本同元刊明補本；薈要本、四庫本脱。「異人」，弘治本同元刊明補本；薈要本、四庫本作「異人也」。

詩餞王中丞復任中慶諸路行臺愛仰之懷義形于辭知音者無惜同賦①

復詔行臺自昔無②，恢恢天網未容疏。滇池逐䲡真餘事③，霜簡收炎見壯圖。報政果符銀作驗，立朝回看玉鳴珂④。此身雖遠吾民晏，肯憚風沙萬里涂。「銀爲驗」，初赴雲南時□□二笏，乃諭曰：「若委付□□□□，將來以此銀爲驗。」⑤

【校】

①「仰」，弘治本同元刊明補本；薈要本、四庫本作「荷」。「形」，弘治本、四庫本同元刊明補本；薈要本作「行」。
②「復」，元刊明補本、弘治本闕；據薈要本、四庫本補。
③「事」，元刊明補本、弘治本闕；據薈要本、四庫本補。
④「鳴珂」，元刊明補本、弘治本闕；據薈要本、四庫本補。

⑤「銀爲驗」至「將來以此銀爲驗」，弘治本同元刊明補本；薈要本脱；四庫本作「銀爲驗初赴雲南時缺□二笏乃缺諭缺田若委缺將来以此銀爲驗」。

過樞東府二首呈王院判仲常①

曾侍延英殿廡風②，道傳宫語近軍容。自從文武岐分後③，更覺韜鈐勢轉雄④。畫戟凝香連嫖衛⑤，出《長楊賦》云：「乃命嫖衛⑥。」此言青與去病也⑦。赤囊封檕折邊衝。郤縠莫詑詩書將，谷静旂常要駿功⑧。

白首英雄見致隆⑨，折衝樽俎沃淵衷。庭花露重凝深翠⑩，屏石犀寒辟軟紅⑪。國論動能參兩勢⑫，朝堂亦作「陳蕃」寧使歎羣空⑬。歸鞍細嚼輪臺詔，兵寢刑清是極功。

【校】

①「過樞東府二首呈王院判仲常」，弘治本、四庫本同元刊明補本；薈要本脱。

②「曾侍」，元刊明補本、弘治本闕；據四庫本補。

③「後」，元刊明補本、弘治本闕；據四庫本補。

④「更」，元刊明補本、弘治本闕；據四庫本補。

⑤「香」，弘治本同元刊明補本；四庫本作「光」。

⑥「衛」，弘治本同元刊明補本；四庫本作「衙」。

⑦「此言青與去病也」，元刊明補本作「此□□□與□□□」；弘治本作「此□□□□□□□」；四庫本作「嫖，指霍去病；衛，指衛青」；據抄本補。

⑧「谷静」，弘治本同元刊明補本；四庫本作「鐘鼎」。「旂常」，元刊明補本、弘治本闕；據四庫本補。

⑨「白首英」，元刊明補本、弘治本闕；據四庫本補。

⑩「翠」，元刊明補本、弘治本闕；據四庫本補。

⑪「屏」，元刊明補本、弘治本闕；據四庫本補。

⑫「論」，弘治本同元刊明補本；四庫本作「綸」。

⑬「亦作『陳蕃』」，弘治本同元刊明補本；四庫本作「一作『屏翰』」。「使歎羣」，元刊明補本、弘治本闕；據四庫本補。

題峗山白石洞野齋序文後①

岧嶢東北望峗山②，滿馬風埃憶往還。白石久聞經洞古③，碧雲誰似老僧閑。夢驚三十年前事，詩在推敲月未圓④。安得野齋相約去，松風巖壑共躋攀。

【校】

①「題峗山白石洞野齋序文後」，弘治本、四庫本同元刊明補本；薈要本脱。

②「岧嶢」，元刊明補本、弘治本闕；據四庫本補。

③「古」，元刊明補本、弘治本闕；據四庫本補。

④「未圓」，元刊明補本、弘治本闕；據四庫本補。

送王司業嗣能倅衢州

前年持節使閩甌①，端是騎鯨汗漫遊。兩浙江山真罨畫，三衢風土似中州②。兵餘獨重瘡痍苦，政異無逾孺子謳③。此去新詩更瀟灑，所思多在望濤樓。

【校】

①「前」，元刊明補本、弘治本闕；據薈要本、四庫本補。

②「似」，弘治本同元刊明補本；薈要本、四庫本作「是」。

③「孺」，元刊明補本作「穤」，形似而誤；弘治本作「檽」，形似而誤；據薈要本、四庫本改。「子」，元刊明補本、弘治本、薈要本闕；據四庫本補。

完顏士慶赴任蜀省來別索詩　係金內族

秋滿長安落葉紛，天葩根異獨奇芬。氣酣不在新豐酒，志遠先馳蜀棧雲。幕府文書無整肅，郎官心事足忠勤。腰間四世千金劍，又見清光湛斗文。

輔提刑正臣挽詩 并序

臺憲者，順長道而服羣醜也①。昔魯人以《泮水》頌僖公而曰：「敬慎威儀，維民之則。載色載笑，匪怒伊教。」如提刑輔公有焉。又如諸生廪繼于邁②，思樂何啻采芹藻而已？不肖猥繼公後③，親覩斯美，豈勝歆歎④？蓋學校乃國家之元氣，故予特以崇學爲言，使留心於簿書米鹽問者聞先生之風，庶幾知所自云。秋澗王惲謹序。

澄清心事見褰帷，只道剛稜未盡知。霜逐簡華森憲府，力宣風化作邦基。廟堂留像瞻遺愛，寒藻翻香舞頖池⑤。夢到養源堂上月，至今鐘鼓似清時。

前年學館拜遺祠，此日看君墮淚詩⑥。飲食固云飢渴易，教條能盡後先宜。豸霜肅政潛梟歡，文藻翻香舞頖池。夢到養源堂上月，至今鐘鼓樂清時。⑦

【校】

①「順」，薈要本、四庫本同元刊明補本；弘治本殘闕。按：順長道而服羣醜，語本《詩·魯頌·泮水》：「順彼長

道，屈此羣醜。」

②「諸」，弘治本同元刊明補本； 薈要本、四庫本作「老」，非。

③「肖」，弘治本、薈要本同元刊明補本； 四庫本作「有」，形似而誤。

④「歆」，弘治本同元刊明補本； 薈要本作「忻」，亦可通； 四庫本作「欣」，亦可通。

⑤「頮」，弘治本同元刊明補本； 薈要本、四庫本作「泮」，亦可通。

⑥「詩」，弘治本、四庫本同元刊明補本； 薈要本作「碑」，非。

⑦「飲食固云飢渴易」至「至今鐘鼓樂清時」，弘治本同元刊明補本，薈要本作「飲食固云饑渴易，文章轉與簿書宜。祥刑早有當時譽，令德還爲後進師。況是老成彫落盡，山陽笛裏不勝悲」； 四庫本作「飲食固云飢渴易，教條能盡後先宜。豸霜肅政潛梟獻，文藻翻香舞泮池。夢到養源堂上月，至今鍾鼓樂清時」。

李廷珪墨濬世傳能定人神志予病久思若慌惚因假之師孟研汁一龠飲之戲漬餘香復賦詩少見無聊賴之緒時癸巳八月朔日也①

龍劑如珪獨擅唐，洗心今試秘□□。□□□□□□□，滿意濃薰月露香。靈府策□□□□，□□□□□□□。□□文戰非吾事，正□□□□□□。

【校】

①是詩弘治本、四庫本同元刊明補本；薈要本脱。「若」，弘治本同元刊明補本；四庫本作「苦」，形似而誤。「慌惚」，弘治本同元刊明補本；四庫本作「恍惚」，亦可通。「漬」，元刊明補本作「瀆」，據弘治本、四庫本改。「香復」，元刊明補本、弘治本作「復香」，據四庫本改。後依此不悉出校記。

送鄧郎任繹州①

我客京華識鄧郎，怳如身在玉齋傍②。三年載筆同詞館，一字論文憶夜牀。老去光陰都幾許③，别來雲海尚相望。玉堂昨夜秋風冷，夢裏歸心到汶陽。

【校】

①「任」，弘治本同元刊明補本；薈要本、四庫本作「倅」。

②「玉」，元刊明補本、弘治本、薈要本闕；據四庫本補。「齋」，弘治本、薈要本同元刊明補本；四庫本作「山」。

③「都」，弘治本同元刊明補本；薈要本、四庫本作「多」。

王惲全集彙校卷第二十二

七言律詩

誠説堂

三牲致養應爲易，楊子怡親志所難①。滿抱忱誠無少慊，一杯菽水見真歡。詠歌豈取時人譽，温清思貽後嗣看。想得歲時稱慶處，春風香藹紫庭蘭。

【校】

①「楊」，弘治本、四庫本同元刊明補本；薈要本作「揚」，亦可通。後依此不悉出校記。

史宣慰子明友松亭詩

壯歲英威大樹馮，老依松翠養襟靈。秋聲幾泛投壺唱①，偃蓋空懷倚杖形。華屋丘山驚夢斷，玉堂編簡爲君青②。千年貞魄棲脩榦，不信龍泉閟夜扃。

【校】

①「聲」，弘治本同元刊明補本；薈要本、四庫本作「風」。

②「青」，弘治本、四庫本同元刊明補本；薈要本作「清」。

壽張左丞子友

甲午正月十六日

箕尾儲精一氣氲，仰看風骨秀而神。青宮羽翼風雲舊，黄閣調和鼎鼐新。若論捄時非易得，與同熙載更誰親。一杯重爲君侯壽，紅藥階前要好春。

春坊璧月桂瓊枝①，人物風流映一時。四海蒼生欣望愜，兩宫和氣對時熙。西池進讀霑殊遇②，東閣追攀辱舊知。此日壽君宜有頌，載歌箴儆武公詩。

供職詞林已四年，今春添壽倍增妍。詩如東閣梅花細，人在春坊璧月圓。漢業翼成無迹考，遂初亭暖覺春先。沙堤有語蒼生福，好在論思拱御筵。

今歲調元事體新，風雲開闔入經綸③。兩宫受賀安磐石，萬國歸心有老臣。相業儘高麟閣讚，醉吟時到野亭春。五雲深處台星爛，長見清光拱北辰④。

【校】

①「璧」，元刊明補本作「壁」，形似而誤；薈要本、四庫本作「碧」，亦可通；據抄本改。「瓊」，抄本同元刊明補本；薈要本、四庫本作「璚」，亦可通。後依此不悉出校記。

②「殊」，抄本同元刊明補本；薈要本、四庫本作「時」，形似而誤。

③「闔」，抄本、四庫本同元刊明補本；薈要本作「閤」，形似而誤。

④「長」，抄本同元刊明補本；薈要本、四庫本作「常」，亦可通。

甲午歲正月二十三日右丞何公紱麟華旦謹奉唐律二章以介眉壽①

庭檜婆娑一畝陰②，貞姿不受歲寒侵。侍謀東閣時情恊，養浩南窗夜氣深。閑縱詩懷穿理窟，静觀犧易見天心③。百觚剩有春風釀，重爲明時要細斟。

叢臺袨服士如雲，又見聰山一氣春。帷幕細談天下事，典刑渾是老成人。詩來東閤梅花細，歌入民謡漢法新。健羡武公宜自儆，太平勳業畫麒麟。

【校】

①「紱」，元刊明補本、薈要本、四庫本闕；據抄本補。「以」，元刊明補本闕；據薈要本、四庫本補。

②「庭檜」，元刊明補本闕；薈要本、四庫本作「松柏」；據抄本補。「娑」，抄本、四庫本同元刊明補本；薈要本作「挲」，聲近而誤。

③「犧」，抄本同元刊明補本；薈要本、四庫本作「義」，非。按：作「義」者，蓋「羲」之形誤；「羲」，同「犧」，皆謂伏羲

也。

過左副賈相公新阡

左副新阡何處尋，祁陽東北望喬林①。連城政美無瑕璧，萬卷書多遺子金。冠劍圖形凌閣重，風煙埋恨石麟深。峴山欲墮豐碑淚，桃李公門緑滿陰。

【校】

①「祁」，抄本同元刊明補本；薈要本、四庫本作「斜」，涉下而誤。

彭澤二賢堂

爲江州周使君賦①

斂裳宵逝無三月②，待皋鳴琴滿五年③。與論行藏元有異，比量心事本同然。浴光力取虞淵日，示貶忠凝甲子編。千古新祠祠下月，不應獨照二公賢。謂分光於使君也。

【校】

①「爲江州周使君賦」，諸本皆夾注文字誤入正文，徑改。

②「裳」，抄本、薈要本同元刊明補本；四庫本作「形」，非。

③「臯」，抄本同元刊明補本；薈要本、四庫本作「罪」，亦可通。後依此不悉出校記。

李清甫分齋

鷃飛不過丈尋間，鵬翼雲垂九萬摶。每自忖量彝秉外，就中增損一毫難。洗心俠習從多可，放眼青天有達觀。拈取榜齋才隻字①，此身還有泰山安。

【校】

①「才」，抄本同元刊明補本；薈要本、四庫本作「纔」，亦可通。後依此不悉出校記。

送表弟雲卿經歷赴上都先時韓壽院判仲常詩有通介不隨新進士虀鹽依舊老書生之句大爲王君稱賞及北行仲常用元韻餞贈韓持詩見示亦請予依韻相送因勉爲賡賦

樞庭機務貴謀成①，調議中間執倚平。經事莫深吾弟慮，臨機能盡上官情。正煩莫晝孤忠壯②，肯着車輪兩角生③。明日馬頭新店路，居庸山色照吟觥。

【校】

①「機」，抄本、四庫本同元刊明補本；薈要本作「幾」，亦可通。

②「莫」，抄本作「幕」，同；薈要本、四庫本作「謨」。

③「兩」，元刊明補本闕；薈要本、四庫本「四」；據抄本補。

秋日宴廉園清露堂 并序

右相康公奉詔分陝，七月初一日宴集賢、翰林兩院諸君留别。中齋有詩以記燕衎，因繼嚴韻作二詩，奉平章相公一粲。時坐間聞有後命，故詩中及之。

何處新秋樂事嘉，相君絲竹宴芳華。風憐柳弱婆娑舞，雨媚蓮嬌次第花。照眼東山人未老，舉頭西日手空遮。賓筵醉裏聞佳語，喜動金柈五色瓜。頷聯一作「高雲錦席翻涼吹，翠蓋紅粧簇藕花。」

朝野歡娱到靖嘉，五年經制見金華。先聲遠動秦川樹，後命光融紫禁花。歸騎不妨沙路晚，留中恐爲國人遮。暗用司馬端明留臺西洛事。自慚忝列絲綸地，憔悴秋風一繫瓜。

德壽殿玉方池研 理宗所御德壽殿爲太上皇後所居殿緝熙講經殿也硯即碧絲歙①

玉斲坤形寖四溟，丹書猶認壽宫名。紛紛落墨騰蛟霧，淅淅秋風拉瑟聲。神物不知崑火烈，碧絲今對玉堂卿。眼中多少興亡事，白髮孤臣最愴情。當時同僚承旨留中齋、學士劉東崖、侍讀趙方塘皆宋人也②。

【校】

①「歙」，弘治本、《中州名賢文表》同元刊明補本；薈要本、四庫本作「歙也」。

②「塘」，弘治本、四庫本、《中州名賢文表》同元刊明補本；薈要本作「唐」，涉下而誤。

甲午秋七月九日扈山約赴李君水芝之會予以事不克往明日例徵詩因繼中齋韻①

陪京秋早物華清，杖屨迎秋出綺城。蓮社與吟千葉白，盤餐非爲五侯鯖。眼中閣老何瀟灑，意外浮名任易更。唯有柯山山上月，歸心同照石梁横。

飛蓋追隨野興清，冷煙疏雨濕層城。兩舷踏足空蓮唱，大嚼過門得鼎鯖。錦席高雲增爽朗，秋風殘暑喜交更。竹西歸晚留餘思，詩在夕陽澹處横。

【校】

①「約赴」，元刊明補本闕；據弘治本、薈要本、四庫本補。

爲周紫巖賦冬日牡丹　蘇州人右職出身新簽兩浙行省事中齋索賦①

翦翦江風十月霜，寒梅時序見花王。一枝重薦金盤瑞，滿幄濃薰麝粉香。協氣暗扶忠節壯②，名葩來伴紫巖芳。故園從此恩光爛，卷裏題詩半玉堂。

【校】

①「中齋」，弘治本、《中州名賢文表》同元刊明補本；薈要本、四庫本作「留中齋」。

②「扶」，弘治本、《中州名賢文表》同元刊明補本；薈要本、四庫本作「持」。

再繼前韻贈中齋承旨

先生襟韻氣之清，開府歸來客薊城。雅集不知河朔飲，名談有味德麟鯖。歸心落日常躑躅，世事浮雲任變更。夢到柯山山上月，流光還愛石梁横。

賀梁參政陞拜左轄

故都喬木百年春，累葉簪纓得相君。馬出渥洼騰逸氣①，豹藏玄霧見奇文。十年佩玉何清響，一見英標勝素聞。剩説鼎調多至味，兼收時到野人芹。

【校】

①「洼」，元刊明補本、抄本作「波」，據薈要本、四庫本改。

題奉常李謙甫歸覲詩卷

十載馳書望玉關①，一朝羅拜喜生還。温顔孺慕猶親側，秉燭相看似夢間。棣蕚香凝姜被暖，故鄉誰羡錦衣班②。鶺鴒庭樹春多少，車馬西行總詔頒。首句一作「望眼□來四十年，阻離殊域喜生還」③頸一作「棣蕚韡承餘讌樂，錦衣誰羡照鄉國④。」

【校】

①「書」，抄本同元刊明補本；薈要本、四庫本作「香」，非。

②「班」，抄本同元刊明補本；薈要本、四庫本作「斑」，亦可通。後依此不悉出校記。

③「首句一作」，元刊明補本作「一首句□」；據抄本薈要本、四庫本補改。「望眼」，元刊明補本闕；四庫本作「雁足」；據薈要本作「萬里」，據抄本補。「□來」，元刊明補本闕；薈要本、四庫本作「馳書」；據抄本補。「域」，元刊明補本作「城」；據抄本、薈要本、四庫本改。「還」，元刊明補本、抄本闕；據薈要本、四庫本補。

④「棣」，元刊明補本、抄本闕；據薈要本、四庫本補。「韡」，抄本同元刊明補本；薈要本、四庫本作「華」，亦可通。「謙」，同元刊明補本作「謙」；據抄本、薈要本、四庫本改。「鄉國」，抄本同元刊明補本；薈要本、四庫本作「卿班」。

賀唐承旨新堂落成

碧雞華構喜新成，軒瑣虚明夜白生。花影入簾詩思淑，琴聲當户月華清。人生孰若安居樂，樽酒重尋舊雨盟①。不作老張輪奐頌，玉堂清議正煩卿②。

【校】

①「舊」，元刊明補本闕；薈要本、四庫本作「風」；據抄本補。

②「清」，抄本、薈要本、四庫本作「清」，元刊明補本作「青」。

甲午八月一日赴李總管蓮溏之會坐中走筆賦此①

斗酒初醺倚畫欄，藕花紅映萬珠盤。野煙高柳吹衣濕，碧落銀河照眼寒。老去自知情味減，興來思盡故人懽②。相逢一笑真難得，況復君侯禮數寬。

【校】

①「溏」，抄本同元刊明補本；薈要本、四庫本作「塘」，亦可通。後依此不悉出校記。

②「懽」，抄本同元刊明補本；薈要本、四庫本作「歡」，亦可通。後依此不悉出校記。

諸人酬詠既已復和前韻

垂柳横橋轉赤闌，望中清興散愁盤。玉淵堂迴山光碧，秋水臺高午景寒。爛熳不知前日會①，唱酬當記此時歡。平生肝膽向人盡，不是悲秋强自寬。

【校】

①「熳」，抄本同元刊明補本；薈要本、四庫本作「漫」，亦通。後依此不悉出校記。

甲午中秋日宴同簽洪公東第賓僚集賢翰林兩院而已將暮雲陰四合既歸月明如晝偶賦此詩且記盛筵三首

今年秋夕賞心何，絲竹堂深間雅歌。三院盍簪都下少，四筵登味海東多。休辭皂蓋停車轂，盡倒清樽待月娥。兩袖桂香翻未盡，更憐歸路影婆娑。

赤囊無騎海無波，今歲中秋樂事多。爲愛頤軒吟興逸，來陪詞客醉時歌。紅雲照眼瞻天近，白髮欺人奈老何。連夜暮歸驚夢異，林間金背看陂陀。

梢梢英氣秀横秋①，此日青雲接燕遊。賓府笑談詩禮帥②，故家人物鳳麟洲。爲憐桂影饒清賞，歸避金吾怯晚留。爲見頤軒慇厚意，更將遺興較詩籌。

【校】

①「梢梢」，抄本、薈要本同元刊明補本；四庫本作「稍稍」，形似而誤。

②「禮」，抄本同元刊明補本；薈要本闕；四庫本作「酒」。

題高和甫侍郎先世圖譜後

故都喬木幾蒼蒼，高氏宗支慶緒長。兩世簪纓登相府，百年忠孝見諸郎。解紛晉漢多陰積，斂衽韓劉避耿光。十襲寶藏防墜佚①，衛公遺物要同芳。

【校】

①「十」，抄本、薈要本同元刊明補本；四庫本作「什」，亦可通。後依此不悉出校記。

送東崖學士總尹建昌軍　九月十三日

待詔詞林整十年，黄金横帶列朝班。紅雲黼扆瞻天屢，白晝鄉關着錦還。顔筆謝詩增曠達，銅陵碧澗夢躋攀。慇勤華子崗頭月，先借清光浣別顔。

遊水峪

雨沐山容曉更鮮，峪深行入洞中天。林間石碇傳經鉢①，嶺崦雲封種玉田。世味酸鹹誰自信，人生聲利古難全。道人歸潔宜諳此，抱石歸來煮夜泉。

今秋山北迓回鑾，偶得新詩記往還。臣子要知吾分在，功名休問老天慳。滿軒光寵居庸道，兩袖風煙水峪山。同見同遊又同樂②，從容恰及一旬間。

【校】

①「碇」，抄本、薈要本同元刊明補本；四庫本作「綻」，聲近而誤。

②「遊」，元刊明補本、抄本作「游」，據薈要本、四庫本改。

過誨之高兄新居

高子幽居遠若村，北城城下柳藏門。寒因霜早收梨栗，貧喜家安遺子孫。閑裏有詩渾漫興，客來止酒對空樽。自慚過訪成疏曠，戀戀相看到日昏。

爲洪同僉書諸公中秋燕集詩卷因題于後

新詩爨爨碧空雲①，一樣書來更可人。落墨空翻蟾影黑②，清吟真有鴨江春。雞林取重吾何有，樞相知音世罕倫。還笑愛鵝王内史，寫經時與羽流親。

【校】

①「新」，元刊明補本、抄本、薈要本闕；據四庫本補。

②「蟾影」，元刊明補本、抄本、薈要本闕；據四庫本補。

壽泉平章

兩朝元老漢刑儀，宣室深香侍受釐。博識不遺三篋秘，拜公應較十年遲。敢從汗簡聯清秩，喜爲裁詩薦壽巵。瀚海緑波三百曲①，歲浮春色上芝眉。

【校】

①「緑」，抄本同元刊明補本；薈要本、四庫本作「綵」，非。

壽董承旨　正月十一日

百觚春酒遐年壽，千首新詩一品官。窮達不爲身外計，功名儘向後來看。細圖野隱明歸志，静撫孤松愛歲寒。此日稱觴宜有頌，兩宫恩眷古爲難。

送縉雲教官伯讓之任瀏陽仍和見贈韻

縉雲遥裔以才聞，遠任長沙弔楚臣。論學拜官甘冷職，過門求益有斯人。道傳伊洛真吾事，詩到齊梁恐後塵。領取漢家聲教去，六經何地不陽春。

元貞二年丙申元會日大雪

萬寶陳庭未是奇，千官朝處玉爲墀。静看整整斜斜態，不礙蹌蹌濟濟儀。法部氣嚴催箾舞，御爐煙濇濕鸞旂。小臣歸美豐年慶，不數元和賀雨詩。

送省掾李希顔隆興總判

西京人①

春水延芳扈從辰，笑談鞍馬見情真。幾年晝省含香掾，一日公堂入幕賓。政異莫如官事簡，心丹回夢帝城春。古稱四海皆昆弟②，洒落如君有幾人。

【校】

①「顔」，抄本同元刊明補本；薈要本、四庫本作「賢」。

②「昆」，抄本同元刊明補本；薈要本、四庫本作「兄」。

題彭壽之慶八十詩軸①

竹色宫牆野粉黄，百年遺老見張蒼。青雲仕宦思疇昔②，白髮光陰在故鄉。步健不知鳩杖勁③，眼明猶炯竹書光。若從九老徵遺事，好着丹青畫寶坊。

【校】

①「題」，抄本同元刊明補本；薈要本、四庫本作「壽」，非。

②「疇」，元刊明補本闕；據抄本、薈要本、四庫本補。

③「步健」，抄本、薈要本同元刊明補本；四庫本作「健步」，倒。

大賢詩三首 并序①

甲午歲正月廿二日癸巳，偕翰林諸君謁太傅伯顔公於東城甲第之北堂②。公姿威不見猛，簡不失和，真魁傑人也。公初至燕，首詢諸何右轄曰：「翰林諸老今在者誰③？」及是，歷問各官壽期，今供何職。酬禮間，顧相謂曰：「朝家所以養諸老者，正以乞言論政而已。如事會議，各顧官守，未免或偏；若集之同僚，則議論通一，所益良多。」某曰：「前世立益政院者，正此意也。」中丞崔相亦以爲然。乃知公深謀遠至，氣量含弘，朝廷之上，軍國大計，心無或不在，所謂「大臣，以道事君」者也。既而公出，衆俟門屏間，遣純綱來謝④，曰：「不敢多勞。」遂退。因得《大賢詩》一首，紀其披覩之快。後二年，公府掾張楚持畫像懇予哀挽⑤。既書鄙辭，載惟疇昔，情有不能已者。且念六合雖一，相業未展，天不憖遺⑥，哀斯民之不幸也。噫！因附録于後。

萬馬龍驤宿漢陲，朔雲邊雪避旌麾⑦。麟遊近藪人歌瑞，虎在深林氣甚夷。解甲齊山降宋日，鞠躬趨陛入朝時。有懷不盡蒼生事，空詠皮公七愛詩。

使華來自海西邊，一日風雲擁將壇。仁信有餘收戰格，旌麾不動下臨安。應憐文武臣時切，忍對麒麟畫像看。不獨臨淮開府掾，追思勳德淚闌干。

軍容機政兩儀刑，自有胸中節制兵。直道事君忘智勇，丹心爲國儘忠貞。風雲感會千年契，笳鼓歸來六合清。遥想翠華秋獮際⑧，聖情凝佇聽鼙聲。

【校】

①「并序」，抄本同元刊明補本；薈要本、四庫本脱。

②「伯顔」，抄本同元刊明補本；薈要本、四庫本作「巴延」。後依此不悉出校記。

③「在」，抄本同元刊明補本；薈要本、四庫本作「右」，形似而誤。

④「純」，抄本、薈要本、四庫本作「紀」。

⑤「予」，抄本同元刊明補本；薈要本作「祈」；四庫本作「題」。

⑥「慭」，抄本、薈要本、四庫本作「憖」。「遺」，抄本同元刊明補本；薈要本、四庫本作「遺老」。

⑦「雪」，抄本、薈要本同元刊明補本；四庫本作「月」。

⑧「際」，抄本同元刊明補本；薈要本、四庫本作「祭」，非。

異菊圖一枝十花容色各異未之見也故賦

枉説重巖細菊班，連眉十樣更清妍。不辭老圃秋容澹，要見花神景氣偏。越被香濃薰百和，柴桑人去已千年。醉吟不用江州白，此日東籬得董仙。

百品流芳見已稀，一枝獨秀更堪奇。秋陽借暖留三徑，翠袖分香列十眉①。竹外晚粧明閣院，月中青女要新詩。繁華凄斷長沙夢，畫裏淵明又一詩。

【校】

①「列」，抄本同元刊明補本；薈要本、四庫本作「到」，形似而誤。

聞友人買犀帶

聞君饒價買犀韉①，似爲精神見老年。論品要勝華衮異，垂腰猶欠玉魚懸。通天即是裴公賜，素髮其如白傳顛。留取百錢休妄費，安排開歲置貂蟬。

【校】

①「廬」，《中州名賢文表》、抄本同元刊明補本；薈要本、四庫本作「纏」，聲近而誤。

贈瀋州朴生子温①

踵門來謁樂新知，自説容城指授師。孤鶴遠從華表下，六經都向管中窺。西山掃墓懷私淑，東郡趨庭儼聖思②。莫把一簞顔氏樂，春風吹作錦囊詩。

【校】

①「朴」，抄本同元刊明補本；薈要本、四庫本作「樸」，妄改。

②「思」，元刊明補本作「恩」，據抄本、薈要本、四庫本改。

送總統佛智師南還

釋教總統佛智大師姓積寧氏①，名沙囉巴②，華言爲吉祥慧也，西番人。祖相嘉屹囉③，父沙囉觀④，以象胥主譯諸經⑤，至師八世矣。師早侍帝師發思巴⑥，受知先朝，精詳内典。又喜儒書，樂與吾屬游。元貞初，選師爲江浙總統。明年，率諸山長老入覲，獲侍清燕。啓沃一言，煦燠三吴⑦。同熙大覺末歸⑧，江東父老投牒行臺，趣師南還。將行，以贈言爲榮，因賦是詩以送。

白足毗耶不易逢，鬢絲禪榻偶相同。經來震旦三千界，人在天龍八部中。滿送酒船浮北海，細薰香霧供南豐。江東父老催飛錫，要沸潮音與海通。

【校】

①「積寧」，抄本、四庫本同元刊明補本；薈要本作「濟農」。

②「沙囉巴」，抄本、四庫本同元刊明補本；薈要本作「錫喇卜」。

③「相嘉屹囉」，抄本、四庫本同元刊明補本；薈要本作「桑結策羅」。

④「沙囉觀」，抄本、四庫本同元刊明補本；薈要本作「實喇琨」。

⑤「主」，抄本同元刊明補本；薈要本、四庫本作「王」，形似而誤。

⑥「巴」，抄本同元刊明補本；薈要本、四庫本作「已」，形似而誤。

⑦「焕」，抄本同元刊明補本；薈要本、四庫本作「煥」。

⑧「熙」，抄本同元刊明補本；薈要本、四庫本作「游」。

與梁總判楊少監武子劉總管叔謙會梁都運高舍别墅夜話帳中樂怡怡也梁君索詩因書此以答雅意元貞三年二月十八日也

問字嘗思過子雲，一樽梁墅喜情親。清燈夜話逢知交①，喬木蒼煙憶世臣。野水添杯無盡藏，侯門儲慶有餘春。五枝休數燕山竇，黄閣經綸見秉鈞。

【校】

①「交」，抄本、薈要本、四庫本作「友」。

挽子敬楊君　終唐州知州子裕母弟

青血陂陀閟夜泉，鵂鶹庭樹已蕭然。一樽晉飲留情話①，五馬長歸是別筵。黄壤冷埋林下璧，緑波空泛幕中蓮。息軒未覺風流遠，行見吾彪歷試年②。

【校】

①「晉」，元刊明補本、抄本、薈要本作「晉」，形似而誤；四庫本作「共」，非；徑改。

②「吾」，抄本同元刊明補本；薈要本闕；四庫本作「英」。

送李敬甫之任靖江總管

海山蟠亘十州環，桂嶺西南隘漢關。吾子有材稱吏治，土風從古號時慳。老天形勢開炎德，赤子龍蛇雜洞蠻。交致恩威民事了，雙旌歸早慰慈顏。

呈高麗世子

霞綺紅潮鴨緑清，風姿渾是父王英。禮文曲折猶周制，脂澤涵濡見漢甥。衡宇接談今日款，中堂陪宴嚮來情①。鳳凰池上應回憶，慚愧朱絃一再行。

【校】

①「嚮」，抄本同元刊明補本；薈要本、四庫本作「向」。

冬日海棠

玉環朝醉緑雲鬆，貼足幽軒不信冬①。春色暖私神草異，丹砂重見海洲紅。銀釭侍寢留高照，青女憐嬌僞動容②。似與方平慰親老，金盤佳品不教空。

【校】

①「眡足」，抄本作「睡足」；薈要本、四庫本作「晴旭」。

②「僞」，抄本同元刊明補本；薈要本、四庫本作「爲」，亦可通。

壽唐承旨母王氏 承旨五六歲教授孝經論語於母氏①

教子堂深映謝幃，碧梧停鵲發英蕤。胭脂點額猶宮樣，懿範齊家備母儀。香裹鸞花回紫誥②，雪封梅信動橫枝。百年好在升堂拜，歲歲分香入壽巵。

【校】

①「教」，元刊明補本、抄本闕；據薈要本、四庫本補。

②「裹」，抄本同元刊明補本；薈要本作「簇」；四庫本作「裹」。

慶王彦舉太夫人九秩之壽①

花柳西池點翠妍，婺光曾現竹宫煙。年高賜幣承恩重，子孝能忠見母賢。女誡看來彤管煒②，雲花行墮誥鸞鮮。風流九十人間福，纔是平頭第一篇。

【校】

①「王」，抄本、四庫本同元刊明補本；薈要本作「王慶」，涉上而衍。「秩」，抄本、薈要本同元刊明補本；四庫本作「袠」，亦可通。按：「袠」，通「秩」。作「袠」者，蓋「袠」亦可作「袟」，「袟」、「秩」形似。

②「彤」，元刊明補本作「形」，據抄本、薈要本、四庫本改。

和樞院王仲常雪詩嚴韻

龍武新軍宿禁牆，鐵關風急走降王。雅歌望絶皇華使，朔雪春回黑帝祥。四海同風有今日，九天清吹表戎行。兩宫和氣春如水，併捲流霞入壽觴。

壽王仲常院判

顴骨清奇類左山，紅雲香軟侍天顔。處心久在升沉外，着我何妨伯仲間。密學潛隨宣底轉①，新詩清與化機閑。太平有象邊聲静，醉聽長歌入漢關。

【校】

①「宣」，抄本同元刊明補本；薈要本、四庫本作「空」，形似而誤。

題節婦甯氏手卷

蘭有幽姿竹有筠，秋霜庭户藹清芬。誦詩已矢靡他節，在禮初無再醮文。蟋蟀聲寒思曉織，莙蒿魂黯夢孤墳①。楚王祠下秋原迥，消得旌書倚碧雲。

【校】

①「砉蒿」，元刊明補本作「砉嵩」；薈要本、四庫本作「焄蒿」；據抄本改。

贈高麗樂軒李參政甥朴學士中統初予載筆中堂嘗陪先相文會且有唱和今覩高標日暮懷人不覺慨歎因賦是詩爲贈情見乎辭①

鴨緑江頭老謫仙，醉中吟諷得微言。當年翰學推賢相，此日高風得樂軒。白雪陽春元寡和，翠鸞朱鳳看同翻。鴨江秀色雞林筆②，歲歲封章入紫垣。

【校】

①「嘗」，抄本同元刊明補本；薈要本、四庫本作「常」，聲近而誤。

②「鴨江」，抄本、薈要本同元刊明補本；四庫本作「蓬山」，非。

題保定醫學劉教授慶八十詩卷

八秩光陰積慶多，笑看金狄手摩挲。前知來事疑思邈，集驗儒門似子和。藥籠功名閑等第，醉鄉風月飽經過①。雞川如畫郎山秀，好在春風十二窠。

【校】

①「飽」，抄本、四庫本同元刊明補本；薈要本作「早」。

和贈高麗鄭學士詩韻

豹管潛窺見異姿，雞林詩好動京師。恩深自比滄溟闊①，國小方姿節相毗②。寶瑟聽來多雅唱，人生樂處是新知。蓬山歸到梅花在，千樹清香醉拾遺。

【校】

①「闊」，元刊明補本作「濶」，據抄本、薈要本、四庫本改。

②「方」，抄本、四庫本同元刊明補本；薈要本作「芳」。「姿」，抄本同元刊明補本；薈要本、四庫本作「資」，亦可通。後依此不悉出校記。

和雪中鄭朴二學士金司業來訪詩韻

風雪長安撲玉塵，詩成驢背欲誰親。海東游子興不淺，醉裏微言語更真。膜拜尚思瞻國老，過門今喜得陶賓。人生適意無南北，宫錦淋漓未厭頻。

挽馮廉副壽卿友契①

漢署千官列兩曹，當時儀物聳清標。聲囊議事驚孤注，霜簡摧奸見六條。樂府名香金鳳曲②，揚橋風細月明簫。雪崖遺恨埋千古，大樹風悲日寂寥。

【校】

①「廉副」，抄本、薈要本同元刊明補本；四庫本作「副廉」。

②「曲」，抄本同元刊明補本；薈要本、四庫本作「管」。

養志堂詩　爲前江西省郎中孫居仁字謙甫作高唐人①

幾年臺省到清班，一作「聖門乘教色爲難，萊子嬰嬉舞褎班②。」游刃恢恢政務閑。順志如詹推致養，爲親捧檄即承顏。餘歡方在恩榮際，純孝初非口體間。開卷諸公足歌詠，自今錫類滿鄉關。

【校】

①「高唐人」，抄本同元刊明補本；薈要本、四庫本脱。

②「一」，元刊明補本闕；據抄本、薈要本、四庫本補。「乘」，抄本、薈要本、四庫本作「垂」。「難」，元刊明補本闕；據抄本、薈要本、四庫本補。「褎」，抄本同元刊明補本；薈要本、四庫本作「袖」，亦可通。按：褎、袖，古今字。

高麗國王謝事詔世子嗣位東還詩以送之

禁鑾東牀得象賢，遠持龍節赴真傳。静看麗海風雲契，更覺天東雨露偏。萬里寵光隆帝館，三韓春色入吟鞭。百年藩屏敦姻好，合有忠精在日邊①。

【校】

①「忠精」，弘治本、薈要本同元刊明補本；四庫本作「精忠」。

王惲全集彙校卷第二十三

七言律詩

贈西雲上人 係海雲高弟①

前日賓筵，偶遂披睹，一言當機②，口有不能言者，如雲之在天、水之在缾，不復喻其快也。謹裁鄙詩，奉爲上人一噱，某和南③。

吏用公才不易逢，茶煙都颺落花風④。登壇懸斷羣機息，面壁傳心萬法通。慧眼正來珠媚浦，浮雲飛盡月當空。虎溪公案元瀟灑，會約松軒一笑同⑤。

【校】

①「弟」，弘治本同元刊明補本；薈要本、四庫本、《中州名賢文表》作「第」，亦可通。後依此不悉出校記。

②「當」，弘治本同元刊明補本；薈要本、四庫本作「有」。

③「某和南」，弘治本同元刊明補本；薈要本、四庫本脱。「前日賓筵」至「某和南」，弘治本、薈要本、四庫本同元刊明補本；《中州名賢文表》脱。

④「都」，弘治本同元刊明補本；薈要本、四庫本作「多」。

⑤「約」，弘治本同元刊明補本；薈要本、四庫本作「酌」，非。

謝岳昭文惠新曆①

夢破敲門蝶栩翩②，一編星曆衍堯天。人憐短景催窮臘③，斗轉嚴城永日躔。天外春回龍集閹④，林梢香動紫生煙⑤。迢迢細忖宮壺漏⑥，正是昭文進德年。

【校】

①「曆」，弘治本同元刊明補本；薈要本、四庫本作「歷」，下同。

②「栩」，元刊明補本、弘治本作「祤」，薈要本作「翅」；據四庫本改。

③「窮」，弘治本同元刊明補本；薈要本、四庫本作「殘」。

④「闍」，元刊明補本模糊不清；薈要本、四庫本作「闍」；據弘治本改。

⑤「梢」，弘治本同元刊明補本；薈要本、四庫本作「間」。

⑥「忖」，弘治本同元刊明補本；薈要本、四庫本作「付」，形似而誤。

跋祈真人畫像

何處人間有洞天，青藜曾探寶珠玄。柱頭留語疑遼鶴，物外孤吟覓閬仙。木食草衣元澹泊，竹風松月自清圓。壽宮舊有燒丹竈，空憶靈砂漬夜泉。

送安參政南還汴梁 并序

參政安公與僕定交於中統初元，契闊者廿寒暑。大德戊戌春，邂逅於京師。樽酒談話，追憶疇昔，念故舊之彫零①，感歲月之易邁，情不能已者，謹以唐律爲贈，既光回旆，且寓愚意之所託云。

黑頭蚤插侍中貂，當日雲霄一羽毛。忠翊殿庭稱謹密，量吞湖海見雄豪②。風雲夢繞調元鼎，珌琫光含切玉刀③。此去斯文應有記④，豐碑還擬泰山高。

【校】

①「彫」，弘治本、《中州名賢文表》同元刊明補本；薈要本、四庫本作「凋」，亦可通。後依此不悉出校記。

②「湖」，弘治本、《中州名賢文表》同元刊明補本；薈要本、四庫本作「河」。

③「珌琫」，元刊明補本、弘治本、《中州名賢文表》作「珌奉」，非；薈要本、四庫本作「琿琫」，亦可通；徑改。按：作「珌奉」者，蓋「奉」字脱左半形符，語本《詩·小雅·瞻彼洛矣》：「鞞琫有珌。」毛傳：「鞞，容刀鞞也。琫，上飾；珌，下飾。」陸德明《釋文》：「鞞字或作琿，補頂反。《説文》云：『刀室也。』」故作「琿琫」者，亦可通。

④「記」，弘治本、薈要本、《中州名賢文表》同元刊明補本；四庫本作「託」。

題南塘居士宋公畫像卷後

南溏結夏水芝香①，對展蘇黄拜燕堂。文獻在公推故舊，琴罇娱客儘徜徉②。傷心此日空圖像，照眼庭階失雁行。白首那堪題往事，未容枯筆涕先滂③。

【校】

①「溏」，弘治本同元刊明補本；薈要本、四庫本作「塘」，亦可通。後依此不悉出校記。

②「儘」，弘治本同元刊明補本；薈要本、四庫本作「盡」，亦可通。後依此不悉出校記。

③「枯」，弘治本同元刊明補本；薈要本、四庫本作「拈」，形似而誤。

跋東門祖道圖二首

東門祖帳盛官儀，淠淠鸞旗動漢騑①。燕几道尊邊有踐，碧空雲静日重暉。飄蕭物表桑榆境②，灑落人間寵辱機。東海西邊兩丘土，至今圖畫見宫闈③。

二疏心迹本鴻冥，解紱東還弊屣輕④。劍履中朝何百位⑤，風雲高駕渺雙旌。問金奚有田廬計，歸夢都忘寵辱驚。詔獄悖然賢傅死⑥，虚勞明主問蕭生。

【校】

①「旗」，弘治本同元刊明補本；薈要本、四庫本作「旂」，亦可通。按：旗、旂，多可通。後依此不悉出校記。

②「境」，弘治本同元刊明補本；薈要本、四庫本作「景」。

③「圖」，弘治本同元刊明補本；薈要本、四庫本作「書」。

④「東」，弘治本同元刊明補本；薈要本、四庫本作「南」。

⑤「何百位」，弘治本同元刊明補本；薈要本、四庫本作「陪百辟」。

⑥「悖」，弘治本同元刊明補本；薈要本、四庫本作「浡」。

奉和寅甫學士九日迎鑾北口高韻

青山紅樹映晴霓，玉削方臺積粟西。不憚坡陀屢登陟①，喜陪朝謁共扶攜。霜風偃薄千林静，雲海蒼茫萬象低。心自屏營瞻戀切，佩聲長在筍班齊②。

翠華南下拂雲霓，駐驆軍都漢縣西③。龍虎臺高驚峻絶，蓬瀛人老許扶攜。又「鷺鴉班迫共扶攜」④。九天日月瞻光近，萬國風煙入望低⑤。佳節迎鑾得清賞，牛山初不羨東齊。

【校】

①「坡」，抄本同元刊明補本；薈要本、四庫本作「陂」，涉下而偏旁類化。

②「長」，抄本同元刊明補本；薈要本、四庫本作「常」。

③「驆」，抄本同元刊明補本；薈要本、四庫本作「驛」，形似而誤。

④「又鷺」，元刊明補本、抄本作「鷺」，據薈要本、四庫本改。「共」，抄本同元刊明補本；薈要本、四庫本作「許」。

⑤「風煙」，抄本同元刊明補本；薈要本、四庫本作「衣冠」。

過趙瓠瓜林墓

靄靄停雲有所思，樂天池上獨來時。瓠瓜散落和雲種①，籬菊扶疏趁醉移②。樽酒草堂前日夢，小山叢桂野猿悲③。挽須因憶桓伊事④，卻撫哀箏爲解頤⑤。

【校】

①「種」，元刊明補本、薈要本闕；四庫本作「墮」；據抄本補。

②「籬菊」，元刊明補本、薈要本闕；據抄本、四庫本補。「趁」，元刊明補本、薈要本闕；四庫本作「帶」；據抄本補。

③「小」，元刊明補本闕；據抄本、薈要本、四庫本補。「野」，元刊明補本、薈要本闕；四庫本作「夜」；據抄本補。

④「挽須」，元刊明補本、薈要本闕；四庫本作「揭來」；據抄本補。

⑤「哀箏」，元刊明補本作「□箏」；薈要本闕；四庫本作「松楸」；據抄本補。「頤」，抄本、薈要本同元刊明補本；四庫本作「順」。

長至日即事

睡起閒來催賀節①，牙牙紅點雁成行。灰飛琯透千門暖②，繡刺功添一線長。極壽百年驚過半，從心七秩有三霜。發身不羨錢神潤，要把青箱付寵郎。

【校】

①「閒」，元刊明補本、抄本作「門」，據薈要本、四庫本改。

②「暖」，抄本同元刊明補本；薈要本、四庫本作「遠」。

挽平章御史中丞克齋公

豸冠高聳絳爲韝，霜色横空一鶚秋。癘鬼遽來歆薤露①，泰山欻裂駭黄流。氣從温造行間見②，魂逐龍逢地下游③。反袂兩行知己淚，黄雲衰草夢西州。「西州」者，蓋閹取羊曇西州門事也④。

【校】

①「歆薤」，元刊明補本闕；薈要本、四庫本作「□日」；據抄本補。

②「見」，抄本同元刊明補本；薈要本作「魄」；四庫本闕。

③「魂逐龍逢地」，元刊明補本作「魂逐龍□□」；薈要本、四庫本作「龍逐□□□」；據抄本補。

④「西」，元刊明補本、抄本闕；據薈要本、四庫本補。「闇」，抄本同元刊明補本；薈要本、四庫本作「暗」，亦可通。後依此不悉出校記。

哭挽母弟略監使①

分攜洹水儘離愁，誰料儀真是徹頭。留別有詩驚咄咄，逝波無夢便悠悠。遠遊不負江山興，鞭策空淹管庫疇②。老子慮來非一事，後溪溪上暮山稠③。

【校】

①「挽」，抄本、四庫本同元刊明補本；薈要本作「輓」，亦可通。

②「策」，元刊明補本闕；據抄本、薈要本、四庫本補。「空淹管庫」，元刊明補本、薈要本作「管」，脱；四庫本作「誰知管樂」；據抄本補。

③「後」，諸本皆作「后」，徑改。「稠」，元刊明補本闕；薈要本、四庫本作「頭」；據抄本補。

雪後即事

一雪都城二尺强，桂珠生事日尋常。羣烏慘慘飛不下①，萬木林林凍欲僵。頭戴鶡冠甘潦倒，氣蟠尺蠖入泥藏②。早爲得放歸田去③，亦是明時盛事昌④。應璘調笑東方子□長安下自□。⑤

【校】

①「鳥」，抄本同元刊明補本；薈要本、四庫本作「烏」，形似而誤。「慘慘」，抄本、薈要本同元刊明補本；四庫本作「懆懆」，非。

②「蟠尺蠖入」，元刊明補本作「尺」，脱；薈要本、四庫本作「同尺蠖伏」；據抄本補。

③「早」，元刊明補本闕；薈要本、四庫本作「倘」；據抄本補。

④「昌」，元刊明補本闕；薈要本、四庫本作「彰」；據抄本補。

⑤「應璘調笑東方子□長安下自□」，元刊明補本、薈要本闕；四庫本作「原有注，闕」；據抄本補。

翰林即事①

有未明時翰苑仙，若爲官守揔清閒。事關軍國經綸密，道在君王顧問閒。地位敢云稱内相，仙居况復近蓬□。朝廷□□元不重，不是馮驩老更頑。

【校】

①是詩之内容，諸本皆脱，僅存詩題「即事」二字。「翰林」，據抄本、薈要本、四庫本補。正文據抄本補。

湘雲瀰月二首 是日先府君明忌日①

珍果犀錢粲洗盆，瑣窗香霧濕湘雲②。春風暖透青綾被，初度祥開貝葉文。稚竹翠含筠籜嫩③，猗蘭紅茁露芽芬。細裁百疊清江錦，留待鞶囊備帨紛④。

彩檻移春照綺窗，酒船浮臘進中堂。負暄比獻茆檐日⑤，燕寢先分鈿机香。缸燼翠凝鏘鳳蠟，蘭膏春滿洗兒湯。顧應吾父情鍾愛⑥，一笑燈前撫坐牀。

【校】

①「瀰」，元刊明補本闕；據薈要本、四庫本作「彌」。「明」，抄本同元刊明補本；薈要本、四庫本脱。「日」，抄本同元刊明補本；薈要本、四庫本作「辰」。

②「瑣」，抄本同元刊明補本；薈要本、四庫本作「鎖」，亦可通。
③「稚」，元刊明補本、抄本作「樨」，據薈要本、四庫本改。
④「帨」，抄本同元刊明補本；薈要本、四庫本作「綵」，非。
⑤「檐」，抄本同元刊明補本；薈要本、四庫本作「簷」，亦可通。按：檐、簷，同。後依此不悉出校記。
⑥「吾」，抄本同元刊明補本；薈要本、四庫本作「我」。

送杜熙正省掾考滿授四川省都事

扣門有客稱熙正，攷滿西歸得蜀除①。照眼鄉鄰韋曲好，趨程閣道劍門墟②。煙霄顧接新桃李，勳業紛翻舊簿書③。鄭重故人高左轄，雪山清興近何如。

【校】

①「攷」，抄本同元刊明補本；薈要本、四庫本作「考」，亦可通。後依此不悉出校記。
②「墟」，元刊明補本、抄本作「墟」，涉上而偏旁類化；據薈要本、四庫本改。
③「勳」，元刊明補本、抄本作「黑」，脱；據薈要本、四庫本改。

聞長春宫溪水復至①

臨漪門外碧波瀜②，又見分流入道宫。閬苑煙霞增景氣，寶山松桂動春風③。忘機静翫沙鷗雪④，潤物中涵上善功。道脈川流元一致，滔滔東注浩無窮。

【校】

①「聞」，弘治本、薈要本同元刊明補本；四庫本作「闈」，聲近而誤。

②「瀜」，弘治本同元刊明補本；薈要本、四庫本作「融」，亦通。

③「山」，元刊明補本、弘治本作「玄」，據薈要本、四庫本改。

④「翫」，弘治本同元刊明補本；薈要本、四庫本作「玩」，亦可通。按：翫、玩，本爲二字，後多可通。後依此不悉出校記。

謝徐容齋贈梅

燕釵宫額蠟粧勻，夢繞羅浮雪裏村。持贈一枝遮老眼，淡依疏影度黄昏。風流燈下佳人面，瀟洒吟邊竹葉樽。我老忘情被花惱，曲幈深鎖惜芳温。

容齋清節揚州遜，贈我官梅興寄深。宫額黄嬌渾綴蠟，綺窗香淡不盈襟。春融壺浸催先發，雪壓溪橋憶練尋①。茆舍玉堂初不間，似將渠表歲寒心。

【校】

①「練」，弘治本、薈要本同元刊明補本；四庫本作「細」。

弔鄭徵君説心 江南饒州人將年四十以氣疾死大都官舍善五星有易學注鄭氏新説①

春風雙節入閶門②，吴市東鄽遇異人。太易有靈蟠化筆③，天星飛跳見凝神。燈幽竈室驚媧畫④，槎泛銀潢掛淅津⑤。反袂兩行尼父淚，定中臺下泣吾麟。

【校】

①「説心」，弘治本同元刊明補本；薈要本、四庫本作「心」。「饒州」，弘治本同元刊明補本；薈要本、四庫本作「長洲」。「將年」，弘治本同元刊明補本；薈要本、四庫本作「年將」。

②「誾」，元刊明補本、弘治本作「誾」，形似而誤；據薈要本、四庫本改。

③「太」，弘治本、薈要本同元刊明補本；四庫本作「大」，亦可通。按：大、太，古今字。作「大」者，蓋「太」之形誤。後依此不悉出校記。

④「竈」，弘治本、四庫本同元刊明補本；薈要本作「黿」。按：竈、黿，本爲絶不通用之二字。作「黿」者，蓋「竈」省略形符而以聲符代本字耳。

⑤「淅」，弘治本同元刊明補本；薈要本、四庫本作「析」。

范徽卿風雪和林圖

天策桓桓控上遊，邊庭都付晉藩籌。河山表帶連中夏，風雪洪濛戍北樓。笑看奇謀收藥籠，未妨民賦課甌窶。丈夫志在飛而食，不讓班超定遠侯。

題劉處士墓碑後

劉君襟韻晉人清，耆舊風流有典刑。三代鼎彝資噩噩，一家鴻鵠自冥冥。胸中素貯文康訓，雲際曾瞻處士星。花落草堂人去後，鄰翁時過看埋銘①。

【校】

①「鄰」，弘治本、四庫本同元刊明補本；薈要本作「陵」，聲近而誤。

大德二年冬十一月同昭文大學士若思登太史新臺周覽儀象久之而下侍行者姪子公特①

徙倚靈臺萬象新，仰窺圓蓋偃鼇臏。龍銜都柱驚坤軸②，望入星躔候北辰。日挾陽烏符盎晷，春浮元氣上儀輪。思侔玄化稱平子，太史于今恐後身。

【校】

①「大學士」，元刊明補本、弘治本作「大學」，脱；據薈要本、四庫本改。

②「衝」，弘治本同元刊明補本；薈要本、四庫本作「沖」，聲近而誤。後依此不悉出校記。

贈不蘭奚侍御①

奕世威名大樹瀟，孫支騰秀見英標。肅清吏黠懷三畏，摩拊民瘼入六條②。烏府共推清廟器，黑頭行插侍中貂③。仕優政有詩書樂，洗耳齊竽聽舜韶。

【校】

①「不蘭奚」，弘治本同元刊明補本；薈要本作「布呼齊」；四庫本作「布呼齊」。後依此不悉出校記。

②「瘼」，元刊明補本、弘治本作「瘼」，形似而誤；據薈要本、四庫本改。

③「中」，元刊明補本、弘治本闕；據薈要本、四庫本補。

廣平毛巨源壽萱堂

百順無尊五福榮，華堂高揭緑萱名。鳳花雅負忘憂草①，蟻酒香翻獻壽觥②。蘭玉照庭連秀色③，珮環合節有儀刑④。東風細颺簾旌繡，會見鸞書下玉京。

【校】

①「草」，元刊明補本、弘治本闕，據薈要本、四庫本補。

②「蟻」，元刊明補本、弘治本闕，據薈要本、四庫本補。「獻」，元刊明補本、弘治本闕，據薈要本、四庫本補。

③「色」，弘治本同元刊明補本，薈要本、四庫本作「氣」，涉上而誤。

④「儀刑」，元刊明補本、弘治本闕，據薈要本、四庫本補。

張子惠母夫人手卷

夫人内治日嚴貞，省定歸時有訓懲①。孝感庭闈深色養②，德融民社見春凝。凱風吹棘心何切，宿草含輝樂不勝。七子有材俱茂異，慶門從此福川增。

【校】

①「省定」，弘治本同元刊明補本；薈要本、四庫本作「定省」。

②「闈」，弘治本同元刊明補本；薈要本、四庫本作「幃」，亦可通。後依此不悉出校記。

王太君授誥正月十四日拜慶家庭

隆福宫深淑景長，今年壽席倍恩光。鸞回紫誥擎來重，花覆潘輿暖更香①。象服委佗儀範遠②，兩宫朝賀佩環鏘。細傾洗玉池邊酒，常領春風拜北堂。

【校】

①「潘」，弘治本同元刊明補本；薈要本、四庫本作「璠」，非。

②「佗」，弘治本同元刊明補本；薈要本、四庫本作「蛇」，亦可通。後依此不悉出校記。

送趙提舉仲遠之順昌縣尹①

望入江城雁影翩，春風吹上洞庭船。幾年戰藝東湖上，一日觀光北斗邊。勝賞莫誇王勃序②，吟鞍歸裊繞朝鞭。詩雖六義功非易，未厭蟲魚學鄭箋。

【校】

①「送趙提舉仲遠之順昌縣尹」，弘治本同元刊明補本；薈要本、四庫本作「送趙提舉之順昌縣尹字仲遠」。

②「勝」，弘治本同元刊明補本；薈要本、四庫本作「慶」。

送李司馬任順德總尹

司馬桓桓漢徹侯，十年藩府佐邊籌。氣凌朔漠三秋雪，人在元龍百尺樓。已濟時艱完大節，又宣風化入南州。知君致澤平生事，行聽民謡擁八騶①。

【校】

①「擁」，弘治本同元刊明補本；薈要本、四庫本作「詠」，聲近而誤。

順德道中

魏勃何人擁使軺，鵲山東下半林臯。清霜原野鶻盤健，明月關河雁影高。遊宦有心空載質，辛平無策漫操刀。黄金臺上燕昭相，甘爲摳衣授六韜。

贈中山賈仲器

刻書工賈仲器，中山永平人，諱德玉。爲人誠信，多巧思。平生好讀許慎《説文》，識解字意①，故刊書之際多所助益②。衆工讓能，推爲方今第一手。近趙人朮甲氏亦稱善碑刻者③，膠書紙於石，立鐫全文，略不失真，未審與仲器所刻氣韻爲如何也④。賈今年近七旬，技精不少衰，白髮蒼顔，兩目鶻視，似恥與凡禽爲羣耳⑤。來求詩，書此爲贈。

翠琰梁停有異觀，賈生琱削近烏欄⑥。須知成己填書藝，信是春坊刻玉官。千字詸精山鬼泣，一鐙思苦夜臺寒。惜君不致山陰褉，八法從渠入木看。

【校】

①「識解」，弘治本同元刊明補本；薈要本、四庫本作「解識」，倒。

②「之際」，元刊明補本、弘治本作「際」，脱；據薈要本、四庫本改。

③「朮甲」，弘治本、薈要本同元刊明補本；四庫本作「珠嘉」。

④「如何」，弘治本同元刊明補本；薈要本、四庫本作「何如」。

⑤「羣」，弘治本同元刊明補本；薈要本、四庫本作「伍」。

⑥「琨」，弘治本、薈要本同元刊明補本；四庫本作「昆」，非。「欄」，弘治本同元刊明補本；薈要本、四庫本作「蘭」，聲近而誤。後依此不悉出校記。

己亥歲京師除夜①

住京誰計晝權錢②，戀闕心丹力不前③。干禄自慚三釜粟，借車津遣五窮船。故鄉此夜偏多感，衰鬢明朝又一年。乞得殘骸便歸去，草堂猿鶴已淒然。

【校】

①「己」，抄本同元刊明補本；薈要本、四庫本作「乙」。

②「權」，抄本、薈要本同元刊明補本；四庫本作「義」，非。

③「前」，抄本同元刊明補本；薈要本、四庫本作「全」，非。

庚子元日賀苟嘉甫授徽政院長史①

忠孝堂堂漢宇孫，更忙相見每留髡。掃愁不爲青藤酒，展賀來敲白版門。中議素高徽政府，清吟時接謝公墩。老夫幸有西池遇，東閣垂思合細論。

【校】

①「苟」，抄本、薈要本、四庫本作「荀」。

詩呈平章公①

漢家六合恢文治，雨露恩深到海涵。機務毬時傳世業，衣冠故里仰華簪。閫門飢凍心雖切，七秩歸休分亦堪。一語倘蒙天眄去②，故山春滿讀書龕。

謹按：《遺山筆録》載梁氏家世甚詳，中有云：「斗南先生今明昌二年進士③，爲人讀書精熟，喜作詩④。有幹局吏⑤，能剖繁治劇，不肯下一世之人⑥。」今公長於機務⑦，可謂有迺祖之風矣，故有「傳世業」之句⑧。

【校】

①「呈」，元刊明補本作「里」，形似而誤；據抄本、薈要本、四庫本改。

②「眄」，抄本、薈要本同元刊明補本；四庫本作「盼」，亦可通。後依此不悉出校記。

③「生今」，元刊明補本闕；薈要本、四庫本作「生登」；據抄本補。

④「詩」，元刊明補本、薈要本闕；據抄本、四庫本補。

⑤「有」，元刊明補本、薈要本作「日」；抄本闕；據四庫本改。

⑥「之」，元刊明補本、抄本、薈要本作「人」，據四庫本改。

⑦「今公」，元刊明補本、抄本、薈要本闕；據四庫本補。

⑧「之句」，抄本同元刊明補本；薈要本、四庫本作「之句附于詩左」。

雲卿郎中方以嗣續致慮側聞弄璋喜作詩爲賀

平生陰德爛于門，況復昌黎一氣氳。詩夢占祥元有兆，大賢之後豈無人。蘭芽秀茁根初異，海果生遲實自珍。我老喜爲湯餅客，一樽光動竹亭春①。

【校】

①「樽」，抄本同元刊明補本；薈要本、四庫本作「杯」。

夢昇天詩

庚子春正月壬午日夜，夢天風吹來，星漢未曙，梯雲上征，極天宇而止。予倚雲下視，倒景四垂①，滉瀁滅沒，有不可望焉者。既而，覺清寒逼人，神思飄揚②，毛髮爲森竪也。遂躡空而下，入道宫③，與張仙翁遇，良久出。翠拂紫端④，相遺而悟⑤，聞夜漏下廿刻矣⑥。予平日異夢甚多，皆莫之比，因作詩以記其祥⑦。

沉沉玉漏三更後，鵬背扶摇九萬摶，彤管夢傳江令筆，紫袍歸抱上巖端。蒼溟赤日瞻天近⑧，碧落銀河照眼寬。欲躡帝關誰汝畫⑨，九霄風露不勝寒。

【校】

①「景」，抄本同元刊明補本；薈要本、四庫本作「影」，亦可通。後依此不悉出校記。

②「揚」，抄本同元刊明補本；薈要本、四庫本作「颺」，亦可通。按：作「颺」者，涉上字而偏旁類化。後依此不悉出校記。

③「宫」，抄本同元刊明補本；薈要本、四庫本作「室」。

④「拂」，元刊明補本、抄本作「弗」，據薈要本、四庫本改。後依此不悉出校記。

⑤「悟」，抄本同元刊明補本；薈要本、四庫本作「寤」，亦可通。後依此不悉出校記。

⑥「聞」，抄本同元刊明補本；薈要本、四庫本脱。

⑦「記」，抄本同元刊明補本；薈要本、四庫本作「紀」，亦可通。按：紀，通記。作「紀」者，「記」之聲誤。後依此不

悉出校記。「祥」，抄本同元刊明補本；薈要本、四庫本作「詳」。

⑧「赤」，抄本、四庫本同元刊明補本；薈要本作「出」。

⑨「關」，抄本同元刊明補本；薈要本、四庫本作「廷」。

繼張參政守歲詩韻兼寓鄙懷　道號秀江

官冷何心日九遷，雀羅庭户任蕭然。盍簪省闥何三益①，珥筆螭頭整八年。臘味漫斟燕市酒，春風誰送米家船。西山日薄歸應晚②，自斷行藏不問天。

【校】

①「盍」，元刊明補本、抄本作「闔」，涉下而偏旁類化；據薈要本、四庫本改。「何」，抄本同元刊明補本；薈要本、四庫本作「和」，聲近而誤。

②「薄」，抄本同元刊明補本；薈要本、四庫本作「暮」。「應」，抄本同元刊明補本；薈要本作「來」；四庫本作「何」。

庚子正月十一日夜夢中丞崔公顧揖間已知身故談笑眄睞殆若平生殊朗然也①

宿霧紅蒸海日曈②，分明來與一樽同。煙開紫檜門𡺳外③，思遶金根豹尾中。鐵柱高標臺閬在，遊魂淒斷夜堂空。一宵鬼伯相催去，天上人間獨有公。

【校】

①「眄」，薈要本同元刊明補本；抄本、四庫本作「盼」，亦可通。後依此不悉出校記。

②「霧」，抄本同元刊明補本；薈要本、四庫本作「露」。

③「檜」，抄本同元刊明補本；薈要本作「閣」；四庫本作「禁」。「𡺳」，元刊明補本闕；薈要本、四庫本作「闌」；據抄本補。

介郡君王太夫人壽

寶香鸞誥鬱宫羅，春動麻姑送酒歌。森玉階庭花映坐①，試燈門巷月舒波②。華筵燕喜乘軒貴，白髮光陰得壽多。五福人間誰似得③，金盤傾露醉紅螺。

【校】

①「坐」，抄本同元刊明補本；薈要本、四庫本作「座」，亦可通。後依此不悉出校記。

②「巷」，抄本同元刊明補本；薈要本、四庫本作「下」，非。

③「似得」，抄本同元刊明補本；薈要本、四庫本作「得似」。

送曠秀才奎東還廬陵序①

奎家世吉州安成人②，幼讀父書，弱冠游學四方。歲丁酉，由長沙泛荆湘，泝巴蜀，寓錦城。邂逅高相，一見傾蓋，留連二歲。戊戌春，學士菊巖降香至蜀，會於錦官。辱相知，夜雨連牀，春風嘯詠，臨別且贈以言，而有天都之約。會有司以茂異舉達之風憲，適高相移鎮江浙，附驥東來，分攜於驪山之下。臘月抵京師，諸公協薦於春官，但奎以親老家貧，倚門有望而動高堂式微之嘆，遂丐之當途③，欲安分義，俾行省於學官委任焉。因賡嚴韻爲餞④，且寄聲左相高公云。

廬陵俊造以奎名，投刺來登北海瀛。白璧定交高祖義⑤，錦官持論蜀江清⑥。幾年書劍悲游宦，一曲滄浪聽濯纓。聞説歐詹歸有得⑦，停雲回首夢柴荆。

【校】

①「序」，抄本同元刊明補本；薈要本、四庫本作「并序」。

②「世」，抄本同元刊明補本；薈要本作「世居」；四庫本作「世爲」。

③「途」，抄本同元刊明補本；薈要本、四庫本作「塗」，亦通。後依此不悉出校記。

④「餞」，抄本、薈要本同元刊明補本；四庫本作「饑」，形似而誤。

⑤「祖」，抄本同元刊明補本；薈要本、四庫本作「相」，形似而誤。

⑥「官」，元刊明補本、抄本作「宫」，形似而誤；據薈要本、四庫本改。

⑦「得」，抄本同元刊明補本；薈要本、四庫本作「德」，亦可通。後依此不悉出校記。

大德四年五月中旬余從太史郭若思求畫周文公肖像者數日竟以事奪因作此詩以見鄙意幸賜采覽

十年寤寐周公像，幾嚮軒墀拜紞紘①。宗祖配天終北面，洗兵而雨見東征②。道存履舄歌狼跋，天動威靈表聖誠。久矣吾衰嗟不復，仰儀臺下候神礽③。

【校】

①「紞」，元刊明補本、抄本作「髧」，聲近而誤；據薈要本、四庫本改。

②「而」，抄本同元刊明補本；薈要本、四庫本作「回」，形似而誤。

③「礽」，抄本同元刊明補本；薈要本、四庫本作「明」，非。抄本後有「一作思將玉振繼金聲」。

賀威衛王公壽

威尉厖眉七秩春，不車不杖曳朝紳。氣嚴樞筦王猷壯，光動蛟龍羽扇新。衛武賦詩仲敬仰①，廉頗一飯見精神。因公重惜麒麟筆，待與金城老寫真。

【校】

①「伸」，抄本同元刊明補本；薈要本、四庫本作「申」，亦可通。「敬仰」，元刊明補本、抄本、薈要本、四庫本作「儆抑」，皆非；徑改。按：作「抑」者，蓋「仰」之形誤；作「儆」者，蓋涉下字從「人」而偏旁類化。

無盡藏

山海沉雄斗極邊，洹江東匯玉爲淵。停雲晴佇思親望，繡帟香翻上冢船①。山色水光無盡極，竹風松月共清妍。千年山立梁中憲，長與坡仙共一天。

【校】

①「帟」，抄本同元刊明補本；薈要本、四庫本作「帶」，形似而誤。「翻」，抄本同元刊明補本；薈要本、四庫本作「翩」，形似而誤。「冢」，抄本同元刊明補本；薈要本、四庫本作「塚」，亦可通。後依此不悉出校記。

壽梁太夫人

雲開真館桂華新，婺彩穿簾瑞靄氤①。羽翼兩朝梁左相，起居八座太夫人。香翻錦字鸞回誥，花滿金盤脯擗麟。聞説麻姑來獻壽②，一杯春露從平津③。

【校】

①「氤」，抄本、薈要本同元刊明補本；四庫本作「氲」，非。

②「説」，抄本同元刊明補本；薈要本、四庫本作「道」。

③「從」，抄本同元刊明補本；薈要本闕；四庫本作「餉」。

贈相士李達

蒼狗雲衣耐事何，都城風物閲人多。神光爛爛開巖電，法語琅琅振玉珂。每詫奇顱觀慶曆①，閑評均幹過銅駝②。春融不逐秋陽老，一笑西風付踏歌。

【校】

①「奇顱」，抄本同元刊明補本；薈要本、四庫本作「顱奇」。

②「均」，抄本同元刊明補本；薈要本、四庫本作「鈞」，亦可通。後依此不悉出校記。

題無名亭詩 并序①

韓右司雲卿築亭於所居後圃，不侈不陋，面勢軒檻，爽朗靖深②，窈而有容。公餘，盤礴披玩法書名畫其間，心適體胖，沖然有得。所收家數内，陳無名卷最爲之冠③。其文甚蔚，如春雲出谷，態度不一，信可怡悦而友也。用扁爲亭名，且見夫主人平昔篤志立行，務造實理，不事表襮之意④。喜爲賦詩以歌詠之，其詞曰：

朝回守口澹於鉼，觸事初無寵辱驚。道自上經元有説，顔瞻新扁本無營。書傳遺帖三倉古⑤，坡構高堂以雪成⑥。快意只須揮麈議⑦，出門一笑大江横⑧。

【校】

①「并序」，抄本同元刊明補本；薈要本、四庫本脱。

②「靖」，抄本同元刊明補本；薈要本、四庫本作「静」，聲近而誤。

③「卷」，元刊明補本、抄本、薈要本闕；據四庫本補。

④「瀑」，抄本同元刊明補本；薈要本作「暴」，亦可通；四庫本作「曝」，聲近而誤。後依此不悉出校記。

⑤「三」，抄本、薈要本同元刊明補本；四庫本作「如」，非。

⑥「坡」，抄本同元刊明補本；薈要本、四庫本作「披」，形似而誤。「以」，抄本同元刊明補本；薈要本作「一」；四庫本作「似」。

⑦「揮膚」，抄本同元刊明補本；薈要本、四庫本作「輝獻」。

⑧「一」，抄本、四庫本同元刊明補本；薈要本作「長」。

題萬知府瑞麥圖　二岐至五岐者①

汝南今歲麥連雲，一氣祥蒸德化循。春露潤含千壟秀，薰風披拂五岐新。嘉禾共穎宜同頌，神草聯莖恐謾珍。旌異潁川元有例②，會聽增秩佐經綸。

【校】

①「者」，弘治本同元刊明補本；薈要本、四庫本脱。

②「潁」，元刊明補本、弘治本作「穎」，據薈要本、四庫本改。後依此不悉出校記。

送李景山宣慰夜郎仍用留别詩韻①

雪山瀘水兩迢嶢②，天暢恩威壯本朝。萬卷堂中人寂寂，雙旌門外馬瀟瀟。雄文喻蜀知無敵，虎帳垂弨不待招③。許國壯心如此健，夜郎風教儘敷條。

【校】

①「留」，元刊明補本、弘治本闕；據薈要本、四庫本補。

②「嶢」，弘治本同元刊明補本，薈要本、四庫本作「遥」。

③「帳」，弘治本同元刊明補本；薈要本、四庫本作「韔」，聲近而誤。

感舊書懷

宮漏穿花隔掖垣，彤庭雲静鎖秋煙。中堂載筆三千牘，玉署觀光四十年。麟獲削成周柱史，座寒誰憶廣文氈。應憐春草東郊思，老馬何心覬二天。

簾筆

貯雲含霧來江浙，紗罩金盤舞鳳纖。裁剪細筒裝紫穎①，卷舒彤管束紅簾。鼠鬚挫鋭藏燕拂，内史傳經寄道龕。自是陸卿多巧思，猩毛貂尾兩無慚。作者南江陸秀卿②。一作「誰是玉堂龜鶴手，夜深仙火倚雲參。」③

【校】

①「剪」，弘治本同元刊明補本；薈要本、四庫本作「翦」，亦通。後依此不悉出校記。

②「江」，元刊明補本、弘治本作「工」，據薈要本、四庫本改。

③「手」，弘治本同元刊明補本；薈要本、四庫本作「夜」。「夜深」，弘治本同元刊明補本；薈要本闕；四庫本作「蓬瀛」。「倚」，弘治本作「奇」；薈要本、四庫本作「寄」。

送不蘭奚行臺中丞

漢家三十六將軍①，忠孝如君萃一門。痛惜鯨波吹屬甲，盡將臺憲付諸孫。維持根抵餘忠厚②，包總時情貴直溫。攬轡澄清吾志在，風沙先霽石城昏。

【校】

①「三」，弘治本、薈要本、四庫本作「二」。

②「抵」，弘治本同元刊明補本；薈要本、四庫本作「底」，亦可通。

寄何參政

郎山山下讀書堂，萬卷芸香綴夜光。贊善皆推東道主①，賢參高臥北窗涼。林烏返哺犍爲守，易水悲風劍客鄉。擊筑會傾高麥酒，滿壇秋草酹昭王。

【校】

①「皆」，元刊明補本、弘治本、《中州名賢文表》作「昔」，據薈要本、四庫本改。

贈雕鍬石抹世亨①

石郎來自汝之墳②，性解雕鍬到奪真。一握鋃刀修月巧，滿龕龍像雨花紛。趨庭過我求名諱，刻木先君表世臣。家廟薦蘋吾祭在，露堂冠佩待三薰。

【校】

①「石抹世亨」，弘治本同元刊明補本；薈要本、四庫本作「舒穆嚕世亨」。

②「石」，弘治本、四庫本同元刊明補本；薈要本作「舒」。

贈道者李雲叟

道人姓李氏，諱道謙，出東齊世家。年十六，歘有悟，棄家入道，禮丹陽馬公高弟劉爲師。既冠，長游諸方洞天，參求玄契。又嘗闤居於陝，多積静功，時人以有道許之，今主東雍之神霄宫。曰「雲叟」者，蓋其别號云。昔王逸少與謝安石嘗東遊海嶠，飄然有雲霞高舉之志，今亦以是稱，豈其遺意耶？秋澗翁敘①。

生龜脱筒豈易事②，假手柱史驅羣魔。平生繕性契真訣，萬慮刳中付踏歌③。遼鶴歸飛三島近，道心安處一瓢多。超然獨立雲霞表，浩浩流光看擲梭。

【校】

①「敘」，弘治本同元刊明補本；薈要本、四庫本作「序」，聲近而誤。

②「筒」，弘治本同元刊明補本；薈要本、四庫本作「笥」，形似而誤。

③「慮」，弘治本同元刊明補本；薈要本、四庫本作「應」，形似而誤。

題葛氏臨漳五福堂　係葛經歷潤玉弟椿字壽之①

澮澮河流紫陌長，青林東下望臨漳。蒼煙拱木三臺里，書葉翻香五福堂②。通德絳帷多故老，謝家庭樹見諸郎。兩公出處存深意③，嘗記吾親話故鄉④。

【校】

①「係葛經歷潤玉弟椿字壽之」，弘治本同元刊明補本；薈要本、四庫本脱。

②「葉」，弘治本同元刊明補本；薈要本、四庫本作「頁」，非。

③「存」，弘治本同元刊明補本；薈要本、四庫本作「有」。

④「話」，弘治本、薈要本同元刊明補本；四庫本作「託」。

龜詩　閆學士①

數尾已知三百歲，息胎更活幾千齡②。誤投罝網寧無夢③，曾獻箕疇信有靈。好共鶴嬉當碧逕，莫追鼇負向滄溟④。松間竹下婆娑地⑤，長伴霜髯老壽星。

【校】

①「閆學士」，弘治本同元刊明補本；薈要本作「閻學士屬」；四庫本作「呈閻學士」。

②「齡」，元刊明補本、弘治本作「年」，據薈要本、四庫本改。

③「罝」，元刊明補本、弘治本作「且」，半脱；據薈要本、四庫本改。

④「追」，弘治本同元刊明補本；薈要本、四庫本作「趨」。

⑤「婆娑」，弘治本同元刊明補本；薈要本作「婆娑」；四庫本作「婆婆」，涉上字而誤。

送僧印東還鍾離詩 并序

予寓居安貞里，東行百舉武有精舍曰「文殊」。僕方謝事需命，間一往焉。與僧法印號無文晤言，以適吾懷。因知師系出濠之郭氏，其先東平人。祖班，嘗爲弋陽部將，死王事，給葬於光①。父珍，亦爲州之機宜官。師幼讀儒書，長習陰陽、風角等術。既而悟塵世虚幻，遁入招信嘉山，尋師學浮圖法②。清修苦行，致價重一時，爲兩淮朱制閫所尊敬，特起華嚴禪院爲棲息之所。仍誦其品目，追報母恩。江淮平，飛錫五臺，禮文殊光相。遂抵京師，參叩叢林③，富觀大乘氣象。其安心枯寂④，脱屣榮利，飄飄然如孤雲野鶴，任其去來，若不爲形迹所累者。因其東歸⑤，賦詩以贈。其辭曰⑥：

鍾離老衲印無文，燕薊長遊寄此身⑦。一片野雲横碧落，半窗寒日弄游塵。經龕入定依殘供，帝里相逢有故人。我亦天涯倦遊客，幾回歸卜問通津。

【校】

①「給」，弘治本同元刊明補本；薈要本作「後」；四庫本作「遂」。「光」，弘治本同元刊明補本；薈要本、四庫本作「此」。

②「浮圖」，弘治本作「浮圖」；薈要本、四庫本作「浮屠」。

③「叩」，弘治本同元刊明補本；薈要本、四庫本作「印」，形似而誤。

④「氣象。其」，弘治本同元刊明補本；薈要本、四庫本作「其氣象」，倒。

⑤「因」，元刊明補本、弘治本、薈要本作「泝」，據四庫本改。

⑥「辭」，弘治本同元刊明補本；薈要本、四庫本作「詞」，亦可通。後依此不悉出校記。

⑦「長」，弘治本同元刊明補本；薈要本、四庫本作「常」，亦可通。後依此不悉出校記。

保定曾總管清隱亭詩卷

平生不識將軍面，開卷題詩得姓名。清隱已安三徑樂，賓筵時雜五侯鯖。春郊羽獵來緹騎，煙渚沙鷗有憶盟。聞説懿公多賜物，過門求閲儘名卿。

餘慶堂

銅臺趙御史

雁塔題名奕葉香，教開娩婉亦知方①。須知培植根基厚②，遂見滋榮世業昌。沙麓昔聞王氏積，桂華今接竇家芳。豸冠高映斑衣爛，歲歲春風拜北堂。

【校】

①「娩」，弘治本、薈要本同元刊明補本；四庫本作「婉」。「知」，弘治本同元刊明補本；薈要本、四庫本作「多」。

②「須」，弘治本、薈要本同元刊明補本；四庫本作「需」，聲近而誤。

慶耶律秘監九秩之壽 大德辛丑九月初①

郫離山色照中華，孝繼忠傳自一家。閲世光陰緣服食，過庭詩禮儘柔嘉。啓期榮樂神多與，衛武箴規慶未涯。見説壽筵香霧暖，誥恩行墮五雲花。

【校】

①「丑」，薈要本、四庫本同元刊明補本；弘治本作「五」，形似而誤。「九」，弘治本同元刊明補本；薈要本、四庫本作「三」。「初」，弘治本、四庫本同元刊明補本；薈要本作「初七」。

贈雪堂

雲間徙倚妙高臺，蠡吹喧喧海會來。佛界雨花香有信，石塘流水静無埃。過溪破界東林約，乞米藏書李勉哀。想得大千香積供，維摩方丈白皚皚。

題順德天寧方丈[1]

水晶心孔碧雲思，方外高閑有阿師。滿院緑陰人别後，一欄紅藥客來時。簾扉掩映鑪煙直[2]，僧榻留連茗椀遲。何處虚舟虚未得，冷翻吟棹衆波隨。

【校】

①「題」，弘治本同元刊明補本；薈要本、四庫本作「贈」，未審文義而妄改。

②「掩」，元刊明補本、弘治本作「照」，據薈要本、四庫本改。「鑪」，弘治本同元刊明補本；薈要本、四庫本作「爐」，亦可通。後依此不悉出校記。

送荆書記幹臣北還詩 并序

幹臣參議覆事南來，與余遇於襄國，連日道舊，契闊之懷豁如也。君素能詩，及得日本諸作，清雄奇麗，拂拂然挾海上風濤之氣，令人豈勝嘆賞。且聞駕海之舉，千載盛事，然江海之險非丘陵可比，若以衣裳鱗介論之，任責者當以萬全爲言。因賾鄙詩，敢以略及。

邁往凌雲見妙年，東征書檄更翩翩。萬艘瀛海參戎畫①，九點齊州漫野煙。卉服終期歸禹貢，異聞無復訪奝然。舞干不作三苗舉②，好爲清朝論萬全。

【校】

①「瀛」，元刊明補本作「贏」，據弘治本、薈要本、四庫本改。

②「干」，薈要本、四庫本同元刊明補本；弘治本作「于」，形似而誤。

董氏家庭拜慶詩

順德少尹董君舜卿太夫人蘇氏系出冀州大家，今年九十有四，起居飲啖，精健如五六十人。以董氏論之，親老而壽，家温而禄，雖云賦予攸厚，亦孝感所致而然①。壬午夏季十有三日，蓋拜慶辰也，求歌詩以爲榮②，謹書此以侑壽觴之末。

婺光分秀下含真，來閲人間百歲春。子孝每能忠作訓，家肥還自德爲鄰。庭萱吐鳳明珠樹，蓮葉翻香濕繡裍③。一曲南薰薦蒲酒，慶筵長對歲華新。

【校】

①「而然」，弘治本同元刊明補本；薈要本、四庫本脱。

②「求歌詩以爲榮」，弘治本同元刊明補本；薈要本、四庫本作「以歌詩求榮」，倒。

③「繡」，元刊明補本作「鏽」，據弘治本、薈要本、四庫本改。後依此不悉出校記。

近按部襄國提舉張子厚爲僕留連者月餘既而得代裕如也因念其治燕南鐵官之最不旬時同僚給浄由以付張子之臨財莅政其爲人廉幹可知已將行以贈言爲榮喜書此以貽①

三十年來舊弟昆，紫髯落落照鄉鄰。白圭磨徹光無玷，青眼看餘分更親。均幹有方留後法②，泳游何患作潛鱗。一杯回首河橋柳③，亂擺春風約去塵。

【校】

①「之最」，弘治本同元刊明補本；薈要本、四庫本作「之人最」。「不旬時」，弘治本同元刊明補本；薈要本作「爲不苟」；四庫本作「不可得」。「給浄由以付」，弘治本、四庫本同元刊明補本；薈要本作「争出財以助」。「爲人」，弘治本同元刊明補本；薈要本、四庫本作「爲」，脱。

②「幹」，元刊明補本作「斡」，據弘治本、薈要本、四庫本改。

③「首」，弘治本、四庫本同元刊明補本；薈要本作「看」，非。

挽中書左丞魯齋許公

經綸根極自朱程，小學從容到大行。安漢固當煩綺聘，要湯初不待伊烹。辯奸素有批鱗直①，旌墓當書積善銘。兩夜天官臺下夢②，分明危坐話平生。

【校】

①「辯」，弘治本同元刊明補本；薈要本、四庫本作「辨」，亦可通。後依此不悉出校記。

②「兩」，弘治本、四庫本同元刊明補本；薈要本作「雨」，形似而誤。

庚伏日大雨

屏翳驅雲障日昏，雄風吹雨怒翻盆。天高地厚初無際，電激霆砰入併吞①。造化有神藏妙用，枯焦回潤沛深恩。客窗更喜終宵爽，滌盡煩歊夜氣存。

【校】

①「併」，弘治本同元刊明補本；薈要本、四庫本作「并」，亦可通。後依此不悉出校記。

廣宗董主簿二親同壽八十求詩爲慶

七十人間古已稀，況登八秩壽眉齊。慶延爲厚于門積，松茂同欺鵲嶺低。棣蕚堂深鴒接翼，碧梧枝老鳳雙棲。年年長至花開候①，滿泛春風薦玉盞②。

【校】

①「候」，弘治本同元刊明補本；薈要本、四庫本作「後」，聲近而誤。

②「盞」，弘治本同元刊明補本；薈要本、四庫本作「蠡」。

留別鎮陽諸公

梧桐葉上雨瀟瀟，涼透疏簾夜寂寥。長往有懷深霧隱，虚聲何意望弓招。三年滹水人情好，千里維揚去路遥。多謝諸公挽留意，敢將衰謬枉清朝。

哀清和公

振轡咸池挾日飛，識先秦府帝圖輝①。氣緣剛果疏沉慮，變出倉皇落駭機②。尚賴聖朝明朴直③，豈防讒口重緋衣。誰令諸武留遺育，悵望燕雲借敬暉④。

圖回東别鶴鳴軒，脱卻山衣相有元。汲直寢謀推國老，羽淵沉鯀認綸言⑤。參旗不掩千年氣，楚些難招九死魂。欲雪絳冤吾舌在，有書無路達天閽。

【校】

①「帝」，弘治本同元刊明補本；薈要本、四庫本作「帶」，形似而誤。

②「旤」，弘治本同元刊明補本；薈要本、四庫本作「禍」，亦可通。按：旤、禍，古今字。後依此不悉出校記。

③「朴」，弘治本同元刊明補本；薈要本、四庫本作「樸」，亦可通。後依此不悉出校記。

④「燕」，弘治本同元刊明補本；薈要本、四庫本作「煙」，聲近而誤。

⑤「認」，弘治本同元刊明補本；薈要本、四庫本作「論」，涉下而誤。

詩送宋克温郎中北還

神駼出水氣凌雲，一顧曾空冀北羣。雞舌賜香封事秘①，紫宸陪仗絳纓紛。茂陵弓劍空秋草②，麟筆公侯削魯文。從騎不愁逢醉尉，暮歸猶識舊將軍。一作「茅屋兩椽書萬卷，門前冠蓋總浮雲。」③

【校】

①「賜」，弘治本同元刊明補本；薈要本、四庫本作「試」。「秘」，四庫本同元刊明補本；弘治本、薈要本作「祕」，亦可通。後依此不悉出校記。

②「劍」，弘治本同元刊明補本；薈要本、四庫本作「箭」，聲近而誤。

③「椽」，弘治本同元刊明補本；薈要本、四庫本作「檐」。「總」，弘治本同元刊明補本；薈要本、四庫本作「盡」。

西池幸遇詩

壬午歲十月十二日，某以《承華事略》求見①，引見者工部尚書張九思。巳刻，拜太子於宮西射圃内，比前，命近侍趨入者再。既見，問「秦始皇何如主」，某以「所行過暴」爲對。太子首讀《明分篇》，問漢成帝不敢絶馳道事，喜甚，至輟射繙閲，悉問其各篇主意②，張九思、朮忽乃略爲應對③。讀訖，以書付董八哥④，會静時細聽。未末⑤，賜酒。霑醉而出⑥。

射殿風清巳午間，曳裾挾策拜隆顔⑦。首詢帝子龍樓召，喜輟犀弓偃月彎⑧。葵藿儘酬承日志，簡編不負半生閑。滿樽春露霑恩處，光動西池玉筍班。

【校】

①「某」，弘治本同元刊明補本；薈要本、四庫本作「惲」，下同。

②「主意」，弘治本同元刊明補本；薈要本作「主意所在」；四庫本作「主意□□」。

③「术忽乃」，弘治本、薈要本同元刊明補本；四庫本作「舒固鼐」。

④「書」，弘治本、四庫本同元刊明補本；薈要本作「書□□」。「董八哥」，弘治本、薈要本同元刊明補本；四庫本作「近侍董布格」。

⑤「未末」，弘治本同元刊明補本；薈要本作「本末」；四庫本作「未刻」。

⑥「霑」，弘治本同元刊明補本；薈要本、四庫本作「沾」，亦可通。按：沾、霑，古今字。下「霑恩」同。後依此不悉出校記。

⑦「隆」，弘治本同元刊明補本；薈要本、四庫本作「龍」，亦可通。按：作「龍」者，涉下「龍樓」而誤「隆」爲「龍」。

⑧「彎」，弘治本、薈要本同元刊明補本；四庫本作「灣」，亦可通。

挽元倅善長

危弁長遊士子間①，襟顔相接藹於蘭。身緣吏隱多時尚，事與心違仗酒寛。千日醉吟愁儘在，一朝臥病衆知難。空懷去歲中秋會，六郡歌頭聽細攤。今春酌别鎮東門，誰料歸來便哭君。每愛醉歌增忼慷②，若論友義更慇懃③。谷駒夢杳驚炊甗，塞雁行疏斷朔雲④。撫卷題詩倍惆悵，有知當徹九泉聞。

【校】

①「弁」，弘治本同元刊明補本；薈要本、四庫本作「并」，形似而誤。

②「忼慷」，弘治本同元刊明補本；薈要本作「忼慨」；四庫本作「慷慨」。

③「義」，弘治本同元刊明補本；薈要本、四庫本作「誼」，亦可通。「慇」，弘治本、薈要本同元刊明補本；四庫本作「勤」，形似而誤。

④「塞」，弘治本同元刊明補本；薈要本、四庫本作「寒」，形似而誤。

贈張詹丞子有二首

一拜龍顔見赫臨，繼開詹府更良箴。抗言博士議當取①，端本後朝緣自今。千慮徒懷愚者料，片芹難盡野人心。儻蒙銀字霑恩去②，未礙東山擁鼻吟。

中護名香鶴禁深，津津芝宇見雄沉③。兩坊春色煙花地，一片丹誠羽翼心。夜浸不容侵翠鑰，布衣仍籍口華箴④。五雲常近前星潤⑤，正要乘時作傅霖。

【校】

①「抗」，抄本同元刊明補本；薈要本、四庫本作「執」。

②「儻」，抄本同元刊明補本；薈要本、四庫本作「倘」，亦可通。「宇」，抄本、四庫本同元刊明補本；薈要本作「宇」，形似而誤。

③「沉」，抄本同元刊明補本；薈要本、四庫本作「襟」，非。

④「籍」，薈要本同元刊明補本；抄本、四庫本作「藉」，亦可通。後依此不悉出校記。「口」，抄本、薈要本闕；四庫

本作「盍」。「箴」，抄本同元刊明補本；薈要本、四庫本作「簪」，非。

⑤「常」，抄本同元刊明補本；薈要本、四庫本作「長」。

贈史中丞并王高二侍郎

朔吹驚翻白錦鷹①，槍揚還復籍飛騰②。嚴城鐘鼓殘更月，客舍風霜半夜燈。老境幾何心未已，清時有味愧無能。一麾儻便公私去，大是生平幸不勝③。

【校】

①「朔」，抄本同元刊明補本；薈要本、四庫本作「天」。

②「槍」，抄本、薈要本同元刊明補本；四庫本作「搶」。

③「是」，抄本同元刊明補本；薈要本、四庫本作「事」。

贈趙禹卿

燕市分攜又六年，眼中雙鬢兩皤然。橐金周急爲真樂，畎畝思君類昔賢①。韋曲去天纔尺五②，田文食客尚三千。相看一笑風神在，不似長鯨吸百川。

【校】

①「畎」，抄本同元刊明補本；薈要本作「畝」，涉下而偏旁類化；四庫本作「猷」，非。

②「尺五」，抄本、薈要本同元刊明補本；四庫本作「五尺」。

壽楊奉御玉郎①

黑頭宜插侍中貂，華岳秋高見準標②。滿眼風雲承眷顧，四科言語獨超遥。時陪彩鳳巢阿閣，又領春光上柳條③。端尹後朝斯任重，祝君眉壽等松喬。

【校】

①「玉」，抄本同元刊明補本；薈要本、四庫本作「五」。

②「準」，抄本同元刊明補本；薈要本、四庫本作「隼」，非。

③「光」，元刊明補本闕；薈要本、四庫本作「暉」；據抄本補。

贈楊吏部子裕

載覲清揚又六年①，充庭儀鳳更翩翩。事條不獨山公啓，風鑑能知漢相賢。黄散許除伸素志，銓衡停允正吾權。春風密鎖天官署，長訝唐人綬所先②。

【校】

①「揚」，元刊明補本、抄本作「楊」，據薈要本、四庫本改。

②「長」，抄本同元刊明補本；薈要本作「當」；四庫本作「常」。

劉禮部歸國詩卷①

朱邸同文易舊傳，使華光動海西堧。十年都護清如水，百險歸來雪滿船。壯節氣凌殷侑序，苦吟忠到子卿氈②。錦窠未是春風地，會見吹噓侍日邊。

【校】

①「劉禮部歸國詩卷」，抄本、四庫本同元刊明補本；薈要本此詩闕。

②「苦」，元刊明補本闕；四庫本作「悲」；據抄本補。

贈崔中丞①

秀拔冰天一氣晶，幾年宮閣作先聲。閉門著論驚崔寔②，審勢陳書似賈生。鐵柱宛從貂珥出，簡霜能肅柏臺清。堂堂正有文貞笏，繫暴摧奸是小成③。

【校】

①「贈崔中丞」，抄本、四庫本同元刊明補本；薈要本此詩闕。

②「寔」，抄本同元刊明補本；四庫本作「實」，非。

③「摧」，元刊明補本作「榷」，據抄本、四庫本改。

月波引清商六調其一寒光相射其二冷侵牛斗其三静聽龍吟其四遊魚躍浪其五風蹙成紋其六深夜回舟雙溪相公首唱和韻者澹游張緯文僧木庵趙虎巖著苗君瑞之姪良弼求詩於余勉爲奉和以續五賢之右①

露洗金波蕩碧空，清商傳調自天風。看來冷浸雲間斗，聽久幽吟水底龍。孤棹泛溪回雪夜，跳魚翻藻避蛟宫。一彈曾感神人暢，何翅平公爲斂容。

【校】

①「月波引」至「五賢之右」，抄本、四庫本同元刊明補本；薈要本是詩闕。「首一紀」，弘治本闕；抄本作「首□

紀」；四庫本作「首唱和」。「木庵」，弘治本同元刊明補本；四庫本作「本庵」，形似而誤。「苗」，元刊明補本、弘治本作「茁」，據四庫本改。

謝平章聰山公見惠東陽佳醞大同枸杞

書院春風静掩關，洞庭春浪漲滄灣①。雲腴釀自東陽酎，仙杞香來大若山。二物并遺沾雅貺，一樽端爲駐衰顔。應慚潦倒登瀛客，尚覬哀憐賜珮環。

【校】

①「浪漲」，弘治本同元刊明補本；四庫本作「漲浪」，倒。

王惲全集彙校卷第二十四

七言絶句

寄張孝先

愛而不見我心勞，好在天池刷羽毛。一曲紫簫風露泠，黑山無際月明高①。

【校】

①「明」，抄本、薈要本同元刊明補本；四庫本作「輪」。

寄贈王嘉父

十日休閑一到衙，冷官滋味賈長沙。醉歸多趁湖南月，馬上披香直到家。

送王子冕天壇行香①

山川望秩走星軺，藩府懷賢夢想勞。不爲碧雞金馬異，漢家優禮起王褒。

【校】

①「冕」，抄本同元刊明補本；薈要本、四庫本作「勉」。

蕭徵君哀詞

東瀛先生，有道之士也。予以里閈故①，獲展履綦之拜，蓋十有一年矣。今茲云亡，謹摭其見聞之實，作追懷詩六首②，姑達乎感慨云耳③。

圯上求書約重過，豈期遐想仰山阿④。適來適去公常事，親見先生曳杖歌⑤。

含悲空炷影前香，風袂泠然返帝鄉。鶴馭不來塵世隔，芙蓉城闕月茫茫⑥。

李白長鯨汗漫期，秋山魂冷未來歸。傷心執紼西州路⑦，何止羊曇淚滿衣。

鬱鬱佳城晝不開，玉霄東望靄蓬萊。空懷華表城頭柱，會有它年化鶴來。

萬事生平委自然，竹風松月共清圓。衣塵纔拂朝元去，忍向人間久棄捐。

樓觀才成人已非，身前毫髮恨無遺。空餘讀易壇邊竹，露葉青青若淚垂。

【校】

①「予」，弘治本同元刊明補本；薈要本、四庫本作「余」。

②「詩」，弘治本同元刊明補本；薈要本、四庫本作「之詩」。

③「耳」，弘治本同元刊明補本；薈要本、四庫本作「爾」。

④「阿」，弘治本、薈要本、四庫本作「河」。

⑤「歌」，弘治本同元刊明補本；薈要本、四庫本作「過」，涉上而誤。

⑥「闕」，元刊明補本作「闞」，涉上而誤；據弘治本、薈要本、四庫本改。按：作「闞」者，蓋涉上字「城」與「郭」常聯言而誤「闕」爲「闞」。

⑦「州」，弘治本同元刊明補本，薈要本、四庫本作「川」，

比干廟①

玉骨琅琅盡古丘，凛然英氣尚橫秋。朱游訕訐何爲者，敢辱先生地下遊。

【校】

①「廟」，弘治本同元刊明補本；薈要本、四庫本作「墓」。

雪夜

暮雪紛紛亂撲窗①，牀頭無酒只空缸。壯懷俱與爐灰冷，惟有詩魔苦未降②。旋呵凍筆吟冰柱，急掃風花煮夜茶。客去焚香閉門坐，小齋初不羡山家。

【校】

①「撲」，弘治本同元刊明補本；薈要本、四庫本作「掩」，非。

②「未」，弘治本同元刊明補本；薈要本、四庫本作「不」。

八月十四夜與雷彦正步月

秋聲入户夜蟲多，辜負金樽漾月波。燭暗香殘人欲去，滿庭風露影婆娑。

卓水①

鏡中流水畫中山，酒盡銀瓶興未闌。碧玉沼深人不見，柳花飛度翠琅玕。

【校】

①「卓」，弘治本同元刊明補本；薈要本、四庫本作「車」。

夜過滑州

黑稍軍聲動地來①，魏人宵濟宋師迴。而今一統無南北，月下摇鞭過滑臺。

【校】

①「稍」，弘治本同元刊明補本；薈要本、四庫本作「悄」，非。

跋龍眠二駿圖

玉塞沙平苜蓿繁，渥洼春水泛晴瀾①。幾時扈從長楊獵，一片紅雲拂繡鞍。

漢家天子狩陰山，萬馬憑凌汗血殷②。早晚華陽春草地，兟兟得似畫圖間。

【校】

①「瀾」，薈要本、四庫本同元刊明補本；弘治本作「闌」，非。

②「凌」，弘治本同元刊明補本；薈要本、四庫本作「陵」，亦可通。後依此不悉出校記。

美人卻扇圖

寶檻承恩妬露華，背金翻日羨宫鴉。幽閒好備關雎德，望絶羊車失自誇。

絶代佳人擬罕儔，幽閒無夢到河鳩。春風静瑣昭陽院①，落盡庭花轉自愁。

【校】

①「瑣」，弘治本同元刊明補本；薈要本、四庫本作「鎖」，亦可通。後依此不悉出校記。

游瓊華島

中統元年作

鳥語山容喜客來，耿純襟抱若爲開。六龍冷駐陰山雪，暫擬層巔作望臺。

芙蓉水殿紫巖松，六月雲蒸此雪宫①。樂部不聞清夜曲，舜絃聲裏詠南風。

蓬萊雲氣海中央，薰徹璚華露影香。一炬忽收天上去，謾從焦土説阿房。

五雲仙島戴靈鼇，老盡瓊華到野蒿。惆悵津陽門外去，春風飄亂酒旗高。

大定明昌五十年，論功當出漢唐前。儘消一島承清讌，且置堯階頌采椽。

躡盡寒雲最上層，土花春碧夢觚稜。江山如畫人空老，更倚殘陽望道陵。

玉樹歌聲繞北墟，朔風吹恨入南都。六鼇不戴三山去，留與都人泣鼎湖。

光泰門東日月躔，五雲仙仗記當年。不煩細讀江南賦，老樹遺臺倍黯然。

【校】

①「此」，弘治本同元刊明補本；薈要本、四庫本作「比」。

杜莘老荒山訪友圖

隆中人有鹿門期，粱甫吟餘獨杖藜①。殆似老龐歸向晚，釣船猶艤暮江西。

【校】

①「甫」，弘治本同元刊明補本；薈要本、四庫本作「父」，亦可通。後依此不悉出校記。

秋懷效樂天體

閑書遮眼睡昏昏，飽食無茶腹自捫①。斜日倚門風乍起，滿庭黄葉擁籬根。

【校】

①「飽食」，元刊明補本、弘治本作「食飽」，倒；據薈要本、四庫本改。

早起

星河黯淡湛玄雲，露下庭柯落葉紛。夜氣遠從天際斂，秋聲時向樹頭聞。

冬日與呂丈讀毛詩廿二首

婦道防閑貴有初，文姜失御從雲如。何殊笱敝梁空在，秋水誠多得計魚。敝笱

服御鮮明擬大君，轔轔轂繫汶陽春。載驅既匪勤王事①，隱惡能無播萬民。載驅

濟濟儀威美且都，詩人流詠入嗟吁。齊家爲失防閑禮，禦亂無多金僕姑。猗嗟

爲國規模以德將，恬然風俗入安疆。新婚服襋既非禮②，葛屨凌霜尤失常。葛屨

汾水悠悠宛一方，條桑采藚僕夫當③。誰知粲粲軞車子，終日傾筐沮洳傍。汾沮洳

得民方可固邦基，此道幽深莫我知。卻憶賓庭陳百旅，棘桃猶足備多儀。園有桃

地狹民稠十畝間，來歸來逝共閑閑。何當一復周家制，各守封疆絕往還。十畝之間

邦畿蹙近四鄰侵，行役無時怨抑深。陟岵遐瞻私自慰④，倚門應甚望雲心。陟岵

不畋安得獸懸門，匪稼胡爲禾積囷。但恃鄙貪居禄位，不能無愧伐檀人。伐檀

碩鼠歌詩怨已成，三年貫汝未聊生。熙熙彼土雖云樂，猶抱遲遲去國情。碩鼠

皂綈示約人從化，玉樹歌淫國旋空。蟋蟀戒深垂萬世，由來奢儉貴乎中。蟋蟀

隰原尚賴樞榆蔭，人主憂勤貴一身。堪鄙晉昭徒自苦，只將鍾鼓樂他人。山有樞

粼粼白石水揚揚，宗國由來日盛强。本末儻從師服諫⑤，争交竊國似田常⑥。揚之水

沃土分封自晉昭，子孫蕃衍喻園椒。大夫休起盈升歎，宗本顛披爾遠條。椒聊

束楚綢繆仰見星⑦，時危婚嫁禮難成。卻思王季興岐日，内外俱無怨曠情。綢繆

骨肉凋零失所親，徒行踽踽一身存。不如杕杜春前樹⑧，枝葉猶能庇本根。杕杜

服御羔裘豹飾袪，國人不恤反居居。豈無他所攜持去，恩好猶懷未忍疏。羔裘

孝養庭闈士乃常，反教執役事戎行。悠悠仰面蒼天渺，失所何殊鴇在桑⑨。鴇羽

晉國流風屬變移⑩，武公反正思依依。誰知問鼎傷肩際，肯獨尊王請命衣⑪。無衣

道左團團杕杜春⑫，清陰猶得庇行人。國强須賴羣賢輔，孤特何爲任一身。有杕之杜

蘝生蔓野葛蒙枝，女子從人得所依。衾枕未温征役遠，庶幾百歲願仝歸⑬。葛生

晉獻聽讒似采苓，竟從微隱殺申生。後王采察能明遠，譖愬雖多自不行。采苓

【校】

①「勸」，薈要本、四庫本同元刊明補本；弘治本作「勸」，形似而誤。

②「非」，弘治本同元刊明補本；薈要本、四庫本作「匪」，亦通。後依此不悉出校記。

③「釆」，弘治本同元刊明補本；薈要本、四庫本作「採」，亦可通。後依此不悉出校記。「藚」，元刊明補本作「讀」，非；薈要本作「賣」，非；據弘治本、四庫本改。按：語本《詩·魏風·汾沮洳》：「彼汾一曲，言采其藚。」

④「私」，薈要本、四庫本同元刊明補本；弘治本作「利」，形似而誤。

⑤「本」，元刊明補本、弘治本、薈要本作「木」，形似而誤；據四庫本改。

⑥「交」，弘治本同元刊明補本；薈要本、四庫本作「教」，亦可通。按：交，通教。争交，即争教，謂怎教。後依此不悉出校記。「竊」，弘治本同元刊明補本；薈要本、四庫本作「耦」，既脱且誤。

⑦「束」，弘治本、四庫本同元刊明補本；薈要本作「束」，形似而誤。按：語本《詩·唐風·綢繆》：「綢繆束楚，三星在户。今夕何夕？見此粲者！」

⑧「杕」，元刊明補本、弘治本作「杕」，非；據薈要本、四庫本改。按：作「杕」者，蓋抄校者不慎，將上「如」字頓筆之點誤入「杕」字内。

⑨「殊」，弘治本同元刊明補本；薈要本、四庫本作「如」，非。

⑩「移」，弘治本同元刊明補本；薈要本、四庫本作「攜」。

⑪「王」，薈要本、四庫本同元刊明補本；弘治本作「三」，形似而誤。

⑫「團團」，弘治本同元刊明補本；薈要本、四庫本作「溥溥」，聲近而誤。

⑬「仝」，弘治本同元刊明補本；薈要本作「全」，形似而誤；四庫本作「同」，亦可通。

梁園對月

兒時曾住汴梁城，二十年來重此行。一片鳳凰池上月，向人還似舊時明。

過蕩陰東周留村

一灣流水麥青青，楊柳陰中野彴橫。幾樹桃花如舊識，隔溪無語笑相迎。

喜蕭茂先得雄

未聽啼聲骨已奇，桂林安取野棠枝。老髯嗜學初心在，剩備箱書付阿宜。

滿紙新詩羨寧馨，慰心尤喜老來情。壽兒此去如春筍，玉節亭亭脱錦綳①。

【校】

①「裫」，元刊明補本、弘治本作「𧞤」，據薈要本、四庫本改。

夏夜

野雲明處電飛光，海牽青浮落日黄①。想得近山多雨過，滿庭風竹月波涼。

【校】

①「牽」，弘治本同元刊明補本；薈要本、四庫本作「縴」，亦可通。後依此不悉出校記。

夢中賦月燈詩

風外筠竿倚暮煙，忽驚羣日帝堯年。天公兩眼何嘗暗，底用分光照一偏。

遊泰山雜詩

胚融萬化羣龍首，丘垤諸山五嶽宗①。茂陵誕荒誇後世②，岱神何意望東封。

祖龍東巡擅雄豪，天門風雨幾遁逃③。虞帝不來天自老，秦碑空倚禪壇高。

衆山迤邐朝西東，帝孫突出天之中。巨靈不劈蒼崖斷，雖有絶頂誰能通。

何年氣母此融結，大小天門五十盤。三峯自是神明觀，漠漠陰風走石壇。

岱宗巖巖靈氣宅，雲煙物外争新奇。世事難必有如此，吾欲入海從安期。

絪茁元氣通滄海，霧湧雲蒸一水山。五十連城望霖雨，少分餘潤到人間。

萬壑瓊林映碧崖，雲間三頂鬱霄臺④。摩挲御帳殘松樹，曾見秦皇漢武來。

路從御帳北艱屯，松頂雲凝日脚昏。上盡曲盤十八折，仰看猶自有天門⑤。

盪胸滃鬱陰雲生，行出天門路漸平。脚力有餘中頂近，徘徊應爲紀山銘。

朝暾爛爛烘層巔，天門直下屯蒼煙。乾坤故爲作開闔，世界幻入兜羅天。

何限詩人不克登，杖藜直到最高層⑥。壁間速即留題去，雲起封中冷不勝。

東山何高四十里，萬古通天只一門。不知洞府深幾許⑦，宿雲無數儘雄吞。

雄觀駭絶東溟日，逸駕高於北海鵬。更看山靈出奇貨，千巖蒼雪玉稜層。

雪林虎迹過新蹄，石磴雲霾步步低。多謝山靈相擁護，一杯無事到中溪。中溪，神祠名，在山門口。

【校】

①「嶽」，弘治本同元刊明補本；薈要本、四庫本作「岳」，亦可通。後依此不悉出校记。

②「茂陵誕荒誇後世」，弘治本同元刊明補本；薈要本作「茂陵□□□□世」；四庫本作「遺草茂陵欺後世」。

③「天門風雨」，弘治本、薈要本同元刊明補本；四庫本作「風雨天門」。

④「頂」，弘治本同元刊明補本；薈要本、四庫本作「頃」，形似而誤。

⑤「仰」，薈要本、四庫本同元刊明補本；弘治本作「卸」，非。

⑥「黎」，弘治本同元刊明補本；薈要本、四庫本作「藜」，亦可通。後依此不悉出校記。

⑦「許」，元刊明補本作「訐」，形似而誤；據弘治本、薈要本、四庫本改。

贈相者李吉甫

仙機分自洞中春，閱盡長安市上人。留取神光牛背上，要渠著眼過天津①。

【校】

①「渠」，弘治本同元刊明補本；薈要本、四庫本作「其」，亦可通。按：渠，猶其也。作「其」者，蓋「渠」之聲誤。

跋豐稔還鄉圖

廟堂真宰拜姚崇，斗米三錢四海同。今日太平應有象，畫家消息恐難工。

過邯鄲

層臺高與暮雲齊，全趙河山入望低。貪和野花雙塔句，夕陽又下故城西。

我自驅車下九門，眼中襄國動吟魂。從教兩鬢渾如雪，猶喜歸來故步存。

黃糧夢短不須驚①，滿馬紅塵過趙城。獨上荒臺重惆悵，野煙無處認温明。

【校】

①「糧」，弘治本同元刊明補本；薈要本作「粱」，形似而誤；四庫本作「粱」，亦可通。後依此不悉出校記。

題雪谷早行圖

頭痛風災萬里程，行人何限把雙旌。犯寒休訝征車早，冷嶺東邊是帝城。

新店看山望京樓

喜入關南百里川，朔風邊雪頓醒然。夕陽欲下蒼煙起，看盡西南破墨山。

秋雨靖山道中

一重一掩吾肺腑，老雨荒山記北還。人在碧煙深澗底，仰看元氣湧雲間①。

【校】

①「湧」，弘治本同元刊明補本；薈要本、四庫本作「擁」，聲近而誤。後依此不悉出校記。

酌百泉水

去時蘭佩惹春煙，歸日羸驂跨敗韉。賴有百門山下水，療飢猶可度終年①。

【校】

①「飢」，元刊明補本作「肌」，形似而誤；薈要本作「饑」，亦可通；據弘治本、四庫本改。

偶書

郝卿持節使江皋①，子勉翺翔主部曹②。我幸閉門無一事，醉餐秋菊讀離騷③。

【校】

①「使」，元刊明補本闕；據弘治本、薈要本、四庫本補。

②「部」，弘治本、薈要本、四庫本作「御」。

③「菊」，元刊明補本闕；據弘治本、薈要本、四庫本補。

跋司馬温公燕處圖

獨樂園深百草香，一編心與道相忘。不妨臥老琴書裏，破散青苗有報章①。

道與晴雲任卷舒，心存廊廟迹江湖。石君被譖公孫死，慚愧先生燕處圖②。

擁馬留公作帝箴，人心大抵是天心③。惠卿未死舒王在，一集傳家了古今。

【校】

①「報」，弘治本同元刊明補本；薈要本、四庫本作「百」，聲近而誤。

②「慚」，弘治本同元刊明補本；薈要本、四庫本作「轉」，非。

③「抵」，元刊明補本、弘治本作「柢」，形似而誤；據薈要本、四庫本改。後依此不悉出校記。

壬戌歲除夜

坐久虛窗夜氣澄，未容心事淡於冰。滿襟忠血傷時淚，一點清光教子燈①。

【校】

①「一」，抄本、薈要本同元刊明補本；四庫本闕。

春風萬里圖

人間塵土日紛拏，流水空山半落花。自是道心游物外，不須誇誕說流沙。

蓮社圖二首

人間廬阜東南勝，兩晉名流最賞音。阿麟因之出新意，秋香和月寫東林。

鬢絲禪榻喜相同，詩在秋香爛熳中①。千古風流社中客，不隨江月照還空。

【校】

①「詩在秋香爛熳中」，元刊明補本作「詩在秋季□□□」；薈要本作「詩在秋香□□□」；四庫本作「詩在秋香月影中」；據抄本補。

跋蒼江待渡圖①

朝醉新芻暮錦鱗②，一篙獨占楚江春③。且休熟睡秋蓬底，無限津頭望濟人。

隆中高卧恥爲邦，雪裏呼船渡晚江。耆舊幾人堪晤語，徑須持訪鹿門龐④。

【校】

①「蒼」，抄本同元刊明補本；薈要本、四庫本作「滄」，亦可通。按：《秋澗集》薈要本、四庫本多改「蒼」爲「滄」。後依此不悉出校記。

②「蒭」，抄本、四庫本同元刊明補本；薈要本作「菑」。

③「楚江春」，元刊明補本闕；薈要本、四庫本作「上游行」；據抄本補。

④「持」，薈要本、四庫本作「特」；抄本作「時」；形似而誤。

贈别王晉卿

漢署千官列雁行，九天獨被繡衣光。布衣自笑題詩客，空抱澄清望八荒。

青鎖仙郎被服新，寵光千丈爛盈門。何時得侍紅雲表，竭節同酬一命恩。

劍履翩翩趣北歸，秋衾日夜夢彤闈①。長楊輦路都門柳，恰及飛花點繡衣。

【校】

①「闈」，抄本同元刊明補本；薈要本、四庫本作「幃」，聲近而誤。後依此不悉出校記。

挽蘭同知進之

留心藥籠緣多病，歷任鄰藩便暮年。回首西州門外道，偃然長寢兩相捐。

行年六十不爲夭①，貳政三州有足稱。伯道有兒終抱恨，夜窗無及讀書燈。

一丘黄土清溪曲，三尺蒼髯六十身。千古桐鄉遺愛在，只須秋草臥麒麟。

得調澶淵幾載考，自營墓穴已三年。幾迴對客親曾説②，埋近清溪性所便。

翩翩老騎赴征車，前日東城別路隅。酒榼素箏今寂寞，河山依舊繞黃壚。

【校】

①「夭」，抄本同元刊明補本；薈要本、四庫本作「殀」，亦可通。按：夭、殀，古今字。後依此不悉出校記。

②「迴」，抄本同元刊明補本；薈要本、四庫本作「回」，亦可通。按：回、迴，同。後依此不悉出校記。

戊辰後正月七日雪

北風一雪麥田空，坑谷堆平滿棘叢。近日化工無棄物①，總將春澤到蒿蓬②。

【校】

①「棄」，抄本同元刊明補本；薈要本、四庫本作「素」。

②「澤」，抄本同元刊明補本；薈要本、四庫本作「色」。

戊辰門帖子

安分愛尋蕭遠論，廣騷慵讀楚臣辭①。里人莫訝三冬蟄，一寸丹心用有時。

【校】

①「慵」，抄本、四庫本同元刊明補本；薈要本作「庸」，亦可通。

送劉主簿文遠赴都

仕途坦坦駕輕車，殆似劉君赴部除。不枉洛南温處士，半生清苦待徵書。

終南捷徑霾荒蘙，吏部銓衡到至公。相過不須論出處，季鷹門巷幾秋風。

除官限自三年例，計月須憑一考優。聞説聖皇思治切，夢賢無夜不巖幽。

貢璧輸琛買呴濡，萬言不博一除書。秋風兩戒河山底①，自把鋤犁計未疏。

求官自古近長安，格法如應事不難。説與磻溪谿上叟②，且須寧耐把漁竿③。

【校】

①「兩戒」，抄本、四庫本同元刊明補本；薈要本作「雨後」，非。

②「谿」，抄本同元刊明補本；薈要本、四庫本作「溪」，亦可通。按：谿、溪，同。《廣韻》：「谿，或作嵠、溪。」後依此不悉出校記。

③「漁」，抄本同元刊明補本；薈要本、四庫本作「魚」，亦可通。

題薛微之遺安堂

静思富貴履危機，醉着人心死不知。愛煞遺安堂上客，此心還與鹿門期①。

清樾蘭皋百畝陰，兩椽精舍倚雲深。一鞭春事東風裏，劉表何人識此心。

【校】

①「鹿」，抄本同元刊明補本；薈要本、四庫本作「應」，形似而誤。

因題前詩偶書

山林長往廟堂居，一襲時衣飯兩盂。温飽較來均一概①，忍尋機穽博頭顱。

【校】

①「一」，抄本同元刊明補本；薈要本、四庫本作「大」。

挽趙教授公浄

目擊冠裳一老儒，争教蒼海失遺珠。細思晚起山齋語，地下脩文事本無。

淵源分派大中君①，偶讀殘碑得古文。河潤秖能霑再世，不須回首愴蒿焄②。

儒林游戲入禪關，晚節浮沉里社間。異日衛人徵故事，爲公扳例取香山③。

辛苦生平篆刻勞，也霑汀草亂春袍。有兒不肆中郎業，卻是先生一着高。

是是非非到蓋棺，誤身無似戴儒冠。蒼涼一片共山月④，照徹先生苜蓿盤。

生理蕭條奈老何，春風着處是行窩。哀歌偶及生存事，卻恐羊曇淚更多。

因著圖經大起予，發揚潛德到幽墟。案頭幾卷遺編在，愛惜過於汲塚書⑤。時予作《汲郡志》，乃類集蘇門事迹一編，甚詳，悉見贈，故云。⑥

【校】

①「大」，元刊明補本作「太」，據抄本、薈要本、四庫本改。

②「焄」，元刊明補本、抄本作「君」，偏旁類化；據薈要本、四庫本改。後依此不悉出校記。

③「扳」，抄本同元刊明補本；薈要本、四庫本作「援」，亦可通。按：扳，《廣韻》普班切，猶援。作「援」者，蓋以「扳」

讀若《廣韻》布還切，於詩義不通而妄改。後依此不悉出校記。

④「共」，抄本、薈要本同元刊明補本；四庫本作「空」，妄改。

⑤「塚」，弘治本同元刊明補本；薈要本、四庫本作「冢」，亦可通。後依此不悉出校記。

⑥「時予作《汲郡志》」至「故云」，弘治本同元刊明補本；薈要本、四庫本脱。

跋申達夫藍采和扇頭

一踏高歌了世緣，春風兩袖地行仙。無端忙煞癡兒輩，貫朽都來有幾錢。

謁梁太師王彦章祠

太師祠廟汶城西，塚上纍纍日漸低①。唯有英聲消不得，至今高與泰山齊。

【校】

①「上」，弘治本同元刊明補本；薈要本、四庫本作「土」，形似而誤。

雨後溪田即事

朝來一雨曙光微，高樹涼多露未晞。喜約老農來看稼，不辭霑濕芰荷衣。

清寒墟落漲秋濤，溪上行吟樂已陶。洞口未容煙鎖斷，更須時上武陵舠。

平明新漲復溪痕，曉月摇光映棘門。騷客不愁漁笱短，縱教魚鼈長兒孫。

三年耕養一經通，水旱豐凶更在中。貢法不來神聽遠，此生窮達仰天公。

種樹書殘倚釣竿，日長微暑喜清寒。草堂去水無多地①，雙足時來踏碧瀾②。

【校】

①「草」，弘治本同元刊明補本；薈要本、四庫本作「華」，非。

②「雙」，弘治本、四庫本同元刊明補本；薈要本作「隻」，非。

録役者語①

十人供役二三迴，困似車輪半道摧。眼底去留生死隔，争如先作陌頭灰。

士戰何年是了期，爲王城此不知疲②。一門親削宣尼筆，爲國勞民貴有時。

一夫詛祭九魂知，護我南行爾亦歸。惆悵桑乾河畔月，至今寒影慘無輝。

或云河南役夫既罷歸，九者皆殁，其一負衆骨而西渡瀘溝③，因祭而祝曰：「今汝等俱没④，我幸獨全，抱汝骨以歸。汝等有靈，當佑我使與汝父母妻子行相見也。」其人前次范陽，亦病死。

工無役鬼必勤民，萬雉功成歲月因。從古有庸三日止，未聞膏血化灰塵。

今春疫氣是天災，百日爲期力儘能。三尺席菴連夜雨⑤，杵聲才歇哭聲來。

火中焕汗土中蘇，卻被車轟殞半途。六月炎風一千里，大河南北看巢居。

病骸困苦自知休，叮囑同行瘞故丘。父母秖知安健在，計程今日過瀘溝。

父來接子值同徒⑥，欲話渠儂涕泗俱。昨日道邊因困臥，不知今日有還無。

病軀甫差須扶護⑦，趁伴貪程日夜奔。大半殞遺多爲此，故鄉歸去有殘魂。

蕩蕩王城玉削裁，青山三面壯圖開。興功計產能中止，狼籍春風一露臺。

數口爲家尚聚廬，一王經野古良圖。限期百日非爲遠，部役羣宫事大劬⑧。

【校】

①「役」，元刊明補本模糊不清；據弘治本、薈要本、四庫本作補。

②「城」，元刊明補本、弘治本作「城」，薈要本、四庫本作「從」。

③「瀘溝」，弘治本、薈要本同元刊明補本；四庫本作「盧溝」，亦可通。按：盧溝，亦可作瀘溝、蘆溝。後依此不悉出校記。

④「俱沒」，弘治本同元刊明補本；薈要本、四庫本作「既歿」。

⑤「夜雨」，弘治本同元刊明補本；薈要本、四庫本作「雨夜」，倒。

⑥「徒」，弘治本同元刊明補本；薈要本、四庫本作「途」，亦可通。

⑦「差」，弘治本同元刊明補本；薈要本、四庫本作「瘥」，亦可通。按：差、瘥，古今字。

⑧「宫」，弘治本同元刊明補本；薈要本、四庫本作「工」。

觀風浪中回舟

風蕩輕舟一葉迴，望中掀舞碧濤堆。舟人若解臨觀恐，迂緩甘從遠道來。

清溪晚眺

洲渚橫陳水退餘，兩行風柳映菰蒲。暝煙誰踏扁舟去，望際漁燈一點孤。

題陳德秀東臺手卷

井落星躔一炬殘，市門留入畫圖看。秪應千載東臺月①，長照鄉人説社壇。

【校】

①「秪」，弘治本、薈要本同元刊明補本；四庫本作「祇」，亦可通。後依此不悉出校記。

至元戊辰應聘憲臺留別淇上諸公 夢中得

金馬門中金馬臣，銅駞巷陌歲華新。閒雲也被風吹去，散作千門萬户春①。

【校】

①「去散」，弘治本同元刊明補本；薈要本、四庫本作「散去」。

竹林幽隱圖

西晉風流號七賢，筆牀茶竈共林煙。嵇琴響絶千年後，喜見清風一再傳。

清時有味是閑身①，不可一日無此君。着脚歲寒堂上去，秋風門外葉繽紛。

蘇嶺桑麻杜曲田，歲寒誰似此君賢②。嗚歌不種南山豆，千畝風煙學渭川。

昔賢愛竹與竹友，出處總得高人名。今人未著林頭屐，里社歸來晝錦榮。

共城瀟灑似江南，萬竹幽棲老所堪。李沆似爲諸子計，北山先掃讀書龕。

煙雨溪南百畝春，盡將清景屬閑身。河山不隔黄壚斷，卻恐功名老逼人。

【校】

①「是」，弘治本同元刊明補本；薈要本、四庫本作「此」。

②「此」，弘治本同元刊明補本；薈要本、四庫本作「見」，非。

春夜獨坐①

讀書聲歇燭華殘，潤入琴絃覺夜寒。寂寞小窗雲影薄，隔簾梧葉雨聲乾。

【校】

①「春」，抄本、四庫本同元刊明補本；薈要本作「秋」。

仙遊曲五絶

春山雲白紫芝肥，歲歲征騑動漢儀。政自修身傳治本，不緣幽睡試希夷。

鶴護龍香醮夜壇，露桃花影記驂鸞。碧雲暮合秋空迴，石上清風漠漠寒。

庭竹無人緑滿窗，幽香和露濕霓幢。日長孤絶壇邊鶴，啄遍晴苔影一雙①。

漢家望拜竹宫壇②，環珮聲沉碧落寒③。遥憶受釐宣室夜，一言前席萬方安。

金簡朝元擁玉華，碧壺香滿謫仙家。石壇冷桂銀潢水，會待秋風送客槎。

【校】

①「遍」，抄本同元刊明補本；薈要本、四庫本作「徧」，亦可通。按：字從辵、從彳義多可通。徧、遍，古今字。後依

此不悉出校記。

②「望拜」，抄本同元刊明補本；薈要本、四庫本作「拜望」，倒。

③「珮」，抄本、四庫本同元刊明補本；薈要本作「佩」，亦通。後依此不悉出校記。

六度寺

荒村到寺才三里①，古屋懸崖廢幾間。從此重經題品過，衛人方識有壇山。

山下石田百畝餘，子孫眷戀祖來居。向人争説新官好，二税輸來雜泛無。

縈紆一水蟠深澗，野叟何知説太公。壇下古碑堪晤語，大書深刻太康中。

太行東麓太公泉，喬木蒼煙擁壞垣。千載秖應尊有德，不須深泥竹書言。

老鶻餔雛百丈崖，羽毛才彀獵人來。孤懷牢落風埃底，何處呼鷹是故臺。

聖泉流潤過南村，共説來年雨水匀。山若有靈能假手，六花先壓壟頭塵。

枝撐佛宇老風煙②，歲月仍題聖曆年。零落亂山終悵望，捫蘿應欠入香泉。

先子能聲以吏聞，生平游戲見詩文。遺書忽入孤兒眼，淚灑西山日暮雲。

鷹揚來自鎬豳西，草木荒山壁壘低。賣食解牛真妄説，斷碑明指是殷溪。

山中宿麥苦無多，喜見團科際兩坡③。縱未痛收終有望④，入城容易揭差科。

【校】

①「三」，抄本同元刊明補本；薈要本、四庫本作「一」。

②「枝」，抄本同元刊明補本；薈要本、四庫本作「支」。

③「兩」，抄本同元刊明補本；薈要本、四庫本作「雨」。

④「痛」，抄本同元刊明補本；薈要本、四庫本作「痡」。

同劉勸農彦和葛縣令祐之遊蒼谷口

四山遮盡外來風，山崦人家不覺冬。獨立蒼崖重回首，山形渾似又居庸①。

夕陽西下暮山稠，崖下蒼池似炭湫。把釣不愁雷火出，品題應爲此山留。

近山風俗果温純，知有從來縣令尊。癃老杖扶争致語②，不嫌山野過柴門。

山神説是宰公身③，野老争來話本因。採玉得仙俱慌惚，至今功利及斯民。

九龍分部中天雨，何處癡蟠睡不開。一勺鳳凰臺下水④，有時風雨洗天來。

方山忽斷兩崖開，中有蒼河自北來。行出山門俱不見，玉龍翻作地中雷。

不須犀火瞰蒼灣，萬古幽陰鬼所寰。山下黄塵三百丈，巢居安忍插天山。

地爐火在壁燈昏，睡覺山堂笑語温。豆粥一盂官事了，緩摇吟轡出山門。

【校】

①「又」，抄本、薈要本、四庫本作「入」。

②「癃」，元刊明補本、抄本作「㦝」，據薈要本、四庫本改。

③「公」，抄本、薈要本同元刊明補本；四庫本作「官」。

④「臺」，抄本同元刊明補本；薈要本、四庫本作「山」。

贈星斗客冷景發

六甲星躔入苦心，術窮滄海別穿深。滕王閣上三杯酒，曾博相如換賦金。

萬類芸芸固不齊，一推能盡未來機。向渠待□□□福，早晚台光映紫微。

炯炯雙瞳楚語紛，闖懷陰穽失崖垠。坡仙有句堪書贈，醉裏微言更近真。
有命何曾論智愚，班超傭筆衛青奴。自從遇着洪都客，豁得胸中俊氣無。
半生心事苦蹉跎，其奈胸中不朽何。鳧鶴短長俱有數，魯卿三昧聖之和。

遊霖落山雜詩

東山削出翠芙蓉，西壑砯砑貯雪風①。人説魏王曾避暑，殿基猶是舊離宫。
巃嵸悲臺倚寺西②，山空留在舊禪扉。老猿叫月蒼煙去，曾伴山僧夜半歸。
青山斷處塔層層，廢殿臨崖枕虎形。千丈畫屏宜晚對③，野煙飛去助空青。
絶磴穿雲老蘚蒼，捫蘿行到贊公房。寶香冷徹華嚴壁④，木客猶誇夜有光。

滴乳巖前挂瀑流，青林飛灑動高秋⑤。玉龍躍入青冥去，堆疊蒼煙萬壑愁。

【校】

①「砍砑」，弘治本同元刊明補本；薈要本作「砐砑」；四庫本作「峆岈」。

②「巃」，弘治本同元刊明補本；薈要本、四庫本作「隆」，聲近而誤。

③「丈」，元刊明補本作「文」，形似而誤；據弘治本、薈要本、四庫本改。

④「冷」，弘治本同元刊明補本；薈要本、四庫本作「今」，非。

⑤「青」，弘治本、四庫本同元刊明補本；薈要本作「清」，亦可通。後依此不悉出校記。「林」，薈要本、四庫本同元刊明補本；弘治本作「杯」，形似而誤。